スターゲイザー

佐原ひかり

Presented by
Hikari Sahara

集英社

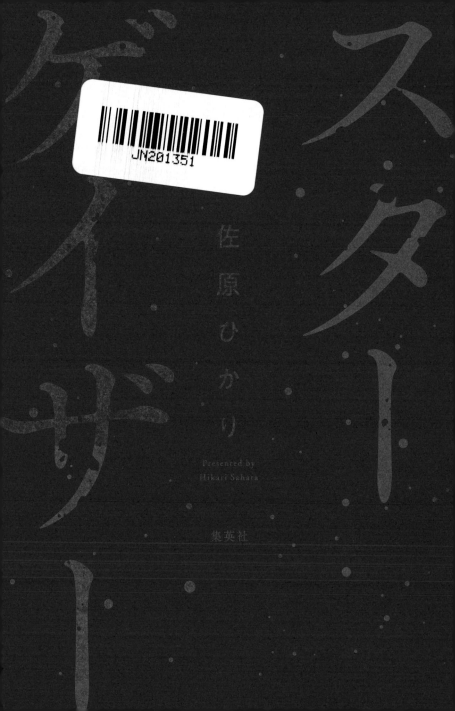

目次

スターゲイザー

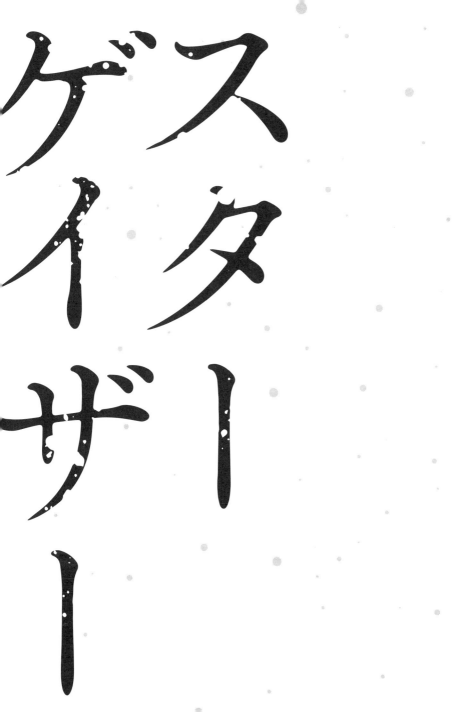

サマーマジック

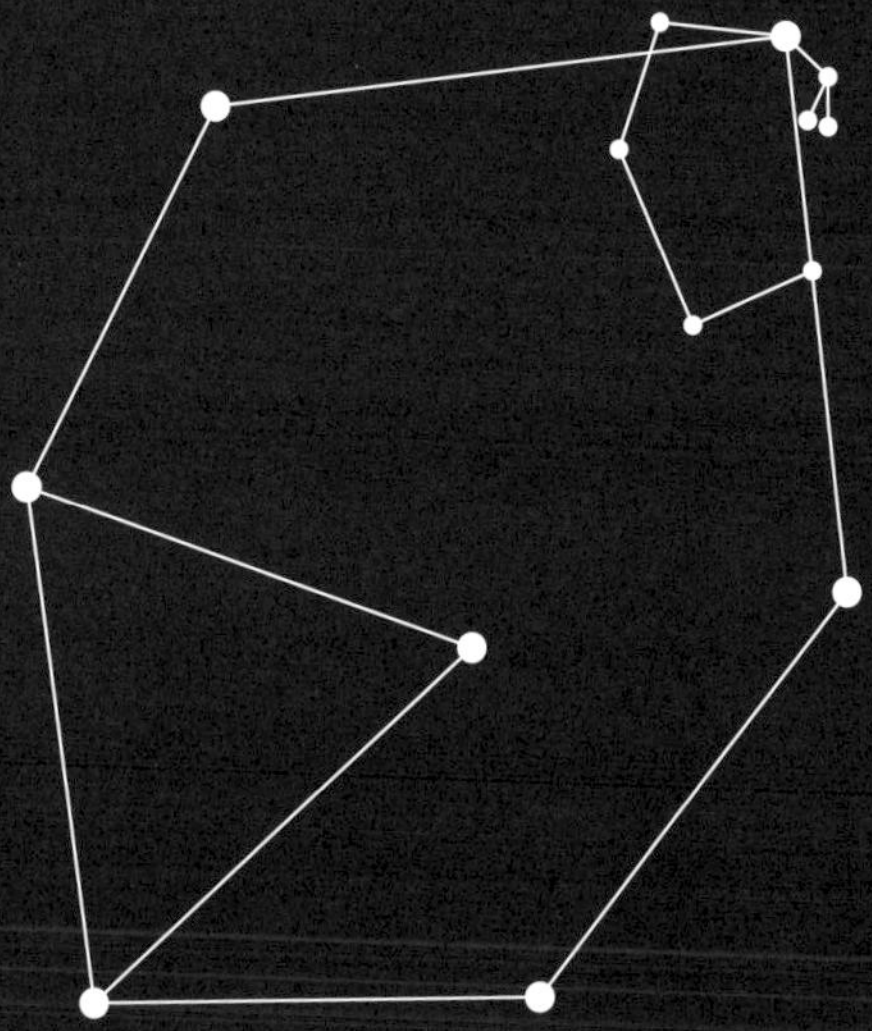

「大地《だいち》さんって、余命あと何年でしたっけ？」

コンシーラーで口元のニキビを消しながら、隣の持田《もちだ》が大地さんに話しかけた。

デリケートな話題に思わずぎょっと手を止めたが、大地さんは平然と、「入所八年目だから、あと二年だな」と答えた。とくに気にするふうでもなく、鏡に向かったままヘアアイロンで前髪を巻いている。

「二年かー。じゃ、若さまよりは一年余裕あるんだ。あ、これ色合わねえな。誰かー！　リキッドの三番持ってねー？　コンシーラーのほう！」

持田が叫ぶと、後ろから「あるー」と即座に返事が飛んできた。「投げてー」と持田が腰を浮かせる。それと同時に、「アイロン終わった人ー」と声がかかり、大地さんが、「はーい。どうぞー」とヘアアイロンを振り上げた。声をかけたやつが、「あざーす」とリトルたちの隙間を縫って取りに来る。その上をコンシーラーが放物線を描き飛んで来た。俺めがけて。

反射的に出した手が、うまい具合にコンシーラーを受け止めた。

「加地《かじ》さんすんません！」

「透《とおる》くんあざっす」

同時に声が上がる。

軽く手を挙げてから、ほら、と持田に渡した。

いつものことだが、汗の臭いが充満したメイクルームは定員オーバーで、大勢のリトルでごった返している。ヘアセットもメイクも自分でしなくてはいけないから、誰も彼もが身なりを整えるのに必死だ。男が雁首《がんくび》並べてメイクする、こんな光景、学校じゃありえない。それでも、ここではこれが当たり前だ。デビュー前のリトルといえど、人前に出る以上、プロのアイドルだ。あちこちで、「あれどこ」「これ貸して」が飛び交っている。心なしか、ギリギリまで粘っているやつがいつもより多い。普段なら手を抜く連中までまだ鏡を見ている。思えば、入りのときからして、妙な緊張感と興奮が渦巻いていた。今日が初日だからだろうか。

毎年恒例の夏公演、「サマーマジック」。これから一ヶ月間、ほぼ毎日続くとわかっていても、初日はどうしたって気合いが入る。

持田は色違いのコンシーラーを受け取ると、それきり、またニキビ消しに熱中し始めた。紫に変色したニキビは手強《てごわ》そうで、細く剃《そ》りすぎた眉を寄せながら、浅黒い肌を指先で叩《たた》いている。

おいおい、とさすがに大地さんが突っ込んだ。

「訊《き》いといて放置？　なんだよ急に」

頭を振り、前髪を散らしている。短めの黒髪が見慣れず、どうしても違和感を拭えない。大地さんといえば、少し長めの金髪だ。すずめの尻尾のように軽く後ろで結わえるのがトレードマークだったのに。

持田が手を動かしながら、「すんません」と軽く謝った。

「こん中で誰がいちばん余命短かったかな、って気になって」

「いきなりだなあ」

「や、ちょっと参考までに」

「なんの参考?」

「あれです。あの噂《うわさ》っす。今年のサマジの具合見て、誰かラスオズに加入させるってやつ」

「ええ? なんだそれ。初耳だぞ」

「あれ、大地さん知らないんすか? でもこれけっこうガチっぽいすよ。上の人らが話してたの聞いたやつがいるって。で、誰が選ばれるんだろうなって、今リトルの間で話題になってるんです」

なんだその根も葉もない噂。

横で聞き耳をたてながら、口を挟みそうになる。サマーマジックの出来次第で、LAST OZ──ラスオズにメンバーを追加する? リトルで話題になってるって、そんな噂、俺も初耳だ。

「というか、そもそもなんでラスオズに補充?」

「ラスオズって今、四人グループじゃないすか。で、たぶんあの人らサマジ終わったぐらいでデビューじゃないですか。そこに一人引っ張ってきて一緒にデビューさせる、みたいな。ほら、今だと偶数だから」

なるほど。確かに、デビュー組のグループは、大体が奇数で構成されている。三人、五人、七人、最高で九人。センターを一人置いて、シンメトリーにしやすいからだろう。

ラスオズは現時点で四人。あと一人補充があってもおかしくはない。リトル内ならメンバー移動、グループ変動はよくあることだし、その中から新ユニットが誕生することもある。俺や大地さんが所属するI'm-age《イメージ》のように、十人を超える大所帯のグループから、ある日いきなり勢いのあるグループに引き抜かれてそのままデビュー、なんてこともなくはない。

「透くんは誰が選ばれると思います？　やっぱ年次順すかね。俺的には実力順で選んでほしいんすけど」

　持田がぐりん、とこちらを見た。

聞いていなかったふりをしようかと思ったが、とぼけたところで持田は同じ説明を繰り返すだけだろう。さあ、と素っ気なく返す。鏡越しだが、若林《わかばやし》さんが見える位置にいる。持田、後ろに若さまいるのわかってんのか。

「そもそも、ラスオズがデビューかどうかもわかんないだろ」

　言い返すと、持田が、いやいや、と大げさに顔をしかめた。

「ラスオズはもうデビューっしょ。ビジュも実力もリトルのレベル超えてるっていうか。つーか早く出てってほしいっす。後が詰まっちゃうんで」

　持田が鼻を鳴らした。よくない笑い方だ。気持ちはわからなくもないが。

　今年のサマーマジックも、ラスオズを中心としたプログラム構成になっている。楽屋も俺たちとは別、入る客もラスオズ目当てが大半だ。残りの百人ほどのリトルとはあきらかに一線を画している。デビュー間近と言われるラスオズに入りたいリトルは山のようにいるだろう。

　まあ、たとえ噂が本当だったとしても、自分がやることに変わりはない。決まった演目を、決まったメンバーと、これから一ヶ月間、ほぼ毎日そつなくこなす。当たり前のことを当たり前にやっていくだけだ。

十分前でーす、とスタッフが声をかけにきた。はあい、と、持田が快活に応える。先程までの陰のある表情はなりを潜め、きちんとステージ用の顔になっている。元気で無邪気なアイドル「もっちー」に。

「暗い」「覇気がない」「表情筋が死んでいる」と、ファンにすらこき下ろされる日本人形顔としては、こういうところは見習わないといけない。

鏡の中の自分を見て、げ、と声を出しそうになる。感心している場合じゃなかった。まだセットしきれていない。どこまでやったんだったか。メイクは終わらせた。ブローもした。ああ、ワックスだ。誰かが放置しているワックスを拝借して髪に揉《も》み込む。後ろでは、靴が片方ないだの衣装が違うだの慌ただしさが増している。本番前、いつものことと言えばそうだが、いつもより気合いが入っているようにも感じる。気合いというか、そわそわ、か。張り切ってはいるが、自分は知らない、気にしていないという空気。そう、バレンタイン当日の男子共の空気感だ。入りのとき妙に感じたのは、その噂のせいだったのか。

「透、まだ髪決まんねえのか」

大地さんに軽く肩を叩かれた。

「もういきます」

立ち上がると、「男前にしちゃろ」と、ぐしゃぐしゃ頭を撫《な》でられ、うわ、と身を捩《よじ》る。

「最悪。五分前ですよ」

「わるいわるい。ほら、仕返ししてもいいぞ」

「届かないのわかってて言ってんでしょ」

大地さんは百八十センチ以上ある。大学生になってからもずっと、身長は伸び続けているらしい。百六十八センチの自分が手を伸ばしてもどうせ同じようにはできない。

手ぐしで直しながら、今度アイドル誌に提供するネタがひとつできたな、と心の中でメモしておく。

シンメトリー、対の位置で踊るだけの関係なのに、その相手とのエピソードはファンに喜ばれる。マネージャーいわく、「構いすぎる大地と、塩対応の透」がうけるそうだ。自分としては、つれなくしているつもりは全くない。むしろ、同じI'm-ageのメンバーということもあって、大地さんはリトルの中ではかなり気安く話せる存在なのだが。

行くぞ、と軽く腕を引かれ、メイクルームを出る。狭い廊下を、ぞろぞろと練り歩く。

「余命だって。おれ久しぶりにあんなストレートに訊かれたわ」

大地さんは愉快そうに笑っているが、笑い事じゃない。

余命。

何回聞いても嫌な気持ちになる隠語だ。

入所してから十年。それが、リトルの寿命だ。

十年以内にデビューできなければ、自動的にリトルは卒業となる。ユニバース事務所には所属し続けられるが、個人として舞台やドラマなどの芸能仕事をやっていくだけで、アイドルとしてのデビューはほぼ不可能だ。自然、年次が上の人間へは気遣いが生まれる。それを、あんなあけすけに訊《たず》ねるなんて。無神経にもほどがある。

「……あとで持田に言っときます」

低く呻《うめ》くと、やめろやめろ、と大地さんが手を振った。

「透って何気に体育会系だよな。見た目はクールな文化系のくせして」

「大地さんがゆるすぎるんですよ。あいつ、この前も舐《な》めたこと言ってて、俺、よっぽどその場で叱ろうかと」

「なんて？」

「大地さんのダンスはアイドルのダンスじゃない、ハカだ、って言ってました」

大地さんが、ぶっ、と噴き出した。怒るどころか、大笑いしている。

「ゴリラダンスの次はハカか。もっちー喩《たと》えがユニークだよな。透のことは体幹フラミンゴって言ってたぞ」

「どういう意味ですか」

「褒め言葉だよ。体幹がエグいって意味。片足Y字とか余裕でできるじゃん、おまえ」

「それは、まあ。でも、大地さんに対してのは暴言ですから」

「そんなかりかりすんなよ。事実っちゃ事実だし。それにハカだってかっこいいだろ」

大地さんが足を踏み鳴らした。ドンッと重い音が響く。

確かに、細身が多いリトルの中では、大地さんはかなり体格がしっかりしているほうだ。下半身の筋肉が発達していて、ステップひとつとっても、重めの動きになる。その分、ダイナミックな表現が可能になる。それが大地さんのダンスのよさだ。

黙り込んでいると、大地さんがさりげなく肩を抱いてきた。廊下の突き当たり、カメラが回っている。メイキング用だろう。大地さんがピースを作った。抱かれるまま、軽く頭を下げた。

まだ寝ている家族を起こさないよう、階段をゆっくり下り、靴を履いて慎重に外に出た。

六時半でもすでに明るい。夏は活動時間を長くとれるから好きだ。やるべきことを朝からやってしまえるのは気持ちがいい。河原まで早足で歩き、入念にストレッチを行う。筋が伸びるのを確認して、走り始める。町の東西を流れる川に沿って、三つ目の大橋で引き返し往復すれば大体五キロ。朝のジョギングにちょうどいい距離だ。

夏草の澄んだ匂いが心地いい。スピードを上げそうになるのを、ぐっと堪《こら》える。筋肉を少しずつほぐしていくのが目的だ。ペースを崩さないよう、ラップを刻みながら走る。

七時五分。もうすぐ前から野球部の集団がやってくる。どこの高校か知らないが、毎日この時間にここですれ違う。部活お疲れ様、とついつい心の中で言ってしまうが、傍《はた》から見れば俺も部活のために走り込む高校生だろう。

まあ、リトルでの活動だって、部活みたいなものか。

小六の終わりにユニバースに入所しリトルになるまでは、クラブチームでサッカーをしていた。放課後、練習場で同年代の少年たちと汗を流す。レッスンと差異はない。

サッカーを続けさせたかった父親は、クラブチームを辞めることに難色を示したが、家庭内闘争の結果、母親が勝利を収めた。自分はそれに従っただけだ。

ユニバースへの履歴書は母親が送った。ある日、オーディションにいけと言われ、交通費を持たされ、わけもわからず会場で踊り、そのままリトルと呼ばれるようになった。そこからもうすぐ五年、まだよくわからないままリトルとして活動している。先輩のツアーにバックでついたり、舞台やラジオ出演で給料を貰《もら》っている点では部活と異なるが、意識としてはサッカーをやっていたときとあまり変わらない。当然、本気でデビューを目指しているリトルたちにくらべれば、主体性なんてないに等しい。

たまに、振付師から「ダンスに主体性がない」と怒られるが、正直、仕方ないだろう、と思う。そもそも、ダンスの主体性ってなんなんだ。決まったリズムで決まった振りを踊るのが、誰がいつどのタイミングで観《み》に来ても一定の質のものを供給するのが、仕事としてのダンスじゃないのか。

大橋まで走り終え、引き返そうとしたときだった。前から、意外な人物が走ってくるのが見えた。

ウェアが全く似合わない派手なピンク髪に、遠くからでもわかるはっきりとした目鼻立ち。蓮司《れんじ》だ。

思わずその場で立ち止まる。蓮司もこちらに気づいたのか、ゲッ、と顔を歪《ゆが》めた。露骨にターンして、走り去っていく。

なんだかな。蓮司には随分と嫌われている。同期で家も近いとあって、入所当時はそれなりに親しくしていたはずだが。正直、心当たりはまったくない。

こちらも背を向けて、家に向かって走り始める。百メートルほど走ったところで、「待て」と後ろから肩を摑《つか》まれた。全力で追いかけてきたのか、蓮司は肩で息をしている。

「なに。どうした」

「言うなよ」

かぶせ気味に蓮司が言った。

「何を」

「俺が走り込みしてたこと」

「なんで」

「ダセーから」

大まじめに言っている。まさか、釘《くぎ》を刺すためだけに追いかけてきたのか。

「それ、言ってる時点でダサくないか」

指摘すると、蓮司はばつが悪そうに、うぜ、と悪態をついた。

「まあ、でも、意外だよ。蓮司が走り込みしてるなんて」

レッスン場でも本番でも流すばかりで、「くだらない」という態度を隠そうともしない。そのやる気のない態度に、リトルからもファンからも「手抜きアイドル」と揶揄《やゆ》されている蓮司が、こんな朝っぱらから走り込みだなんて。

「肺活量落としたくないだけだ」

視線を逸《そ》らし、蓮司がぼそりとつぶやいた。

なるほど。

蓮司は歌が上手《うま》い。声質も声量も頭一つ抜けていて、ミュージカルにも多数出演している。そこだけは死守したいのだろう。

蓮司は今、謹慎中だ。先日、ホテルでのベッド写真が流出した。未成年ということもあって、一定期間、活動を休止するという形で謹慎が言い渡された。そこから、蓮司はレッスン場にもめっきり来なくなってしまった。MIDNIGHT《ミッドナイト》 BOYZ《ボーイズ》のメンバーに迷惑をかけているし、顔を出しにくいのはわかるが、そんなことを続けていたら、どうやったって体は鈍《なま》るし、振りも抜けていく。走り込みはいいが、家でもちゃんと踊っているのだろうか。

訊ねかけて、ためらう。もしかして、こういうところが嫌われる原因なのかもしれない。

それ以上会話が続かず、気まずい沈黙が流れる。何かないか、と頭の中を探って、あ、と思いついた。

「蓮司、あの噂って知ってるか?」

噂? と怪訝《けげん》な表情を浮かべる蓮司に、サマーマジックとラスオズの噂を説明する。最後まで聞き終えて、蓮司は「しょうもね」と一言吐き捨てた。

その反応に、少しほっとする。蓮司ならそう言うと思った。

「そうなんだよ。くだらない噂なのに、信じてるやつが多くて。最近みんな、変に気合い入ってるっていうか。そのせいで、サマジ、始まってまだ一週間なのに、ちょっとバテてるやつもいてさ」

「それ入りたての頃にやるやつじゃねえか」

「そう、ペース配分間違うやつ。持田なんか毎日へろへろだよ」

「持田ァ? あいつ何年目だよ」

蓮司のせせら笑いに、溜飲《りゅういん》が下がる。

「持田、誰が選ばれると思うか、いろんなやつに訊いて回ってんだよ」

「ああ。おまえ、って言ってほしいんだろうな。まあ、噂が本当だとしても持田はねえよ。フツーに考えたら遥歌《はるか》だろ。あんなん、顔がもう優勝だよ。持田なんかと同じグループで腐らせとく時間がもったいねえ。とっととデビューさせて、スター街道乗せるべきだ」

蓮司の口から遥歌の名前が出たことに驚く。あの場で名前は出さなかったが、正直、可能性があるとしたら遥歌じゃないかと自分も思っていた。蓮司はなぜか俺を毛嫌いしているが、やっぱり俺たちは気が合うんじゃないか。

ああでも、と蓮司があごに手を当てた。

「俺、見たぞ。この前、大地さんがお偉方と会議室に入っていくの」

「大地さん？」

「そ。こないだ事務所で説教くらった後だよ。入れ違いで、隣の会議室におまえんとこのマネージャーと一緒に入ってった。俺みたいに何かやらかしたんかと思ってたけど、もしかしたらその話だったのかもな」

意地悪く、蓮司が口の端を歪めた。

まさか。

大地さんが、ラスオズに？

「おまえ、なんも聞いてないの？」

動揺を見抜いたのか、蓮司がたたみかけるように嘲笑《ちようしよう》した。

「ま、大地さんもおまえみたいなサイボーグにはなんも言わんわな」

それだけ言い捨てて、蓮司は背を向けて去っていった。

「サマーマジックっていいよなあ」

バーに片足を乗せ、上体を折り曲げながら、大地さんがのんびりとした声を出した。リラックスした表情で、なんとなく、湯に浸《つ》かっているカピバラを思わせる。

「なんですか、いきなり」

事務所のレッスン室に他に人はおらず、地下ということもあって、声がやけに響いて聞こえる。

「いや、ふと思って。よくね？」

「公演にいいも悪いもないと思いますけど」

「そう？　おれは単純に好き。持てるかぎり、やれること限界までやって一瞬をつくり出す感覚が、〝夏の魔法使い〟って感じで」

サマーマジックのコンセプトは、「真夏の昼の夢」だ。観客は夏の森に迷い込んできた旅人。リトルたちは、ユニバースのメドレーをはじめ、コント、ミュージカル調の芝居、タップダンス、サーカスめいた曲芸と、ありとあらゆる「魔法」でもって、旅人を翻弄《ほんろう》し、歓待する。

「その分疲れますけどね」

「なあ。二幕からの衣装めちゃくちゃ動きにくいしな」

ははは、と穏やかに笑う。いつも通りの大地さんだ。隠し事をしているようには見えない。

ストレッチを終えた大地さんが、バーから足を下ろした。

「そういや、もっちーが言ってた、サマジの噂だけどさ」

唐突な話題転換に、まさか、と身構える。開脚をやめて、居住まいを正した。

「透は、今回のサマジでがんばろうとは思わないの？」

「え」

予想外の問いに、口を開けたまま固まってしまう。

「みんなさ、なんだかんだ意識して力入れてるだろ。でも、透はいつもどおりだから。ぶっ倒れない、きっちり八十パーセントの力で回そうとしてる」

「それは……」

見抜かれていたとは。しかも、余力の具合まで、正確に。

サマーマジックが始まる前、全力でやるぞ、とリーダー格のリトルが鼓舞していたが、それを横目に、八割で、と俺は決めた。公演は一ヶ月間。何よりも、走り切ることが大切だ、と。

指摘された気まずさと、それのどこが悪いんだ？　と思う自分もいて、どう返していいかわからない。

「この機会に目立って、デビューしたいとは思わないんだ？」

見据えられ、つい目を逸らす。

責める口調ではない。でも、大地さんの射貫《いぬ》くような視線は、少し居心地が悪い。ステージングでもそうだ。その場にいる観客だけじゃない。カメラの奥の奥まで、大地さんは見る。心の奥まで、射貫く。

黙り込んでいると、大地さんが、ごめん、と謝ってきた。

「透、そういうの考えてても態度に出すタイプじゃないもんな。ヘンなこと訊いて悪かった」

頭を下げられ、やめてください、と慌てて立ち上がる。

「俺はやるべきことをやってるつもりで……。デビューできるかもしれないから頑張る、っていうのも違う気がして。課題があるなら期日までにこなすべきだし、金払って観に来てくれてる客がいるなら、一定のクオリティのものを見せるだけ、っていうか」

「やるべきことを、ね。そのモチベでやってててしんどくないのか？　毎日けっこう大変だろ、レッスンも公演も」

「さあ……。当たり前のことを当たり前にやるだけ、って感覚なので。何がモチベーションかは、あまり関係ないかもしれません」

「当たり前、か」

大地さんがつぶやいた。

――大地さんもおまえみたいなサイボーグにはなんも言わんわな。

ふと、蓮司の声が頭に響いた。心臓が、スッと冷える。

こういうところなんだろうか。大地さんが俺に何も言おうとしないのは。マネージャーとお偉方と、いったい何を話していたのか。今の流れなら、訊ける。サマジといえば、大地さん、もしかして――。

「サマジの最後に歌う曲あるじゃん」

タッチの差で、大地さんが先に話し始めた。喉元まで出かけた言葉をどうにか呑《の》み込む。

「最後……エバーグリーンですか？」

「そ」

あの日きみは　光の中で
笑いながら　泣いていた

傷つきながら　かがやいて
ぼくらどこまで　ゆけるのか
だれにもなれない　ぼくのまま

大地さんが出だしの数コーラスを口ずさんだ。低く太い歌声。高い声が多いリトルの中で、下ハモを無理なく歌える貴重な声だ。

「あれってさ、おれら自身のことを歌ってる曲でもあるわけじゃん」

「まあ、そうですね。そういう体《てい》の曲ですね」

「テイって言うなよ」

大地さんは顔をしかめたが、実際そうだろう。アイドルとしての苦労苦悩を匂わせるような歌詞だ。今までの経験を想起させ、エモーショナルな気分にさせる効果がある。現に、サマーマジックの最後に歌うことで、泣き出すリトルも少なくない。

そういえば、大地さんが泣いているところって、見たことがない。

リトルのレッスンは厳しい。怒られて泣き、悔しくて泣き、苦しくて泣き、汗と涙、同じぐらい流して一人前だとも言われる。でも、大地さんは、少なくとも俺の前ではそのどれも見せたことがない。いつも穏やかに笑って、泣くこともなければ、怒ることもない。厳しいことを言うときも、言葉を選んで、威圧的に怒鳴ることは絶対にしない。

リトルのオーディションのときに、先輩として前に立っていたのが大地さんだった。ダンスなんて今までやったこともない俺は、前で踊る大地さんを真似《まね》して、わけもわからず踊った。大地さんは時折、後ろの俺の様子を確認しながら、どの先輩よりも丁寧に、初心者用に踊ってくれた。

入所後は、大地さんが直属の先輩としてリトルのいろはを教えてくれた。最初はその広い背中を見ながら踊って、同じグループになってからはシンメとして隣で踊って。メンバーの入れ替えもそれなりに経験したけれど、大地さんとだけはいつも一緒に踊っていた。

おれはさ、と言いながら、大地さんがスピーカーの電源を入れた。

「あの曲、好きなんだけど、歌うのは苦手なんだよな」

「へえ。そこまで難しい曲じゃないと思いますけど」

「いや、どっちかっていうと感情的に。ちょっとフィットしすぎっていうのかな。〝傷つきながらかがやいて〟なんて、ほんとそうだから。八年やってて、思うよ。みんなどこかしら損ないながら、傷つきながらステージに立ってる。そうじゃないと輝けないって言い聞かせてさ」

そうなんですか、と言うのは、さすがに他人事《ひとごと》すぎるだろうか。「エバーグリーン」の歌詞も、あまり自分に重ねたことはない。傷ついて輝くなんて、ダイヤじゃあるまいし。

「透はさ、そのままでいいよ。傷つかずに輝けるなら、それに越したことはないんだから」

それだけ言って、大地さんが練習曲を踊り始めた。急いで並び、合わせる。フォーメーションチェンジが多い曲だ。ステップを組み合わせながらの移動が難しい。バタバタすると見苦しいが、オーバーめに踏まなければ間に合わない。今は二人だが、合わせるときは十二人だ。一歩踏み込む位置を間違えると、ぶつかってしまう。お互いの位置を常に把握しておかないといけない。

大地さんが脇から前にすり抜けてくる。黒髪が見慣れない。仕事で黒染めすることはあっても、それが終われば金髪に戻していた。どこにいるかすぐにわかる、スポットライトの下、いちばん目立てる色。

ツーエイト、立て膝で待ちながら見つめる。大地さんは真剣な顔でカウントをとっている。温厚な顔立ちに耳上で刈り上げた短髪。実直で素朴な青年、という感じだ。べつに、黒が似合わないわけじゃない。でもずっと、なにかが、しっくりこない。


信号機のない横断歩道を渡っていると、夕日を背負って車が走ってくるのが見えた。小走りで渡り終える。途端、汗が噴き出してきた。夕方でもこんなに暑いとは。夏休みのこの時間に外をうろつくのは久しぶりだ。空調の効いた室内で動き回ってかく汗とはまた違う、じっとりとした汗が首を伝う。

待ち合わせ場所の公園に、柴田《しばた》は先に来ていた。何をするでもなく、ベンチに座ったまま走り回る子どもらを見ている。

「久しぶり」

声をかけると、柴田がおう、と言って横に体をずらした。会うのは、柴田の中学最後の試合を見に行ったぶりだ。目や耳にかかるほど伸びた髪のせいか、大人っぽさが増している。背も随分と伸びた。横幅が変わっていない分、ひょろりとした印象を受ける。ハーフパンツからのぞく脚は記憶よりも細くなっていた。

隣に腰を下ろす。木陰におおわれているものの、ベンチは熱い。柴田の高い鼻や頬《ほお》が赤く焼けている。いつからここに座っていたのだろう。

「悪いな、急に。加地、夏休み忙しいんだろ」

「大丈夫。今日はオフだから」

「オフ！　芸能人みてえ」

からかうように笑ったが、すぐに、「いや、芸能人なのか」と感慨深そうな表情を見せた。

「なんだっけ、リトル？」

「ああ」

「クラスの女子にもいたよ。熱烈に推してるやつ。布教されたから、オレも何人か名前わかるよ。おまえのファンは見たことないけど」

「言わなくていいんだよ、そういうのは」

苦い声を作って返すと、柴田は、はは、と軽く笑った。もっと気落ちしているかと思ったが、このぐらいの軽口は叩けるようだ。

「うそうそ、いるいる、おまえのファン。加地がサッカーやめてアイドルになるって聞いたときはマジでビビったけど、おまえ、ちゃんとそれっぽい見た目になっていってるもんなあ。すげえよ」

「そうか？」

「ああ。かっこよくなった」

真顔で柴田が言う。仕事以外で面と向かって容姿を褒められるのは久しぶりで面映《おもは》ゆい。同世代の男子よりは確実に容姿に気を遣ってはいるが、周りに男前がゴロゴロいるせいで、自分の容姿に適切な自己評価を下すのがなかなか難しい。自分では変わったつもりはないが、柴田は世辞を言うタイプではない。少しはアイドルらしい見た目になってきているのだろう。

柴田は痩せたな、と言いかけてやめる。柴田はきっと、自分自身の変化を自覚している。

「まあ、無愛想なところは変わってないけど。つかおまえ、それでアイドルやっていけてんの？　アイドルってもっとニコニコ笑って愛嬌《あいきょう》をふりまくもんじゃねえの」

「俺はクール系だから」

「それ自分で言うやつじゃないだろ」

柴田が笑って、足元に置いてあるサッカーボールを足の甲に乗せた。

そこに触れていいものか。

躊躇《ちゅうちょ》していると、柴田がボールを高く蹴り上げ立ち上がった。風が吹いて、汗と柔軟剤が入り交じった匂いが漂ってくる。

ボールを受け止めた柴田が、ちょっと蹴らねえ？　と言った。

「俺はいいけど……その、脚は」

「このぐらいなら大丈夫だよ」

柴田が左脚を軽く叩いた。

強烈で正確なシュートを放つ左脚。クラブチームを辞めてから、柴田のプレーは数えるほどしか見ていないが、スポーツ推薦で単身、地方の強豪校へと入学したぐらいだ。その左脚は高校に入ってからも健在、だった、のだろう。

柴田から連絡が来たのは、夏休みに入る直前だった。

学校を辞めて帰ってくる、というメッセージには、脚の怪我でサッカーを続けられなくなったこと、夏休み明けからこちらの高校に通うこと、その前に一度会えないか、ということが端的に書かれていた。クラブチーム時代も含め、中学に入ってからも、柴田とそこまで深く付き合っていた記憶がない。意外だったが、休演日でよければ、と返した。

柴田がボールを蹴った。強くもなければ弱くもない球だが、寸分のズレもなく真《ま》っ直《す》ぐ足元に転がってきた。相変わらず抜群のコントロールだ。蹴り返すと、球は柴田の立つ位置から左に逸れた。

「おまえ、ほんとに辞めてからサッカーやってないんだな。部活も入ってないんだっけ」

「ああ。リトルの活動で手一杯だよ」

蟬《せみ》の声が煩《うるさ》い。少し声を張る。

ふーん、と言って、柴田がまた正確な球を蹴った。

「そんなに楽しい?」

「楽しいとかは、とくに」

「楽しくないのにやってんの？」

「まあ、仕事だし」

「じゃああれだ、女子にモテるからだ」

「モテないよ」

「ウソだ。キャーキャー言われてんじゃん」

「あれはファン。モテるにカウントしない」

「学校で告られたりしねえの？」

「ない」

リトルだと知られてはいるから、好奇の目で見られることはある。だが、それは必ずしも好意に結びつくわけではない。むしろ、あのレベルでアイドル？　という視線を向けられることも少なくはない（リトルなら誰もが遥歌や蓮司のような顔面だと思ったら大間違いだ）。

入学当時はそれなりに話しかけられもしたが、元来の愛想のなさも手伝って、今では女子どころか男子も近づいてこない。移動教室も昼食もほとんど一人だ。空いた時間を使って曲入れや振り入れをしている。俺の学校生活を大地さんは大げさなぐらい心配してくるが、人と関わるのはそれなりにエネルギーが要る。学校はこのぐらいがちょうどいい。

「いや、オレは知ってる。おまえみたいなのが実は裏じゃ人気があるんだ。大人っぽい、とか、言って！」

柴田が強い球を寄越してきた。トラップが上手くいかずボールが跳ねる。

「いいな、アイドル。チャラい恰好《かっこう》で歌って踊るだけなんだろ。オレもやろうかな」

柴田が半笑いで言った。体を少し、傾けたまま。

咄嗟《とっさ》にどう返せばいいかわからず、反応が遅れる。

そうだろ、柴田もやれよ、楽だから——。

こんなの、軽口の延長だ。だから、本心でなくともそう流せばよかったのに、一瞬、汗だくで踊るリトルたちが脳裏をよぎって何も言えなかった。無言でボールを蹴り返す。

ボールを止めて、悪い、と柴田が謝った。本気で言っていないことはわかっていたから、黙って頷《うなず》く。

「嫌だな。オレ、今スゲー嫌なやつになってるんだろうな。自分が世界で一番かわいそうだ、って浸って人に当たって。わかってんだけどな、どうしようもねえよ」

ため息をついて、足元のボールを見つめた。

柴田は、中学のときからオスグッド気味だった。高校に入って悪化した。でも練習しなければレギュラー争いには加われない。無理な体の使い方をした。それも手伝って、柴田は練習試合で靱帯《じんたい》を酷《ひど》く痛めた。医者と監督には、リハビリと治療に専念するよう言われた。だが部員は二百人超の強豪校。柴田の怪我の回復を待ってくれるほど甘くない。焦った柴田は治りきっていないのに練習に参加しては脚を痛めてを繰り返した。そのうち、柴田はマネージャーという扱いになった。しばらく部に籍を置いていたが、二年の春、自らの意思で退部した。

ボールを足元で転がしながら、入学してから今に至るまでを、柴田がぽつぽつと語った。気づけば、柴田は隣に来ていた。

「学費がさ、クソ高いわけ。オレそんなん今まで気にしたことなかったんだけど。つか免除だったし。免除が外れるってなって、軽い気持ちで調べてみたらさ、ビビる額で。オレはスポーツ推薦だから、って成績も気にしてなかったんだけど、そのせいで全然授業にもついていけなくて。こんなとこまできて何してんだろう、って思う時間が長くなって。ま、よくある話だよ。スポーツ推薦あるある。つまんねー話。ってこれも自虐になるのか。むずかしーな」

柴田が自嘲気味に笑った。顔が暗く翳《かげ》る。気づけば辺りは薄闇に包まれていて、子どもたちの声も、蟬の鳴き声すらも聞こえない。木々が風に揺れる音だけが響き、気まずい沈黙が流れる。

どう言葉をかければいいのだろう。

とっくの昔にサッカーをやめた人間が、怪我も経験したことのない人間が、今ここで慰め程度のことを言っても、柴田が抱える苦しみはどうにもしてやれない。同じ深さで受け止めることも、共感してやることもできない。柴田は柴田で、俺は俺だ。

「柴田、申し訳ないけど、この件で俺は聞き役に向いてない。相馬《そうま》とか高橋《たかはし》とか、サッカー続けてて話を聞けるやつに、きちんと聞いてもらったほうがいい」

率直に伝えると、柴田はぽかん、と口を開けた後、あっはっはっ、と豪快に笑った。

「おまえ、ほんと昔から変なとこバカ正直だよな。フリでもいいから慰めようとしろよ。つめてーな」

「……それは、自覚してる。マネージャーにも怒られるし、ファンにすら言われる。愛想カスアイドルとか全身血じゃなくて塩が流れてるとか」

「いや、ファン容赦ねー。血じゃなくて塩って、推しに使う表現じゃねえだろ。加地もそこまで言われてるんならさすがにどうにかしろって」

返す言葉もない。

さすがにばつが悪くなって押し黙る。ひとしきり笑った柴田が、目尻を指で拭った。

「加地でいいんだよ。加地ぐらい、別世界の人間じゃないと、オレは多分、今なにも話せない。なんにも」

眉根を苦しそうに寄せたまま、柴田は薄い笑みを浮かべた。無理やり上げているだろう口角は、今にも落ちそうだ。弱音が、プライドの防波堤を越えようとしている。

軽口を叩ける余裕があったんじゃない。あれは、俺のために叩いた軽口だった。

「言うてもさ、オレはそれなりに納得してるんだよ。監督たちの言うこと聞かずに無茶したのは自分だ、しゃあねえべ、って。でも、なんつーかな、親が落ち込んでるのが一番キツい。期待がデカかった分、ため息もデカいっつーか。しかもその反動で、あれはどうだ、これはどうだって色々次の目標を並べてくるんだよ。今言ってきてんのはスポーツドクター。この経験を活《い》かせるはずだ、ってな。ウツクシー夢の出来上がりだ」

なんで何かを目指さなきゃいけないんだろうな、と柴田が漏らした。あ、と声が出そうになる。そう。その感覚。少し前から、ずっと引っかかっていたもの。

柴田、それだけど、と言おうとしたが、先に柴田が言葉を継いだ。

「加地もさ、大変だと思うけど、あんま無茶すんなよ。アイドルってすげえハードなんだろ？クラスの女子が見せてくれたよ、ドキュメンタリーみたいなやつ。オレと同い年ぐらいの連中がさ、痛み止めとか解熱剤とか打ちまくってステージ上がってなんともないフリして踊ってた。あれ、ちょっと自分に重なったとこもあってさ。加地、大丈夫なんかな、って。まあ、今日オレが言いたかったのは、それだけ。悪かったな、時間とらせて」

ひと息で喋《しゃべ》って、柴田が話を切り上げた。ボールを持ち上げる。固まったままの俺に、「でも加地はきっと大丈夫だな」とさみしげに笑いかけ、帰るか、と背を向けた。

例の噂は、いつのまにか「パフォーマンスを見て、グループチェンジ、新グループを誕生させる」という話にまでなっていた。

ステージングにもますます力が入り、観に来ていた母親も、今年はみんな元気ね、と感心したように言っていた。あんたももう折り返しなんだから、負けないようにね、とも。

デビューを目指すのが当たり前だと思っている決まり文句。いつも通り適当に流そうと思ったが、ざらりとしたものが喉につっかえて、なにも出てこなかった。俺がリトルを辞めたら、この人は、どういう反応を見せるのだろう。柴田の親のように、また次の未来を被《かぶ》せてくるのだろうか。

気合いが入りすぎている、という点では、大地さんもそうだった。

普段なら、ぞくっとくるほど揃《そろ》うシンメのターンも、力が入りすぎているせいか微妙にずれてしまう。ちょっとした移動でも、一呼吸遅れる。逆に、ダンスは若干早取りになっていて、他のメンバーが遅れているように見えてしまう。

気にしなければ気にならない程度のものだが、今まで阿吽《あうん》の呼吸でやってきたぶん、些細《ささい》なずれが気持ち悪くてたまらない。それでも、気にするな、と言い聞かせるしかない。大地さんだって、もう八年目だ。そりゃデビューしたいだろう。あんなくだらない噂にのせられているなんて、らしくないが。

「透くん！」

自販機の前、よく通る澄んだ声に振り返ると、廊下の奥から遥歌が駆け寄ってきた。殺風景な事務所の一角が、一瞬で明るく華やかなものになる。

遠近がくるいそうなほど顔が小さい。蛍光灯の光を受けて、元々白い肌がさらに白く透き通って見える。こぼれ落ちそうなほど大きな目はきらきらと輝き、自然と上がった口角とあいまって、人好きのする顔だ。目も唇も頬も、まろやかなパーツが多いが、すっきりと通った鼻筋が全体の印象を絶妙に引き締めていて、撮影時、メイクスタッフに「やることがない」と言わしめる美少年ぶり。これでまだ十四歳。ユニバース史上最高の美貌と言われるだけある。あまりにも整いすぎて、見るたび畏敬のような念すら抱いてしまう。

「お疲れ。今帰ってきたのか」

「うん。直帰してもよかったんだけど、事務所のロッカーに夏休みの宿題入れっぱなしだったから取りに来た。もー、今日始発ですよ。超つかれた」

遥歌が人なつこく笑った。目の下に、うっすら隈《くま》が見える。

サマーマジックの一ヶ月間、公演だけに専念できるかといえば、そうでもない。多少調整はしてもらえるが、他の仕事も通常通り走っている。忙しいリトルだと、早朝、新幹線で地方に発《た》ち、本番前に滑り込みで帰ってくるなんてのもざらだ。夏休みなんてほぼないに等しい。

「透くんは仕事？　レッスン？」

「仕事。会議室でショート動画撮ってた」

「配信用ですか？」

「そう。まあ、個人のだけど。俺だけ更新頻度少ないって、マネージャーに怒られて、急遽《きゅうきょ》」

「うわー！　ファンの人よろこびますよ。透くんがソロで出てくれるの、貴重だもん。おれも後で見ますね！」

遥歌が完璧なアイドルスマイルを浮かべてみせた。

浄化、という単語が頭に浮かぶ。正直、アイドルを見て元気が出るというファンの気持ちにピンとこないままこの仕事をしてきたが、今、ちょっとわかったかもしれない。あやうく合掌しかけた。

感心しながら見ていると、遥歌が少しだけ口角を下げた。なにか言いたげな目で、周りを確認している。

変な沈黙が続く。そのくせ、いっこうに口火を切らない。

「じゃあ」と言おうとしたときだった。

「あの、おれ、見ちゃったんですけど」

声を落とした遥歌が、一歩近寄ってきた。

「さっき、そこの応接室から、大地さんとチーマネと常務が出てきたんですよ。ちょっとシリアスな雰囲気で。どーしたんですか、って一応声かけたんですけど、ごまかされちゃって。大地さん、あんなふうに笑うことあんまりないから、気になって」

笑顔を引っ込め、顔を曇らせている。

またた。

また大地さんだ。

「蓮司くんも謹慎前ああいう感じで呼び出しくらってたし……。何かあったのかな、大地さん」

「……さあ。大地さんにかぎって、その手の不祥事は起こさないだろ」

「そうだけど……あ！　じゃあもしかして、大地さんなのかな。ラスオズ入りするの」

一転、どことなく、嬉《うれ》しそうに言う。反射的に、わからないだろ、と強く否定してしまう。

遥歌がびくりと肩を跳ねさせた。

「ごめんなさい！　そうですよね、透くん、大地さんとシンメですもんね。おれ、無神経なこと……」

「や、違う。ごめん、今のは俺が悪い。ちょっと強く言いすぎた。大地さん、サマジが始まる前にも呼ばれてたみたいだし。別件だよ、きっと」

口調に気をつけて補足する。遥歌は人の心の機微に敏《さと》く、繊細だ。些細なことで傷ついて、心身ともにやられやすい。この忙しいときに、余計なことでストレスを与えてはいけない。

「そうなんですか？」

「ああ。この間、蓮司が言ってた」

「え？　透くん、蓮司くんと連絡取ってるんですか？」

遥歌が顔を輝かせた。

「おれ、蓮司くんに連絡したいんですけど、三田《みた》さんから接触禁止令が出てて……。蓮司くん元気でした？」

三田さん、そんな禁止令出してたのか。

マネージャーの立場としては秘蔵っ子に悪影響を与えたくないんだろうが、プライベートでも連絡を取るななんて、いくら蓮司が謹慎中とはいえ横暴だ。言わなければバレないものを、律儀《りちぎ》に言いつけを守っているのが遥歌らしいが。

「変わりなかったよ。偶然会っただけだから、近況までは聞けてないけど」

「そっかあ、よかった」

ほっとしたように、遥歌が胸に手を当てた。

「でも、蓮司くんの謹慎、きっと夏いっぱいは解けないいんですよね？」

「まあ、無理だろうな」

「残念。おれ、この謹慎さえなければ、蓮司くんがラスオズ入りでデビューだと思ってたのに」

「へえ。なんで蓮司？」

蓮司は遥歌だと言い、遥歌は蓮司だと言う。そういう意味じゃここは相思相愛だ。

「なんでって、蓮司くん飛び抜けてるじゃないですか。一人だけ歌もダンスもレベル違うっていうか。ミュージカルだって何本も出てるし、アイドルオーラみたいなのもすごいし！　この前のソロの表紙見ました？　色気ヤバすぎておれもう三冊も買っちゃって」

興奮で頬がピンクになっている。まるでファンだ。

なるほど、蓮司は遥歌のビジュアルを買っていて、遥歌は蓮司の実力を買っているのか。

じゃあ、大地さんは？

大地さんがラスオズ入りって、正直想像がつかない。

遥歌の顔。蓮司の声。大地さんのよさは、そういう派手でわかりやすい、表面的なものではない。でも、ラスオズはどちらかと言えば、そういう派手なスキルを持ち合わせた王道アイドルグループだ。そこに大地さんが入るのは違和感しかない。

「ちなみに、透くんは誰だと思います？」

正直に遥歌だと伝えると、遥歌は「えー！」と驚き首をぶんぶんと振った。

「ぜったいおれじゃないですよ！　なにもかも足りてないですもん。おれ、こないだも顔だけ野郎とか言われちゃって。まあ、実際そうなんですけどね」

「誰がそんなこと言ったんだ」

遥歌は目立つ。仕事も多い。事務所からもあきらかに大切にされていて、その分、やっかみの対象になりやすい。

何かフォローを、と思ったが、遥歌は誰の名前も出さず、にこにこ笑うだけだった。

「えー、でも、うれしいなあ。透くんにそう思ってもらえてたなんて」

へへ、とはにかむ。両頬にえくぼが出来る。いったい、どこの筋肉をどう動かせばそんなに愛嬌のある顔で笑えるんだ。爪の垢《あか》でも煎じて飲んでくれ、と頭の中でマネージャーが嘆いている。

「まあ、万が一そんな話きても、おれはぜったい受けないですけどね」

「へえ」

意外だ。遥歌はユニバース好きが高じて、自分で履歴書を送ったタイプだ。当然、デビュー意欲も高いと思っていた。

「おれ、UNiTE《ユナイト》のメンバーでぜったいデビューしたくて。だから、おれだけ引っこ抜かれてデビューとかやだし、ソロなんてもうありえないっていうか」

「ソロの話来たんだ？」

拾うと、遥歌は、しまった、という顔をした。

「そんな、本気のやつじゃないですよ。考えてみたら〜ぐらいの、ライトなやつ。でも、あの、誰にも言わないでくださいね。とくに、その、もっちーには……」

「持田？　なんで？」

「前に、もっちーにも同じ事訊かれて。その、誰がデビューするか、みたいなの。おれはちゃんと蓮司くんって言ったんですけど、もっちーからは、遥歌じゃねーの、って探りっぽいのを入れられて。おれ、そのとき、何も隠し事なんてしてないよ、って言っちゃって。でも、おれ、ソロの話きたって、もっちーには言ってなかったから、うそついたことになっちゃう……」

遥歌がしゅん、とうなだれた。気遣う意味がよくわからず、はあ、とお粗末な相づちを打ってしまう。

持田と遥歌、同じUNiTEのメンバーのはずなのに、どうも遥歌が一方的に気を遣っているようにも見える。話を聞くかぎり、遥歌、ソロのほうが気楽にやれるような気もするが。

「透くんは、もしソロデビューの話がきたら受けますか？」

遥歌がうかがうような上目遣いを向けてきた。

どうだろう。グループでデビューと言われても首を捻《ひね》るぐらいだ。ましてやソロなんて。受けないと思う、と答えると、遥歌は、ですよね、と力強く頷いた。「やっぱりデビューはグループで、ですよね」と。

それもそれで違う気がするのだが、黙って合わせておいた。


千穐楽《せんしゅうらく》の空気は独特だ。これで最後だという安堵《あんど》と名残惜しさ、切れそうな糸をギリギリのところで保とうとする緊張感。熱気と興奮と緊張がピークに達する。

サマーマジックは、夏の盛りにほぼぶっ続けの一ヶ月公演ということもあって、毎年、千穐楽の頃には何人かはバテていなくなる。そこを、歴が長く慣れているメンバーがフォローするというのが恒例だったが、今年の千穐楽はとくに酷かった。

連日の真夏日で倒れたリトルが多かった上、年長のリトルも仕事で抜け、限られたメンバーでしかフォローに回れない。自分の出番以外も代役とフォローで駆け回り、息つく暇もない。メドレーの途中で抜け、曲と曲の合間にステージ間を移動し、先輩グループのバックで踊る。

捌《は》けた後は大急ぎで衣装を替え、後輩の代役をこなす。フライングをした直後に、ホールを一周する。何が何やら、もうめちゃくちゃだ。合っているのかもわからないまま、ただ、穴をあけるのだけは回避すべく、ホールの端から端まで走り回る。

一幕をどうにか乗り切り、二幕の初め、袖で後輩グループのメドレーを見ながら待機する。

これが終われば大地さんと二人で出番だ。暗転直後、ナレーションが入り、大地さんがステージへと出る。森へとやってきた、疲れ果てた旅人として。それを踊り誘《いざな》う森の精が、自分に割り振られた役だ。ほとんどコンテンポラリーに近い踊りで、いつものダンス以上に、指先まで気を配らなくてはいけない。かろやかであればあろうとするほど、筋肉が物を言う。自分の出番の中では見せ場といっていいシーンだが、かなりの体力を要する。用意された衣装は重ね着につぐ重ね着で、その後の早替えのためとはいえ、鎧《よろい》のように重い。これでかろやかに踊れ、なんて本当に無茶を言う。まあ、ジタバタ苦労しているところなんて見せてもしょうがないが。アイドルの仕事なんて、楽そうに、かるくこなしているように見えるぐらいでちょうどいい。

それにしても暑い。光が熱い。眩《まぶ》しい。ライトが目に突き刺さって痛い。体には力が入らないし、頭がやけに重い。

額の汗をぬぐって、ぎょっとする。汗の量が尋常じゃない。これ、メイク落ちてるんじゃないか。手の甲を頬に当てる。熱い。火照《ほて》っている。駄目だ。森の精は人間味の薄さが肝心の役なのに。

「大丈夫か」

振り返った大地さんに声をかけられ、反射で「はい」と答えたが、出たのは蚊の鳴くような声だった。顔をのぞきこまれ、目が合う。大地さんの顔が険しくなった。

「大丈夫じゃないだろ。おまえ、顔真っ赤だぞ」

「らいじょうぶです。緊張してて」

ろれつがあやしい。水、と大地さんが袖水《そでみず》を渡してきた。一口飲んで、ハッとする。そうだ、水。最後に摂《と》ったの、いつだ。思い出せない。

「透、それ熱中症じゃないのか」

ふらつきそうになるのを、すんでのところで堪える。

最悪だ。水分と塩分なんて、こんな初歩の初歩。

ステージではアウトロが流れている。もうすぐ暗転だ。スタッフに声をかけようとした大地さんの裾を引っ張る。

「駄目です。間に合いません」

「でも、それじゃ踊れないだろ」

「やります。俺のミスです」

「無理だって」

「三分半。三分半踊りきれば、あとはソロの出番ないんで、すぐ救護室いきます」

大地さんが言い募ろうとした瞬間、照明が落ちた。録音のナレーションが流れ出す。これが終われば、大地さんはすぐ出て行かなくてはいけない。大地さんと二人、無言で顔を見合わせる。

「脱げ」

「え？」

返事をする前に、問答無用でひんむかれた。あっという間に上半身裸になる。

「役を交代しよう。おれが森の精として踊る。透は旅人として立っててくれればいいから」

はあ？　と、場所を忘れて大声を出しかける。

「無理ですよ。動き、全然違うでしょ」

「なんで？　透、どうせ覚えてるだろ、おれの動き」

「わかりますよ、俺はできます。でも大地さんは無理でしょ」

言葉も選べずまくし立ててしまう。ナレーションが半分終わった。早く衣装を取り戻さなければ。奪い返そうとしたが、大地さんは自分の衣装を脱ぎ捨て、かなり無理やりに森の精の衣装を着てしまった。暗闇にも、ピチピチでところどころ破けているのがわかる。間違いなく後で衣装さんにぶっ叩かれる。

「大丈夫。覚えてるから」

「覚えてるって、何を」

「透の振りだよ。細かいところまでは怪しいけど、大体の動きはわかる。代わるぞ」

大地さんが俺の振りを覚えてる？　見てて覚えたってことか？

いや、悪いが大地さんはそんな器用なタイプじゃない。振り入れも遅く、いつも最後まで残って確認している。なら、普段から練習していたのか？　純粋にダンスが好きで、勝手に他人の分まで振り入れして踊っているやつはいる。でも、でも、大地さんはそうじゃない。じゃあ、今回だけ練習していたのか？　そんなこと、今までしてなかったじゃないか。なんで、今回、今年だけ。

「そんなに、目立ちたいんですか」

こんなときに何言ってんだと頭のどこかではわかっているが、口が言うことをきかなかった。

「アピールできるからですか？　臨機応変にやれるって。俺に何かあったとき、取って代われるように練習してたんでしょ。点数稼げますもんね。あと余命二年だからって、必死こいてバカみてえ」

思いきりコケにしてやったのに、大地さんは何も言わない。

どうして何も言わないんだ。

言ってくれないんだ。

そんなわけないとか、バカじゃないかとか、吐き捨ててでも否定してほしいのに、どうして。

「そんなに、そんなにデビューしたいんですか」

絞り出した声が、無様に震えた。

大地さんは、透がいい、といつも言っていた。

雑誌でも、ライブでも、俺がいるときでも、いないときでも、透のとなりがいちばん踊りやすい、と言っていた。

わかりやすいおべっか、ファンへのサービス、これが褒めて育てるってやつか、と斜に構えていた俺に、大地さんは飽きることなく、言い続けてくれた。

本当だと思っていたのに。それなのに、ラスオズに入るほうが、デビューのほうが、俺と踊るより大事なのか。

どうしてみんな、デビューをめざすんだろう。

いいじゃないか。習い事で。誰が秀でているとか才能だとか気にするんじゃなく。好きな人と、好きなだけ、愉《たの》しくやればいい。

人生を賭けて、若さを費やして、余命と戦って、傷ついて、傷つけて。そこまでしてなりたいもの、見たいものってなんなんだ。わからない。俺には、俺には一生――。

透、というささやきに、はっと顔を上げる。暗闇の中、大地さんの大きな両手に頬を挟まれた。

「かわいいなあ、おまえ」

「はあ?」

大地さんが、がまんできない、というように笑った。頬がゆるゆるになっているときの笑い声だ。

「やばいな、ちょっとツンデレに目覚めそう」

「こんなときに何言ってんすか!」

手を掴んで引き剝がす。大地さんの手が熱を奪い、火照りが少し引いた。

大丈夫だから、と大地さんが静かに言った。

何に対してなのかはわからなかった。これからの出番についてなのか、今の俺の言葉に対してなのか。

キッカケのスポットライトがついて、大地さんの顔が見える。正面から、俺を見ていた。心の奥底まで見抜く目。言葉にできない、俺の本心を見てくれているだろう、目で。

袖水をもう一度飲む。さっきよりは少しマシになったが、それでも頭は痛いし、足にも上手く力が入らない。これなら演技なしでいけそうだ。

「似合ってんぞ。〝疲れ果てた旅人〟」

にやりと笑って、大地さんが背中を押してくれた。

大地さんの見立て通り、俺は熱中症になっていた。

あの後、捌けた直後に倒れ込み、すぐに救護室送りになった。念のため病院にも搬送され、家に戻されてからも、三日ほど寝込んだ。

ラスオズは四人でデビューした。

サマーマジックの最後、サプライズ発表があったそうだ。

自宅療養中、マネージャーやメンバー、多くのリトルたちから沢山のメッセージが届いていた。体調の心配、ラスオズのこと、そして、大地さんの退所について。

巷《ちまた》にはラスオズのデビュー決定の報があふれ、大地さんの退所はネットニュースにもなっていなかった。当たり前だ。大地さんは、遥歌や蓮司ほど目立つリトルでもない。数多《あまた》いるリトルのうちの一人。退所の事実すら、きちんと公表されない。退所後、ホームページの紹介欄から速やかに写真が消されるだけ。そのうちファンが気づき、少しはＳＮＳを騒がせるかもしれないが、すぐに忘れ去られる。

大地さんは、就職活動に専念するそうだ。

療養後、事務所に行き、大地さんから退所の理由とメンバーへの謝辞を聞いた。みんな、泣いていた。沈痛な面持ちで、悔しそうに、苦しそうに。泣いていないのは、俺と大地さんだけだった。

俺は、よくわからなかった。だって、大地さんはそこにいる。目の前にいる。今後、いなくなると言われても、ピンとこない。今までも、そうだった。辞めていくリトルたちを、実感もないまま見送り、いつのまにかいないことに慣れていった。

大地さんの不在にも、きっと慣れる。蓮司の言う通り、俺は血も涙もないサイボーグなんだろう。

最後の日、大地さんは事務所の共有ソファーに座って、荷物の整理をしていた。

隣に腰を下ろしてみたが、することもない。名前も知らない観葉植物をただ眺める。照明を浴びて、葉がつやつやと光っている。

「なんで、今なんですか」

「んー？」

「大学卒業まで、やればいいじゃないですか。こんな中途半端なときに、辞めなくても」

「せっかくなら天寿をまっとう、って？」

「そういうわけじゃ、ないですけど……」

大地さんがダンスシューズを鞄《かばん》にしまった。

「リトルっつってもさ、知ってる人間は知ってるし。社会人になる前に、忘れてもらう期間が必要なんだよ。それに、おれ自身がもう限界なんだ」

「限界って、なにが」

「リトル、というかアイドルって職業。マルチタスクの鬼だよ、この仕事。ステージも撮影もラジオも舞台も取材もアクロバットもやって。次から次へと曲入れて、常に引き出し作ってエピソード用意して個性とキャラ立てて。プライベート潰《つぶ》して日々気絶するみたいに寝て」

「でも、今までやってこられたでしょ」

八年。俺よりずっと長く、この人はリトルとして活動している。今さら、そんな、そんな理由で辞めるっていうのか。

「透さ、振り入れってどのくらいで出来る？」

大地さんが立ち上がり、鞄を肩にかけた。そのまま、こちらを見ず歩き出した。慌てて追いかける。

「振り入れは、一、二回見たら、大体は……」

すげえなあ、と大地さんが笑う。目尻に細い皺《しわ》が入った。

「すごいって、そんなの俺からしたら当たり前のことで……。それに、遅い早いはどうでもいいでしょう。本番までに入れればいいだけのことなんだから。みんな、普通にこなしてることですよ」

「それ、全然普通じゃないから。透が十覚える間に、おれは必死こいて一しか入れらんねえの」

「でも、」

「当たり前のことなんて、ないんだよ、透」

エレベーターの前で、ようやく大地さんが止まった。

「透さ、自分のこと、平凡な人間だと思ってるだろ。違うよ。要領って意味では、天才だよおまえ。一度見たら覚える、忘れない。どんな振りにも無茶にも忠実に確実に応える。しかも、それに甘えず、毎日走り込みして、欠かさず自主練して。努力を努力だとも思ってない。みんな、普通はデビューやステージングの楽しさをモチベーションに、苦しくても悔しくても耐えて堪えてどうにかやってんだ。でも、透は違うだろ。心も体も摩耗せずやっていけてる。タフさって、基本だけど、一番大事な才能だよ」

上がってきたエレベーターに乗り込み、ためらいなく一階のボタンを押す。

「おれも、今までごまかしごまかしやってきたけど、ここいらが限界。どれだけ練習しても、努力しても、足元にも及ばない連中がゴロゴロいるんだもんな。泣けてくるよ、ほんと。もうそろそろ、自分の器が割れない生き方に切り替えたいんだ」

大地さんは淀《よど》みなく喋った。今思ったことではなく、きっと、ずっと思っていたことで、マネージャーにも応接室で同じように説明したんだろう。

いつからそう思っていたんだろう。俺は、大地さんに面倒を見てもらうのが当たり前で、大地さんを助けようなんて思わなかった。大地さんの要領がそれほどよくないことに気づきながらも、人それぞれ、という言葉を都合よく使って、踏み込もうとしなかった。大地さんの奥を見ようともしなかった。感謝や美点を言葉にしようともしていなかった。言わなくても、大地さんは、わかっていると思っていた。

エレベーターを降りたところで、違う、と大地さんの前に立ちはだかる。

「大地さんのよさは、そういう、見えやすいところにあるんじゃない。大地さんだって気づいてないです。大地さんのよさに」

「おれのよさ?」

「大地さんは、誰のことも悪く言わない。誰のことも否定しない。どんな場面でも、人の欠点を茶化したり、いじったりしない。アイドルに本当に求められるものって、そういう、ひとしいやさしさなんじゃないですか」

その人がどんな人間であろうと、普段どんな生活を送っていようと、アイドルの前ではただのファンだ。だからこそ、アイドルも、平等な質を、愛を、供するべきだ。大地さんや遥歌のような人間こそが、アイドルとして、ふさわしい。

そう言うと、大地さんが困ったように眉を下げた。

「サマジの出来次第でラスオズに加入って噂あっただろ。あれ、おれが流したデマなんだよ」

え、と間抜けな声が出る。その隙に、大地さんが脇をそっとすり抜けていった。

「意外か？　おれだって、そういうことやるんだよ」

「なんで、そんな、デマ」

「最後だから。〝サマーマジック〟じゃないけど、それでみんなの本気を引き出せたら、って。透も、それで百パー出してくれたら、って思ったんだけど」

俺は、出さなかった。

いつものように、引いて、俯瞰《ふかん》して、公演に臨んだ。明日もあるからと。

「……そんなの、言ってくれたら俺だって」

そこまで言って、口をつぐんだ。大地さんも、苦笑いを浮かべている。そんな不誠実な話はない。

誰に対しても何に対しても一線を引き続けてきたツケがいっぺんに回ってきたようで身動きが取れない。

事務所のエントランスを抜け、大地さんは「じゃあな」とあっさり去っていった。

帰宅すると、母親がテレビで千稚楽の配信動画を観ていた。ラスオズのデビューが発表された瞬間は何度観ても泣ける、と言いながら。

「よかったな、泣けて」

嘲《あざけ》るような声が出たことに驚く。母親も、なあに、と目を丸くした。が、それも一瞬のことで、曲が切り替わるとまたすぐに画面に目を戻した。

サッカーが好きな父親は俺にサッカーを。アイドルが好きな母親は俺をユニバースに。

今までなんとも思っていなかったのに。苛《いら》立《だ》ちと気持ち悪さとで胸の辺りが息苦しい。画面を見つめるその背に何か言い募りたいのに、何も出てこない。これもまた、ツケなんだろうか。

暗転直後、スクリーンにデビューの文言が映し出された。振り返り、それを見たラスオズの四人が泣き崩れた。顔を真っ赤にし、肩を抱き、互いを支え合うようにしてなんとか立ち上がる。周りにいるリトルたちが駆け寄り、拍手と祝いの言葉を贈る。もらい泣きしているリトルも、悔し泣きをこらえているリトルも映っている。夢が叶《かな》った瞬間の少年たち。夢やぶれた瞬間の少年たち。美しい映像だ。

光は絶えない。誰かがいなくなっても、つねに、新しい誰かが輝くから。

これで、いいんだろうか。

誰も彼も、俺たちに夢を追わせる。仲間と切《せっ》磋《さ》琢《たく》磨《ま》し、もがき、若さを見せろ、才能を見せろと要求してくる。デビューを目の前にぶらさげて。すべてを捧《ささ》げさせて。

みんな、恋愛も、学校生活も、自分の身体すらも当たり前のように犠牲にして、応えようとする。大人たちが設けた制約に従い、懸命に努力する。そして、それに耐えきれない、こなせない人間から去っていく。

そんなひとつのかたちしか、ないのか。そういうかたちでしか、かがやけないのか。

もっと、もっとどうにか、できるんじゃないのか。

しなくちゃいけないんじゃないのか、俺は。

I'm-ageのメンバーは、ラスオズの真後ろで、拍手していた。

「エバーグリーン」が流れる。

銀テープと紙吹雪が舞う。

ラスオズが泣きながら歌う。

リトルが合唱し、カメラがひとりひとりの表情を追い始める。

あふれる光。割れんばかりの拍手と歓声の中、大地さんは目をほそめて笑っていた。

夢のようには踊れない

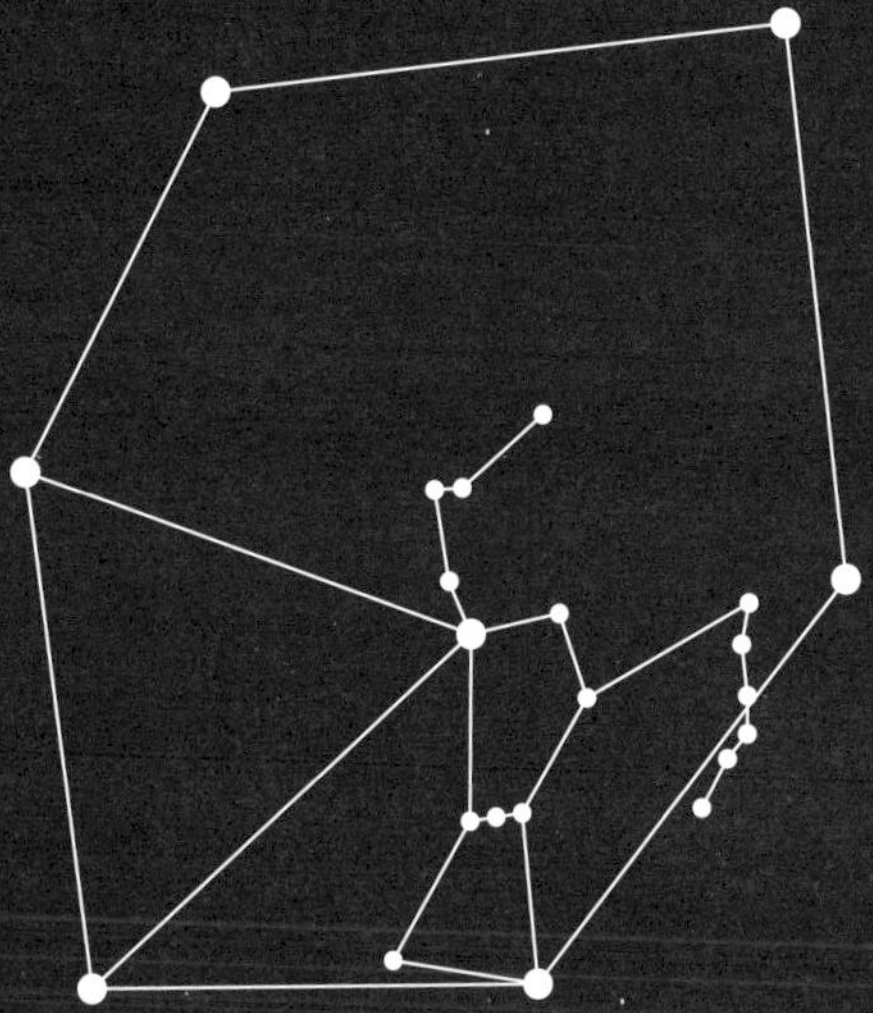

自分の悪口が聞こえてきたとき、取れるリアクションは二つに一つだ。

立ち去るか、乗り込むか。

漫画やドラマでは、だいたいのやつが悲痛な顔で背を向けて逃げている。俺はそれがふしぎでたまらない。悪いことをしているのは相手なのに、どうしてこちらが気まずい思いをして逃げなくてはいけないのだ。なにか？　という顔をして、相手を縮こまらせてやったほうが断然クールだ。

だからもし、いつかそういう場面に遭遇したら、俺は逃げずに乗り込むと決めていた。

「モチダくんって、性格悪いよな」

事務所内のトレーニングルームからその声が響いてきたとき、ついにきた、と思った。リトルの中に「モチダ」はおそらく俺だけ。俺の悪口だ。

わかるわー、ともう一人から賛同の声が上がり、盛り上がっている。どちらの声も聞き覚えがない。開いたドアの隙間からそっと覗《のぞ》き、正面の姿見越しに顔を確認する。見たことがあるような、ないような。ぱっと見、十四、五。俺より少し下ってところか。入って一、二年目の練習生だろう。扇風機がこちらを向いて、トレーニングルームに籠もった汗臭さが鼻をつく。陰口たたくならちゃんとドア閉めてからやれ。脇が甘《あめ》えんだよ。臭《くせ》え悪口漏らしてんじゃねえ。

あることないこと吹聴《ふいちょう》して人間関係を引っかき回したり、気にくわないやつの物を隠して困らせたり。

リトルの中にも、一定数そういうやつはいる。が、だいたいすぐに辞める。他人の足を引っ張ることに意識がいきすぎて、自分がするべきことを忘れてしまうから。

今だって、トレーニングルームを占拠しているくせに、だらだらと喋るだけで、高価なマシンをほったらかしにしている。受付で札をもらって入口にかけておくルールも守っていない。ドアノブに手をかけ、さあどう乗り込んでやろうか、と色々シミュレーションしているときだった。

「てかさ、悪いのは性格だけじゃなくて……」

つぶやきに近い声だったのに、耳に鋭く突き刺さり、身動きが取れなくなる。

二人は、顔を見合わせて、こらえきれない、というように噴き出した。

「おま、それ言っちゃう？」

「や、だってさ、すげーブスじゃん、持田くん」

「やめとけて。まあブスだけど」

「顔デカいだろ？　目細いだろ？　団子鼻だろ？　肌汚いだろ？　満点のブスじゃん」

どっ、と笑いが起こる。

「ダンスも歌もふっつーだし。なんでユニバースに入れたのか謎すぎ。しかも、UNiTEでグループにも入れてるわけじゃん」

「それだよ。なんでUNiTEにいるわけ？」

「いや、それは、あれだろ」

口調がにやにやとしたものに変わる。

やめろ。

「どう考えても引き立て要員だろ、遥歌くんの」

「あーね。なら納得。あとは人数合わせとか？　五人グループにするための。でも、それでUNiTE入れるんならいいよな。遥歌くんがいるなら、デビューもなくはないだろ」

「な。しょーみ実力じゃなくて運じゃん。だるいわ」

あごの痛みに、奥歯を思いきり噛《か》みしめていることに気がついた。

ドアノブを握った手から、ゆっくりと力を抜く。

今ここで、俺が中に入っていったとして。あいつらはきっと、気まずい顔なんてしない。恰好の笑いのネタを与えるだけだ。俺の顔はひどく赤く、歪んで、傷ついた形をしているから。

それはそれは、笑えるほど、醜いんだろう。

派手に音を立てて、思いきりドアを閉めた。そのまま、足早に部屋を離れる。

デビューだ。

デビューすればいい。

デビューさえできれば、何を言われてもいい。

俺を傷つける言葉のすべては、デビューできないやつらの僻《ひが》みになるから。

あの噂を聞いたのは、ちょうどその翌日だった。

来週から始まる、リトル総出で挑む夏の一ヶ月公演「サマーマジック」。そこでのパフォーマンスを見て、秋にはデビュー確定と目されているグループ、LAST OZへの追加メンバーを決める。

噂を聞いたとき、ここだ、と思った。

パフォーマンスを見て、ということは、まだ四年目の俺にだってチャンスがあるってことだ。高一の夏、全部ここに突っ込もう。

急いで自分の出番を見直し、目立てるところやアピールできるポイントを洗い直す。俺は「元気で無邪気なもっちー」だ。どうパフォーマンスすればそれを最大限活かせるか、ひとステージごとに考える。公演終わりには、上手く出来たところと出来なかったところを振り返る。次の公演で修正する。楽しくてたまらない、という動きや表情を増やすようにする。そうすると、カメラに抜かれる回数も増えるし、観客の反応もよくなる。自然と俺のテンションも上がっていく。

スポットライトを浴びるのが好きだ。まあ、この仕事やってて嫌いなやつはいないと思う。体じゅうが熱くなって、世界の中心はここだ、って思える光。赤や紫の光も悪くないけど、白い光がいちばんいい。それを浴びて歓声を受けていると、自分がとても上等な生き物みたいに思える。潰れたニキビや黒ずんだ毛穴を白く消し飛ばしてくれる強い光。白く染め上げる光。

その中で、俺ははち切れんばかりの笑みを顔に貼りつける。天真爛漫《てんしんらんまん》で明るい「もっちー」として、表情を大げさに変え、全身を使って振り付けをアレンジする。飛び跳ねながら走る。

寄ってきたカメラを指さし、楽しくてたまらない、というように笑う。

毎公演それをしていたら、さすがに体力が保《も》たなくなってきて、倒れるように捌けることも増えてきた。でも、サマーマジックも、もう折り返しだ。これでラスオズ入りが決まるなら、手を抜くわけにはいかない。

人気、という点で考えたら自分はないだろうなという諦めと、いや、ひょっとしたらという期待。

正直、俺はつねづね、ラスオズにはキャッチーさが足りないと思っていた。

袖から、メインステージで歌うラスオズを見つめる。真っ白な衣装を身にまとい、バラードをしっとりと歌い上げている。深く落ち着いたハーモニーが会場を包む。切なげに眉を寄せ、口を大きく開けて歌っているのに、顔が崩れていないのはさすがだ。

そりゃあの人たちはみんな、ビジュアルがいい。パフォーマンスもすげえ。でも、親しみやすさ、みたいなものが足りないと思う。悪く言うと、かっこつけすぎ、なんだよな。俺だったらそこを補えるんじゃないだろうか。バラエティ班ってやつ。グループにひとりは、そういうやつが必要だろ。今のラスオズじゃ、誰もいじられ役を引き受けられない。

想像する。あそこに自分がいる絵を。さかのぼって、ラスオズ入りが宣言される瞬間のこと。ラスオズのメンバーが、これからよろしくな、と手を差し出してくる。こちらこそ、と手を握って、対等に目を合わせる。周りの連中が——そう、あの陰口をたたいていたやつらも、悔しさと嫉妬で醜く顔を歪める。

ゴト、と足元で音が鳴り、意識が引き戻された。隣に立つ遥歌の顔が視界に入る。光を当てられてもいないのに、暗闇に光る白くつるりとした肌。完璧な横顔のライン。ただ袖で待機しているだけなのに、そのまま雑誌の表紙を飾れそうな顔。視線に気づいた遥歌が、こちらを見て、ふ、とほほ笑み、頷いた。

遥歌はきっと、おめでとう、と言う。

憎たらしいほど整った、曇りなく美しい笑顔で、俺のラスオズ入りを、デビューを、祝福する。そこには、嫉妬の醜さは欠片《かけら》もない。素直で純真で、綺麗《きれい》な生き物。だから、俺はこいつが嫌いだ。

視線を切って、ラスオズを見る。アウトロが流れていて、もう動きを止めている。次は俺たちの出番だ。静かでゆったりとした空気から、明るく楽しい雰囲気に一転させるための一曲。暗転直後、ラスオズと入れ替わるようにステージに出る。パッと照明が点《つ》いて、アップテンポなメロディーが流れ出した。サビ前まではこのステージで踊る。そこから、弾かれたように花道に飛び出す。メインステージからセンターステージまで移動しながら、その間、五人それぞれのやり方でファンの要求に応えていく。ハートを作る、指をさす、そのまま撃ち抜くふりをする。ウインクを決め、うちわに書かれた質問に頷いて口パクで答える。いわゆるファンサ曲だ。俺はあまり好きじゃない。人気の差をモロに実感するから。

まー、遥歌へのメッセージを書いたうちわを持っている客の多いこと。まさに、石を投げれば遥歌担だ。「もっちー」「良《りょう》くん」と書かれたうちわはよく探さないと見つけられない。

向かいで遥歌や他のメンバーがせわしなくファンサをしている。俺も、そこにあたかも自分のファンがいるかのように、指をさして、満面の笑みで手を振ったりする。誰にも求められていないのに。誰も見ていないのに。目の前の客が、口を半開きにして必死で首を左右に伸ばしている。わかってる。俺が邪魔なんだろ。後ろには遥歌がいる。くそうぜえ！

口角が下がりそうになって、あわててぐっ、と力を入れる。事務所の人間は俺のステージングを見ている。きっと、見てくれているはずだ。ここは俺の見せ場だ。ファンサは遥歌より上手い自信がある。

見ろよ、遥歌のあの平凡なファンサ。ただひらひらと頼りなげに手を振ってるだけ。若干、腰も引けている。あんなの素人でも出来る。

センターステージに移り、メンバー五人で一列になる。

すう、と、あるうちわに目が引き寄せられた。中学生っぽい女子二人組が『比奈子《ひなこ》の友達です』という文を二枚のうちわに分けて持っている。隣にもう一人。うつむき加減で顔が見えづらいが、あの赤いふちの眼鏡は間違いなく従姉妹《いとこ》の比奈子だ。

なんだ、比奈子、来てたのか。

友達らしき二人はうちわを必死で振っていて、頬がゆるむ。推しからファンサを貰うために、目を引くようなうちわを作ってくるファンは多い。ちょっと変わったものだと目に留まりやすいし、こちらも面白いから応えたくなる。

今回のは「身内」アピールだろう。うちわと自分の顔を交互に指さして、「ひ」「な」「こ」と口を大きく動かす。三人それぞれに「ありがと！」と指で作ったハートを順に送る。二人はおどろいた顔で頭を軽く下げた。

間奏が終わり、後ろに下がって曲に集中する。

最高だ。

今、今を抜いてくれよカメラさん。心の底から幸せだ、って顔をしてるだろ、俺。

「結局、誰もラスオズに入らなかったね」

折りたたみの鏡で前髪を整え、葵《あおい》が唐突に言った。コームを取り出し、栗色《くりいろ》の髪を念入りに梳《す》いている。レッスンも終わって、もう家に帰るだけだっていうのによくやる。前にも同じ理由で揶揄《から》かったら、葵は大まじめな顔で、「でも、ファンの子が見てるかもしれないから」と言った。

葵は美意識が高い。が、ナルシストではない。リハ場や稽古場で髪を整えたり鏡を見たりはしない。あくまで「ファンの目」があるところでだけ、だ。徹底した「アイドル」ぶりから、ついたあだ名が「三苫《みとま》プロ」。結成したてのグループ、マイリトルハニーの中でもいちばんの人気を誇っていて、この前、ついに遥歌と二人で雑誌の表紙を飾っていた。

入所歴で言えば葵のほうがふたつ先輩の六年目、でも年齢的には俺のほうがひとつ上。電車の路線が同じで一緒に帰る機会が多く、適当な話で間を保たせているうちに、なんとなくタメ口で喋るようになった。

ホームを冷たい夜風が吹き抜ける。夏の終わりに大きな台風がきて、九月に入った途端、急に涼しくなった。昼間の日差しはかわらず厳しいが、夜だと半袖じゃ少し心もとない。レッスンで掻《か》いた汗が乾いて冷えてきた。リュックからパーカーを出すか悩んでいると、電車の遅延を告げるアナウンスが流れた。

「げ。振替輸送……」

「ってほどでもなさそうだね。十分だって。待っとこ」

電光掲示板の案内を見上げて、葵が言った。男にしちゃ高くて甘い、鼻にかかるような声。髪を耳にかける仕草もどことなく女子っぽい。唇もつやつやと光っていて、個々のパーツだけなら女子に見えないこともないが、顔の形や肩のラインは骨っぽく、やっぱり十五歳の男だ。

葵の容姿や潔癖気味な立ち居振る舞いは、どうも周りの男を小学生に退化させるようだ。リトルの中にはわざと葵を下ネタに巻き込むやつらもいて、そのときの葵は、般若《はんにゃ》にも能面にも見える怖《おそ》ろしい顔をしている（あいつらはそれが見たくてやってるってこと、葵はわかってないみたいだけど）。

「僕は、透が選ばれると思ってたんだけど」

葵がこちらを向いた。まだその話続いてたのか。電車の遅延で流れたかと思っていたのに。

苦い気持ちが胸に広がる。

サマーマジックの千穐楽、ラスオズのデビューが発表された。

ラスオズの四人が四人のまま肩を抱き合っているのを見て、俺は手のひらが痒《かゆ》くなるほど激しく拍手した。そうでもしないと、こみ上げる怒りを抑えきれそうになかった。

できれば、リトルの誰ともその話はしたくなかった。それでも、葵から出た名前が意外すぎて「なんで」と返してしまう。

透って、あのI'm-ageの加地透だろ？　いつ見ても青白く、覇気はゼロ。人間に興味ないですって感じの暗いオーラをまき散らしている加地透。本番で人が変わるってわけでもなく、どんなステージでもリハと全く同じ、淡々とした調子で踊る。一応、一年先輩だが、アイドルの「ア」からやり直せと言いたくなるようなやつだ。

そういうことを、ものすごく分厚いオブラートに包んで主張すると、葵は意外そうに片眉を上げた。

「もっちーにはそう見えてるんだ、透」

おもしろいね、と笑う。

「僕からしたら、透は頭ひとつ抜けてるけどね。才能って意味でも、プロ意識って意味でも」

「プロ意識あるか？　愛想悪いだろ、透くん」

「あるよ。自己管理能力と職業意識の高さが別次元。ラスオズに入ってもやっていけるの、透ぐらいじゃないかな。愛想なんか、そのうちどうにでもなるし、なくったって別にいい。大げさに手振って笑うだけがアイドルじゃないでしょ」

葵がスパッと言った。他意はないだろうが、いい気持ちはしない。じゃあ、大げさに手振って必死に笑ってた俺はなんなんだ。

「くだんね。まさか葵も、あんなしょうもねー噂、信じてたなんてな」

「そう？　ないこともないな、と思ったけど」

「いやいや、俺なんか内心笑ってたよ？　あるわけねーじゃん、って。遥歌とかもさ、必死すぎて見ててうけたわ。自分ならワンチャンいけんのかもって思ったんかね。遥歌がいくら人気っつっても、ラスオズに入るにはレベル的に無理っつーか。あんな学芸会ダンスじゃ、ちょっとなあ」

な、と同意を求めて葵に笑いかける。

葵は、ちらりとこちらを見ただけで、何も言わなかった。

遅れていた電車がやっと来た。遅延のせいか、車内は少し混んでいたが、いちばん前に並んでいたおかげで、端にひと席だけ空席を見つけることができた。駆け込んで素早く座る。葵が目の前に立った。葵はいつも座らない。座ると眠ってしまうから。眠ると姿勢が崩れてしまうから。崩れた姿は美しくないから。

レッスン終わりでくたくたのくせに。正直、ばかじゃねーのって思う。俺は足を広げてさっさと姿勢を崩す。

葵は何も喋らない。ただじっと立っている。俺は早々に携帯を取り出して、ゲームを始める。それがいつもの俺らのスタイルだ。変に気を遣わなくていい分、葵は楽だ。遥歌だとこうはいかない。あいつはずっと喋りかけてくる。無視しにくい人なつっこさで。

十五分ほど経《た》った頃だった。葵があのさ、と珍しく話しかけてきた。なにー、と画面を見ながら応える。

「もっちーは遥歌がソロデビュー打診された、って知ってんの?」

「えっ」

驚いて、顔を上げる。葵は、ああ、やっぱりと浅く頷いた。勝手に納得されたことにイラッとする。

……遥歌がソロデビュー?

まさか。

だって、俺は聞いてない。

「なんで葵がそんなこと知ってるんだよ」

「事務所で透と喋ってたのを立ち聞きした」

悪びれるふうもなく、しゃあしゃあと言う。

ていうか、遥歌もなんでそんなこと加地透に言うんだ。

「……それ、いつの話」

「聞いたのは、サマジ折り返したぐらいだったと思う。打診されたのは、もっと前だろうね」

全然気づかなかった。遥歌はそんなそぶりは一切見せなかった。

自分はもうデビューの切符を握った上で、サマジの噂に右往左往する俺らを見ていたのか。今も、涼しい顔でソロデビューに向けて水面下で動いているのか。ばかにしやがって。ふつふつと怒りが湧いてくる。

葵の視線を感じて、眉間《みけん》から力を抜いた。落ち着け、と言い聞かせ、「ソロなんか無理だろ」と鼻で嗤《わら》う。

「あいつ、入ってまだ三年目だぞ。ていうか、中二で独り立ちはないべ」

「なくはないでしょ。今でこそ経験積ませてからデビューさせるのが主流だけど、昔は早めに出してファンに育ててもらうって感じだったし。ま、断ったっぽいけど」

「はあ？　断った？」

「たぶんね。グループでデビューしたいんだってさ」

「信じらんねえ……。デビューのチャンス蹴るなんて。あいつ、いったい何様のつもりだよ」

そう思わねえ？　と葵に言いかけてぎょっとする。

葵が見たことのない表情で俺を見下ろしていた。かなしみのような、怒りのような、憐《あわ》れみのような。

「もっちーさ、いつまで遥歌だけ見てるつもり？」

葵が静かに言って目を伏せた。そのタイミングで電車がカーブにさしかかり大きく揺れる。うわ、と大げさに動いてみせた。葵は微動だにしていなかった。「おまえ体幹すげえなあ」と笑いかける。「さっきなんか言った？」とも。葵はゆっくりと首を横に振った。


名前を呼ばれるまでの間、机に頬杖《ほおづえ》をついて教室をぼんやりと見渡す。どこを見ても男男男。リトルで散々男に囲まれてきたのに、まさか高校でも男まみれになるとは思わなかった。俺が受験に失敗したせいだけど。

むさくるしい男子校に通う羽目になったと、リトルや中学の同級生の前では建前上嘆いてみせるが、半年通って、ここは案外過ごしやすいことに気がついた。

気のいいやつらが多く、タイプごとに棲《す》み分けみたいなのがしっかりできていて、でも、一切喋らないってこともない。共通の盛り上がれる話のときは、どこのグループとか関係なく、わーっ、と話せる。ゲームの話か漫画の話、最近見た動画の話、校舎裏に落ちていた謎のウンコの話や、隣のクラスの村田《むらた》は喋るときに胸の前で手をクロスするのが癖でザビエルってあだ名になったらしいとか、どうでもいい適当な話で回していけるのはすげえ楽。クラスの連中も、男のアイドル（しかも卵）なんか興味がないようで、俺がリトルだってことはほとんど知られていない。たぶん知ったとしても、「テレビ出てんの？　すげーじゃん」ぐらいだろう。俺がリトルとして「ふさわしい」かどうか、ああだこうだ言うやつはいない。中学んときに比べたら天国みたいな環境だ。

校風的に、勉強勉強していないところもいい。ほかの私立はどうなのか知らないが、ここは、経験という学びを、学力より個性をってタイプの学校だ。リトルでの活動も、課外活動の一環ってことであっさりＯＫがもらえた。

今年の夏休みはサマジに全突っ込みしたから、休み明けの課題テストは散々な結果だった。今日返ってきた総合成績はお世辞にもいいとは言えない。下の上ぐらいだ。友達が先輩から聞いた話によると、この学校では、よっぽどのことがないと、赤点や留年にはならないらしい。じゃ、これでいいか、と成績表をファイルに入れる。まだ高一だし、こんなもんだろ。それに、デビューさえすれば、大学に行く必要もない。インテリ路線で売るわけでもなし。

ホームルームを終えて、教室を出る。そのまま、凱旋門《がいせんもん》みたいなやたらと凝った校門を抜ける。今日はレッスンも撮影もない。帰るか、どこかに寄るか。

誰か誘ってぶらぶらするか、と休み時間中何人かに声をかけたが、あいにく誰もつかまらなかった。そのまま帰るのももったいないから、中心街に出て、ユニバースの先輩が出ている映画を一本観て帰る。面白くもつまらなくもない恋愛映画だが、観ておいたほうがいいだろう。俺の「憧れ」の先輩の映画なんだから。

家の最寄り駅に着いた頃には日が落ちきっていた。捲《まく》った長袖のシャツを手首まで戻す。それでも少し肌寒いが、上着を着るのも面倒で、小走りで家をめざす。寺の角を曲がると、あちこちの塗装が剝げた、きったねえ家が見えた。墓地の裏にあるボロい一軒家。この汚くて狭い家に、汚い家族が住んでいる。

居間では親父《おやじ》が酒を飲みながら野球中継を見ていた。台所では母さんが背中を丸めて首をがくっと垂らし、皿を洗っている。部屋に戻る前に、冷蔵庫を開けて牛乳をコップに注ぎ飲み干す。シンクの空いたスペースにコップを置くと、母さんの手元が目に入った。

くすんだピンクのスポンジ。握るごとに茶色い汁が染み出して、泡はちょっと粘ついているようにも見える。どう見ても雑菌だらけ。買い換えろよ、と言いかけたが、やめる。どうせ「まだ使える」が返ってくるだけだ。

テレビから歓声が上がって、親父が身を乗り出した。鼻の穴に小指を突っ込んだまま画面に見入っている。口が半開きで、頰はブルドッグのように下がっている。脂ぎった汚い小太りのおっさんだ。

こんな親から生まれて育てられたら、そりゃ「俺」になるわな。

親を、自分の家を見ていると、たまに絶望に近い感情を覚える。三年前、兄貴が大学進学で家を出たとき、俺は羨《うらや》ましさでどうにかなりそうだった。

一度だけ、遥歌の家に遊びに行ったことがある。

去年の冬だ。レッスン終わり、先輩グループのコンサートＤＶＤを一緒に観ないかと誘われて、いいけど、とついていった。

どこもかしこも清潔で、光り輝くホテルのようなマンションの十七階にあいつは住んでいた。おどろき、そして腑《ふ》に落ちた。「遥歌」っていう生き物は、こうやってできるんだ、と。

遥歌の母親は、ベリーショートが似合う、すらっとした美人だった。一枚だけ飾られた家族写真の中の父親も、清潔感のある若い見た目で、ユニバースのタレントだと言われても頷ける。どちらもデザイナーらしい。父親は今、仕事で北欧《ほくおう》にいると言っていた。コンサートの内容は、正直覚えていない。一秒でも長くあの家にいたくて、二回も観せてもらったのに。

俺の親が、フツーに良い親なのはわかっている。俺が公立高校の受験に失敗したとき、母さんたちは俺を責めなかった。リトルの活動のことも、引き合いに出してこなかった。辞めろとも言わなかった。普段から、勉強をしろと口うるさく言ってはくるけど、私立に行っていることに関しては責めない。俺を私立に通わせるために、母さんはパートのシフトを増やして、遅くまで働くようになった。リトルの活動も応援してくれている。世間的には良い両親なんだろう。俺だって、それはじゅうぶんわかっている。

でも、それとこれとはべつなんだ。べつのつみなんだ。

どうして顔の良い相手と結婚してくれなかったのか。ブスに産んだのか。遥歌の十分の一でもいいから、綺麗な顔に産んでくれていたら、俺は。

『もっちーさ、いつまで遥歌だけ見てるつもり?』

葵の声がこだまして、頭を振る。うるせえ。強い光がそばにあって、見ずにいられるやつなんかいないだろ。俺は所詮、遥歌の光で踊ってるだけなんだから。

「良、聞いてんの?」

声をかけられ、はっとする。なに、と短く言うと、母さんが水を止めて、だから、と強めに言った。

「今週末のこと」

「今週末？」

「おばあちゃんに顔見せに行くんでしょ。あんた、公演でお盆に帰省できなかったんだから」

「あー、それか。行く行く」

「そのときね、比奈ちゃんの様子見てきてあげて」

「比奈子の様子？　なんで？」

「比奈ちゃん、夏休み明けから様子がおかしいんだって。学校には行ってるみたいだけど、どうも元気がないっていうか。もしかしていじめられてるのかもっておばあちゃん心配してて。ほら、あんた比奈ちゃんと仲良いでしょ。さりげなく訊き出して、力になってあげてよ」

気を揉んでいるばあちゃんの姿が容易に想像できる。比奈子を産んだ直後に離婚して、夜遅くまで働くようになったおばさんに代わり、ばあちゃんが比奈子の面倒を見ている。同じ孫の俺から見てもちょっと過保護な可愛《かわい》がりようだ。

「まあ、いいけど……いじめとかはないと思う」

「なに、なんか聞いてるの？」

「や、べつに。でも、比奈子、この前のサマジも友達と来てたし」

途端、母さんが、へええ、と顔を輝かせた。よかったわねえ、とばんばん背中を叩いてくる。まだ手が濡《ぬ》れていて、シャツが湿る。なんとなく気恥ずかしくなって、無言で台所を出て自分の部屋に戻った。

母さんの中で俺と比奈子は仲が良かったチビのままなんだろう。確かに、昔は二つ下の比奈子を妹みたいに可愛がっていた。

ユニバースのことを教えてくれたのは比奈子だった。履歴書の書き方を教えてくれたり、応募用の写真を撮ってくれたのも比奈子だった。俺も入所したての頃は経験するすべてを伝えたくて、頻繁にメッセージを送っていた。比奈子もステージや公演の感想をマメに送ってくれて、俺は嬉しくて何度もそれを読み返した。UNITEが結成されたときに誰よりも喜んで祝ってくれたのも比奈子だった。事情はよくわからないが、力になれることならなってやりたい。

いくつか、比奈子が喜びそうな土産話を考えながら制服を脱いだ。


ばあちゃんちに行くのは正月ぶりだ。嫌なわけじゃないけど、電車で二時間半もかかるのは正直だるい。電車に揺られながら、先月、比奈子がサマジに来ていたのを思い出す。往復五時間か。中学生なら日帰りだろう。あの日、公演後がバタバタしていたのもあって、お礼のメッセージも送れていない。今日会ったら言わなきゃな。

秋の澄んだ日差しが車内を満たす。車窓がだんだんのどかなものになってきた。この田園地帯を抜けた先の町に比奈子たちは住んでいる。あと三十分ほどか。まぶしさに目を閉じると、そのままうつらうつらとし始めた。頭のどこかで電車に乗っている自覚があるまま、夢を見始める。ああまたこの夢か、とわかる夢。できればずっと見ていたい、いい夢だ。

夢はいつも、緞帳《どんちょう》の袖にいるところから始まる。紫の緞帳だ。学校の体育館のステージ袖に俺はいる。今から本番で、周りには小学校の同級生やら高校の友達やらリトルのやつらやらが入り乱れている。そこからパッと飛び出した瞬間、ステージはコンサートホールに変わる。雷のような激しい拍手を浴びながら、俺は踊り始める。俺の一挙一動に客が叫ぶ。会場が揺れる。みんな俺を見てる。俺は、何をしても様になる姿で歌っている。誰よりもかろやかに踊っている。先輩も、後輩も、友達も、親も、マネージャーも、スタッフも、そして遥歌も、笑顔で俺を見ている。いろんな曲がミックスされて、何色もの光が入り乱れて、俺は浮き始め、フライングのように会場中を飛び回る。視界が混ざってなにもかもどんどんめちゃくちゃになっていく。夢は大体そこで終わりだ。

ほんとに、夢みてえな夢。願望丸出しで、起きるとちょっと恥ずかしくなる。でも、あらがいがたく気持ちがいい。できるなら一生見ていたい。

降りる駅の名前が聞こえて、ゆっくりと目を開ける。回らない頭と重い体を引きずって降りた。

比奈子の様子は確かに変だった。

沈んだ表情。ぎこちない笑い方。もともと、そこまで明るく活発なタイプでもないが、そこを差し引いても元気がなさすぎる。ばあちゃんに可愛がられているせいで、身内の前では甘え上手なお姫さまという振る舞いをしがちだが、それもなりを潜めてしまっている。リトルの話をおもしろおかしく話していても、無理やり口角を上げて笑っていて、なんだか痛々しい。これは確かにばあちゃんも心配する。

夕食の後、早々に二階に上がった比奈子を追いかけるか階段下で悩んでいると、「良ちゃん」とばあちゃんに呼ばれた。

有名洋菓子店のプリンを二つのせたプラスチックのトレーを持っている。生クリームとプリンとカラメルの三層に分かれた瓶詰めのプリン。ばあちゃんは深刻な顔で頷きを繰り返していて、頼んだぞ、というプレッシャーが伝わってくる。

受け取りながら、なんだかね、と思う。俺、こういうのあんま向いてないと思うんだけどな。学校でもリトルでも、誰かに何かを相談されたり、悩みを打ち明けられたりすることなんてほぼない。俺だって、俺に相談したいとは思わない。なんせ「性格が悪い」から。

大地さん、元気かな。

階段を上りながら、ふと思い出す。リトルの中の相談役といえば、あの人だった。おおらかで、茶目っ気があって、夏の終わりに事務所を退所した先輩。就活に専念するため、と聞いている。入所八年目で、「余命」はあと二年だった。

リトルでいられる期限は十年だ。その後も事務所には残れるが、アイドルとしてデビューできる可能性はゼロに等しい。

「余命」制度は残酷なようだが正しい。だいたいのやつらは十二歳前後でリトル入りする。俺もそうだ。十二で入って今で四年目。あと六年で、二十二。社会に「戻る」にはベストなタイミング。夢の終わりにちょうどいい。理屈上は。

俺は大地さんみたいにすっぱり辞められるんだろうか。自分を諦められるんだろうか。費やしてきた十年を捨てて、「デビューできなかった人間」として残りの人生を生きていけるのか。

ひとつ息を吐き、軽く頭を振る。違う、切り替えないと。俺のことじゃない。今は比奈子の悩みを聞くときだ。

「比奈子、入っていい？」

ドアの前から声をかけると、少し間が空いて、「うん」とか細い声が返ってきた。

入ると、比奈子はクッションを抱きながら携帯を見ていた。赤いふちの眼鏡に、青い光が反射している。うす桃色のカーテンがふくらみ、冷たい夜風にのって金木犀《きんもくせい》の匂いが漂ってきた。

「これ、ばあちゃんが」

ミニテーブルにトレーを置いて、あ、と気づく。スプーンがない。

「ごめん、スプーン取ってくる」

「あ、比奈子は要らない」

「要らないって、まさか手でほじって……」

わざとボケると、比奈子はちがうよお、と笑った。いつもの、目を三日月にする笑い方だ。

少しほっとする。比奈子の向かいに腰を下ろす。

「良ちゃん、いいの？」

「俺も実はそこまで腹へってない」

ふうん、と比奈子が携帯を置いた。置いたそばから携帯をちらちらと見ている。

「大丈夫か？」

誰かとのやり取りの最中だったんじゃ、というつもりで言ったのに、比奈子は一瞬で硬い表情に戻って「なにが？」と目を泳がせた。

「や、携帯気にしてるみたいだから。俺、出直そうか？」

「あ、あー、ううん。大丈夫だよ」

「そっか……」

会話が続かない。困ったな。思った以上にガードが堅い。どう切り出せばいいのか。

「最近どう？」「なんか困ったことない？」いや、それで「実はね」なんて出てくるわけがない。

いきなり訊くのもあれだしな。なにかワンクッション的なのがほしい。ほぐせる話題は――ある。うってつけのやつが。

明るめの声を作って、比奈子さ、と話しかける。

「今年のサマジ来てくれただろ、友達と。ありがとな」

比奈子の肩がぴくりと跳ねた。お、反応あり、と続ける。

「あれ、うちわ考えたの比奈子？　不意打ちすぎてすげえびっくりしたんだけど。てか来るなら連絡くれよな」

「……うん」

「友達と来るの、何気に初めてじゃね？　比奈子、いつもひとりだったもんな。よかったな、リトル仲間ができて。学校でも、あの子らと俺の話とかしてんの？」

そうだったらいいな、という期待も込めて訊いたが、比奈子は暗い顔でクッションを強く抱きしめただけだった。

あれ。もしかしてここか？　ここが地雷だったか？　あの友達と何かあったのか？

焦って、自分のほうへと話を引き寄せる。

「俺さ、あれ、めちゃくちゃ嬉しかったんだ。サマジって、リトル全員出演じゃん？　そうなると、俺のファンなんか数えるぐらいしかいないっていうか。やっぱさ、遥歌のファンとか多いわけよ。それでちょっと落ち込んでたんだけど、あんなうちわ作るぐらい俺のこと好きな人もいるんだ、って思ったら元気出て、これからもがんばろうって……比奈子？」

比奈子は見えない手に押されているようにどんどん下を向いていき、ついにはクッションに顔をうずめてしまった。

どうした？　と顔をのぞきこんで、固まる。

比奈子が、泣いていた。

クッションと顔の隙間から、押し殺したような嗚咽《おえつ》が漏れ聞こえる。

えっ。なん、なんで？

えっ？　えっ？　と動揺している間にも、比奈子は眼鏡を外し、こらえきれないというように、ううーっ、と涙をぼとぼと落とし始めた。

ど、どうすりゃいいんだ。

頭が真っ白になる。雑誌やらアイドル番組やらで散々口にしてきた、「泣いている女の子を慰める胸キュン台詞《せりふ》」がいくつか頭をよぎるが、違う違う今は絶対これじゃない。

比奈子が何かつぶやいた。なになになに、と急いで腰を浮かせて耳を寄せる。

「ごめんね、良ちゃん」

そう言って、いよいよしゃくり上げ始めた。わけがわからない。ごめんね、ごめんね、と謝り続けている。

「ごめんって、なにが……？」

「比奈子、嘘《うそ》ついたの」

「嘘？」

こくりと頷いて、比奈子が再度「ごめんね」と言った。何かで嘘をついたことを俺に謝っている？　ますます意味がわからない。これじゃ謝られても許しようがない。

怒んないから言ってみ、と促すと、比奈子は洟《はな》を一度かんで、涙声で話し始めた。

「く、クラスに、遥歌くんのこと好きな子がいて。その子、比奈子の従兄弟《いとこ》がリトルだ、って誰かから聞いたらしくて。比奈子、ちゃんと、良ちゃんだ、って言おうとしたんだけど、その子が、『持田だったら笑うけど』って先に、言って……。比奈子、その子と仲良くなりたくって、遥歌くんが従兄弟だ、って、うそ、をっ」

苦しそうに、声を絞り出した。

「何度も、ちゃんと言おうと思ったの。でも、その子、良ちゃんのこと、良ちゃんの悪口とかもゆってて、比奈子、言えなくてっ、う、うちわも……」

『比奈子の友達です』と書かれたうちわが脳裏にぼんやり浮かぶ。あの二人は必死でそれを振っていた。

「もしかして、あのうちわ……」

こくっ、と比奈子が頷き、また一粒涙がクッションに落ちた。

「このうちわだったら、絶対、遥歌くんのファンサ貰えるよ、って友達が作ってきて」

で、期待に胸を躍らせていたら、実際にファンサしたのは俺だった、と。

体から力が抜ける。

指先も胸も、どこもかしこも冷え切っているのに、顔だけが発火しそうなほど熱い。怒りなのか恥ずかしさなのか。たぶん、どっちもだ。

なんだそれ。

なんだよそれ。

従兄弟は俺じゃなくて遥歌だって言ってた？　で、ずっと打ち明けられなかった？　俺の悪口を言ってたから？　身内だって思われたくなかったって？　どうせ、ブスだの性格悪いだの言ってたんだろ。

なんだよ。応援してくれてたんじゃないのかよ。泣きたいのはこっちだよクソ！

つか、そんなこと、正直に俺に言うなよ。黙っときゃわかんないことなんだから。罪悪感持ったまま隠し通してくれよ。「持田だったら笑うけど」って。そっくりそのまま言う必要あるか？　昔からそうだ。比奈子は甘ったれで自分勝手で無神経で何かしても謝ればすぐに許してもらえると思っている。

いろいろと言って責め立ててやりたかったのに、何度か形を変えた口から出てきたのは、ごめんな、という言葉だった。

「ごめんなあ、比奈子」

声を出したら喉が鳴ってしまった。目が焼けるように熱い。せり上がってくるものを、奥歯を噛んでこらえる。

「俺がさ、ちゃんと自慢できるアイドルだったら、比奈子にも嘘つかせずにすんだんだよな。ごめんな、ほんと」

声が無様に震える。

比奈子は目を見ひらいて、何度も首を横に振った。涙が飛び散る。

最高に情けなくて最悪に惨《みじ》めだ。俺だって今すぐにでも泣きたい。

でも、俺が遥歌なら。

いや、遥歌じゃなくても、葵でも加地透でも大地さんでも。従兄弟が俺じゃなければ、比奈子は最初から嘘をつかずにすんだんだ。俺だから、「持田良」だから比奈子は言えなかった。

本当は応援しているのに、言えなくて、苦しくて、自分を責め続けていた。

俺のファンも、そうだったんかな。

目を閉じると、ペンライトの光が、ごくたまに届くファンレターの手書きの丸っこい文字が浮かんできた。

こんな俺でも、応援してくれるファンはいる。その子たちは、俺のファンってだけで、悔しくて苦しくて肩身の狭い思いをしてきたんだろうか。遥歌や葵を推していたら、褒めどころがたくさんあって楽しいんだろう。他の人からも、かっこいいよね、かわいいよね、とたくさん褒めてもらえる。でも、「持田良」はそうじゃない。「え？　持田推してるの？」「これが好きなの？」って半笑いでバカにされることもあったんじゃないのか。自分の「好き」を否定されて嫌な気持ちになることもあったんじゃないのか。それでも、現場にまで足を運んで、ペンラ振って、うちわ作って、拍手して、応援してくれて、で、俺はそれを少ねえな、って思って。だから、俺は、泣けない。泣いちゃいけない。

「あの後、大丈夫だったか？　……いま、学校で、いじめられたりしてないか」

いちばん怖れていたことを訊ねると、比奈子は洟をすすって、ううん、と答えた。

「いじめとかは、ない。でも、ちょっとしたときに、ふたりの話に入れてもらえなかったりする。前みたいにリトルの話もしなくなった。ふたりとも、比奈子が何か言っても、ほんと？　って顔したり。きっと、うそつき、って思ってる。比奈子がいないときは、悪口言ってるんだと思う」

「いや、いやいやそれ絶対気のせいだって。向こうもさ、気まずいんだよ。だって、俺の悪口散々言ってたんだろ？　逆に、比奈子が怒ってるんじゃないかってビビってんだよきっと」

笑え。笑え！

簡単だ。いつもやってること。頰にぐっ、と力を込めて口角を持ち上げるだけ。

あっ、そうだ、とワントーン声の調子を上げる。

「今度、遥歌のサインもらってきてやるよ！　メッセージ付きで！　嘘ついてごめん、って謝るついでにそれあげな」

「……ほんと？」

「ほんとほんと」

「迷惑じゃない？」

「同じグループなんだから余裕だって。あいつも喜んで書いてくれるよ。何枚欲しい？」

比奈子は悩むそぶりを見せていたけれど、ちいさく、三枚、と答えた。一枚はたぶん、比奈子の分だろう。俺がリトル入りしてから、比奈子は一度も誰かのサインを俺にねだったことはない。でも、本当は欲しかったんだな、遥歌のサイン。胸の穴をすうっと寂しい風が吹き抜ける。

わかった、と頷き、

「これで大丈夫。大丈夫だから比奈子、元気出せよ。ばあちゃん、心配してたぞ」

パンパン、と肩を叩くと、比奈子は目尻に溜《た》まっていた最後の一滴を押し流して、うん、と頷いた。

「じゃ、これ下げるな」と言ってトレーを持ち立ち上がる。部屋を出て階段を駆け下りる。足音を聞いてばあちゃんが居間から顔を出した。どうだった、と訊かれ、もう大丈夫、とトレーを渡す。

「スプーン持ってくの忘れちゃってさあ。俺も比奈子も明日食べるから、冷蔵庫戻しといて」

まだだ。

「俺、ちょっとコンビニ行ってくる」

まだだめだ。

喉に力を入れる。靴をつっかけて外に飛び出す。走り始めてから財布を持ってきていないことに気づいたが、どうでもよかった。止めようもなく、ぶわっ、と涙があふれてきた。嗚咽が漏れないよう唇を噛みしめながら走る。前から会社員らしき女の人が歩いて来た。顔を背け、できるかぎり端に寄る。そのまま路地裏に入り、街灯のないほうへほうへと走っていった。

「持田、大丈夫か」

本番前、楽屋でゲームをして時間を潰していたら、加地透に声をかけられた。

「大丈夫って、何がっすか」

こんなふうに唐突に声をかけられるのは初めてだ。つい、ぶっきらぼうな声で返事をしてしまう。

「最近、元気ないみたいだから」

表情筋死んでんのか、と突っ込みたくなるほどのおそろしい真顔だが、声には少し、案じるような色が滲《にじ》んでいる。

もしかして、マジのマジで、あの加地透が俺の心配をしている？

どっかで頭でも打ったんすか、と訊き返しそうになって、いやいやと自制する。さすがに、相手は先輩だ。

大丈夫っすよ、と軽く言おうとしたが、言えなかった。言いたくなかった。

黙り込んでいると、加地透が隣の椅子に腰を下ろした。

「持田は、ダンスに主体性があるのが、いいところだ」

「は？」

「俺は、駄目だ、そこらへんが。よく叱られる。でも、持田は、ある。主体性が。そこで怒られたことはないだろ。自分がある」

人を褒めることに慣れていないのか、壊れたロボットみたいなカクカクとした喋り方になっている。

「なんすか、急に」

嬉しいとかより正直気味悪さのほうが勝つ。

「人って、自分のいいところには案外気づけないもんだよな、と思って」

そう言って、衣装に付いたスパンコールを触った。

はあ、という相づち以外、返す言葉が思いつかない。加地透も、それ以上言えることがないのか、沈黙が流れる。

ダンスに主体性ねえ。

褒められてはいるんだろうが、今いちピンとこない。励ます気なら、もっとわかりやすいところ褒めてくれよ……と思ったが、要はわかりやすく褒められるところがないから、そういうふんわりしたことを言ってんのか。

あー、だめだ。またネガってる。比奈子とのことがあってから、なにかにつけ悪いほうへほうへと考えてしまう。体重もニキビも増えて、悲惨なブスまっしぐらだ。

ちらり、と加地透に目をやる。

この人も、よく見りゃ顔整ってるんだよな。パーツがシンプルだから目立つ顔ではないけど。表情のパターンをもうちょい増やせばもっと人気出ると思うのに。ああ、でも、最近のステージでかすかにウインクしたとかで、ＳＮＳで加地担が「過剰供給」とか言って騒いでたっけ。

顔がよくて、たまにしかファンサしないやつはコスパいいよな。ウインクひとつできゃあきゃあ言ってもらえるんだから（あの男がウインクなんかするはずがない、あれは目にゴミが入っただけだ、とも言われていたが）。

ていうか、加地透が気づくのかよ。

意外すぎて笑いそうになる。親も、友達も、UNiTEのメンバーも気づかなかったのに。お、しかも、若干眉根も寄せ始めたぞ。ほんとにちょっと心配そうだし。

もしかして、この人も、何かあったんだろうか。

こんなふうに、たいして仲もよくない後輩に声をかけてみたり、（アイドルの「ア」の字の一画目ぐらいだが）ファンサをするようになったり。

ちらりと探るように見てみたが、さすがにそこまでは表情から読み取れない。

訊いてみるか？　と悩んでいるうちに、加地透は「悪い、時間取らせたな」と立ち上がった。こちらが何か言う暇も与えず、じゃ、と去って行く。入れ替わりで遥歌が入ってきた。ふしぎそうに加地透の背中を見送っていたのも束《つか》の間《ま》、目ざとく、あ、と俺の手元のゲーム機を指さした。

「もっちー、楽屋でゲームしちゃだめだよ。三原《みはら》さんに怒られるよ」

ぷりぷり、という音が聞こえてきそうだ。

うざ、と心の中でつぶやき、口が開きっぱなしのトートにゲーム機を投げ入れる。楽屋ではゲームをしない、という取り決めは、リーダーの三原さんが作ったものだ。実質、俺ひとりのために設けられた「グループ」ルール。

遥歌は俺が大人しく従ったことに拍子抜けしたようで、きょとん、としている。そうだろうな、いつもの俺なら、一言二言、言い返している。

イライラする。こいつの顔も、しゃべり方も、態度も。

いかにもな良い子ちゃんで、天真爛漫で、がんばり屋で、屈託のない性格で。年上にも同期にも可愛がられて、甘え上手で事務所にも大事にされる。ルールも守るし、汚い言葉も使わないし、誰かの悪口を言うこともない。

そりゃあ、愛されるよ。こういうのが、ちゃんとしたアイドルっていうんだろ。

じゃあ、俺ってなんなんだ。俺みたいなのがアイドル名乗ってちゃ、だめだろ。

もう辞めてもいいかもな。俺も苦しいし、ファンも苦しいし。ジタバタ十年やってデビューできませんでした、より、今自分で見切りつけて辞めるほうがまだましな気がする。みじめさ、って点では。

「ザ・リトルスター」という、リトルだけの音楽番組がある。地上波じゃなくて、有料チャンネルの放送で。収録は、お客さんだけ入れ替えて、一日に何本分か撮る。流すのは週に一本だ。コアなリトルファンぐらいしか見てないだろうけど、普通の音楽番組に出演する機会のないリトルにとっては、場数を踏める貴重なステージだ。俺も必死こいてやってた。この前までは。

今日で最後かもな、と思いながら袖から出る。わりと気に入っていた新曲だけど。ポップで爽やかな応援ソング。曲調も振りもキャッチーで、練習も楽しくやれた。

ポジションにつく。

拍手が鳴り止んで、スポットライトが当たった瞬間、体からするりと力が抜けるのがわかった。

やばい。

ごくりと喉が鳴る。

これは、だめなほうの抜け方だ。出だしの動きも、歌詞も、思い出せない。

ぶわっ、と汗が出るのがわかった。歌詞は正直、どうにでもなる。初録《はつど》りだから、今回は口パクの予定だ。一応前にプロンプターもある。でも踊りはごまかしがきかない。

どうしよう、と思う間もなく、イントロが流れ始めた。瞬間、体が動く。よかった、最悪の事態は避けられた。合っているのかわからないが、動くままに手脚を動かしていく。次は後列から前に出て……あれ、立ち位置どこだっけ。ええっと、バミリ内足……だめだ、考えている時点で追いつけない。他のメンバーの動きを横目で見ながら、なんとか合わせるが、徐々にカウントがずれていく。ぶつかりかけたところを、さもアドリブかのようにハイタッチをしてごまかす。メンバーも異変に気づいているから、変則的な動きを入れてなんとか対応してくれる。間違えていたとしても、客に気づかれなければ、それは間違いにはならない。

長い長い三分半が終わった。客席に頭を下げ、笑顔で手を振る。他の出演グループが袖から登場してきたので、後ろに下がる。最後に全員集合で合唱し、ようやく一本目が終わった。

捌けた直後、リーダーの三原さんが「集合」と号令をかけた。他のグループの邪魔にならないよう廊下の隅で集まる。空気を察した他のリトルたちが、素知らぬ顔で通り過ぎていった。

「良、おまえがいちばん悔しいだろうから、さっきのステージについては、俺からは何も言わない。でも、ひとつだけ。おまえ、本番前にゲームしてただろ。その時間で、できることはあったよな？」

こちらが謝るより早く、三原さんが静かに言った。

思わず遥歌を見る。遥歌はぶんぶんと頭を横に振った。こういうときに嘘をつけるタイプじゃない。気づかないうちに見られていたんだろう。

すんません、と頭を下げる。三原さんたちが対応してくれなかったら、俺はステージの上で死んでいた。

「良だけじゃない。はっきり言って、サマジ以降、緩んでるよ、おまえら。ラスオズがデビューしたから、この先当分デビューのチャンスはないと思ってないか？　デビューのために、どんなときでもやれることは全力でやろうってみんなで決めただろ？　今やれること、もっとあるんじゃないか？」

はい、と声を揃えて返事をする。七年目でリーダーの三原さんにそう言われたら、言い返せるやつはいない。

それでも、よっぽど言ってやろうかと思った。三原さんは知ってますか？　しおらしい顔で説教聞いてるそいつは、デビュー蹴ったんですよ、と。

パン、と三原さんが手を叩いた。

「二本目までに切り替えよう。鈴本《すずもと》と石田《いしだ》はこの後トークコーナーの収録があるな？」

「はい」

「きちんと爪あと残してこい。俺は次、I'm-ageの中岡《なかおか》とユニット曲があるから打ち合わせにいってくる。良は遥歌と一緒に振りとフォーメーションの確認。遥歌、頼んでいいか」

限界だった。

「嫌です」

そう言って、背を向け、早足で楽屋へ向かう。すぐに誰かが追いかけてきたのがわかった。

「もっちー！　待ってよ！　待って！」

やっぱりこいつか。げんなりする。速度を上げるが、遥歌は諦めない。会場のどこにいってもついてくる。

「ちゃんと、フォーメーション確認しなきゃ」

出たよ、優等生。

「うざいんだよ、おまえ」

立ち止まって、思いきり睨《にら》み付ける。

「おまえ、後輩だろ？　なんで俺がおまえにヨロシクされなきゃいけないわけ」

「や、でも……」

「ひとりで出来るから」

「……もっちーは出来ると思うけど、おれは不安だから、一緒に確認させてほしい」

「すっげ。さすが、ソロでもデビューできる遥歌様は気遣いが違うな」

はっ、と乾いた笑いが出る。遥歌の顔に初めて動揺の色が浮かんだ。

「聞いたぞ、ソロの話蹴ったんだってな。何様のつもりだよおまえ」

誰がどう聞いても八つ当たりでしかないが止まらない。頭にのぼった血が、自分の言葉で沸騰していくのを感じる。

「おまえさ、生意気なんだよ」

一字一句はっきり言ってやる。遥歌がつばを飲むのがわかった。

「この前もマネージャーに頼んでただろ。もっちーにも仕事回してくださいって。知ってるんだよ、俺とおまえで回ってきた雑誌撮影の仕事、俺はおまえのおまけだってこと。なんでメンバーの、しかも後輩のバーターで仕事恵んでもらわなきゃいけないんだよクソ腹立つ」

「それはっ」

「もうさ！　ほっといてくれよ。俺がおまえの引き立て役だってことぐらいわかってんの。これ以上言わせないでくんない？　みじめすぎて死にたくなるから。ほんっと、イライラする」

遥歌がぐっ、と口を引き結んだ。瞳が揺れている。ここまで言えば泣くか？　残酷な気持ちでその顔を見つめる。泣けよ。泣いてくれよ頼むから。

そう願ったのに、遥歌はひとつ息を吸っただけで、顔から力を抜いて、ひどく「大人」な顔をしてみせた。

「……ソロのこと、黙ってたのは、ごめん。でも、おれ、もっちーのこと引き立て役だなんて思ったこと、ない。一度も。絶対に。仕事だって、確かに、三田さんに頼んだけど、それは、おれがひとりじゃ嫌だから、もっちーがいてくれたら心強いから、ってそういう理由で」

「そういうのほんといいから！」

叩きつけるように叫ぶ。通路に響いて、通りすがりのスタッフがちらりとこちらを見たが、すぐに足早に去っていった。日常茶飯事を見る目で、それも無性に腹が立つ。

「……いいからさ、下にいる足手まといの連中なんか置いていけよ。なんでデビューできるのにしねえんだよ。意味わかんねえ」

グループでデビューがしたいって、それでデビューできずに終わったらどうする気なんだ。自分がソロデビューして抜けたら、UNiTEが終わるとでも思ってんのか？　申し訳ないと思ってる？　そんなの、俺らは本当に、お荷物じゃねえか。

「……下？」

遥歌は、心底わからないという表情を浮かべている。上とか下とか、その発想すらないって？

「とぼけんなよ。ひと握りの〝上〟のやつらだけが輝ける、そういう世界だろ、ここは」

「違う。そんなこと、ない。みんなにはみんなのよさが」

「ある、って言うよな、おまえなら。良い子ちゃんだもんな。でもな、それを平然と言える時点で上から目線だから。ま、しょうがねえよ。そんだけ綺麗な顔に生まれたらそうなるよな」

「顔って……」

いかにも心外です、という表情だ。くそむかつく顔。

「気づいてないんだよ、おまえ。自分が勝ってるってわかってて、安全なところから綺麗事言ってる。おれ以外の、下の連中にもいいところはあるよ、ってな」

「ちがう、そんなこと思ってない」

「そうなんだよ！」

「ちがう、って言ってるのになんで聞いてくれないの！」

「何言ったって、おまえがその顔で何言ったって意味ねえからだよ！」

遥歌が息を止めたのがわかった。

言った。

言ってしまった。

ずっと思っていたこと。ずっと言いたかったこと。ずっと、俺が俺自身に対して思っていたこと。

「おまえがその顔で何やったって意味がない」って、俺はその言葉に抉《えぐ》られ続けていて、切れ味を誰よりも知っているのに、全く同じナイフを遥歌にも投げつけてしまった。

言葉を失った遥歌が、深くうつむいた。比奈子のときと同じだ。表情は読めないが、きっと泣くのをこらえている。

言い過ぎた。俺が俺の意思でこの顔に生まれたんじゃないように、遥歌だって、遥歌の意思じゃない。

ごめん、と謝ろうとした矢先だった。

遥歌が、うつむいたまま、ふううう、と長く息を吐き出し、腰に片手を当てた。

「……顔って、そんなに大事なもの？」

聞こえてきた声は、思いのほか低く、挑発するような声だった。つい、「は？」と応戦してしまう。

「あたりまえだろ。顔がどれだけ」

「相手を傷つけてもいいぐらい？」

遮られて、ぐっ、と押し黙る。

顔を上げた遥歌は、眉を吊《つ》り上げ、悔しさを顔に滲ませていた。

「顔顔顔、うるさいんだよ」

今まで一度も聞いたことのない、厳しく、低く、やさぐれた声だった。ドスが利いていて、遥歌のたよりない喉から出てきているとは思えない。

遥歌が息を吸ってぐっと拳を握りしめた。細い腕が筋張る。

「みーんな口ひらけば顔顔顔！　顔がいいから～とか、顔がよくても～とか、そればっかり。ほかに言うことないの？　ばかみたい」

吐き捨てるように言って、

「もっちーさ、そんなにこの顔がいいなら整形しなよ」

あごを突き出し、髪をかき上げた。

ん？

聞き間違いか？

首を捻る俺に、遥歌は「聞こえなかった？　せ・い・け・い！」と繰り返した。

「おれの写真持っていって、これにしてください、って言いなよ。それか、おれがもっちーになるよ。この顔にしてくださいって」

あまりのことにのけぞりかける。な、何を言い出してんだこいつ。信じらんねえ。「ああ!?」というガラの悪い声が出る。

「バカ言ってんなよ！　おま、おまえ、自分の顔がどれだけ綺麗だと思ってんだ！　お、俺の顔に整形って、そんなこと俺が許さねえからな！」

「だってそうでもしないともっちーはこの先、おれとはまともに話もしてくれないんだろ！」

顔どころか耳まで真っ赤にして、遥歌が叫んだ。

目は充血していて今にも泣きそう――いや、違う。これは、怒っているんだ。相当。

遥歌が、本気で怒っている。

初めてだ。

いつもにこにこ笑って、嫌味も皮肉も暴言も受け流している遥歌が、激怒している。

頬が勝手に緩みかけて、あぶねえ、と口に手を当てる。なんで緩んだんだ、今。べつに、笑うところじゃないだろ。

ぽろり、と遥歌の目から一粒涙が落ちたときだった。

カシャ、というシャッター音が響く。振り返ると、よく似た背恰好の二人組がいた。違いがあるとすれば茶髪か黒髪か、ぐらいだ。そのうちの黒髪が携帯をこちらに構えていた。

「無音のやつにしとけよ。つか動画のほうがよくね？」

「やべ、ミスった」

へらへらと笑っている。誰だこいつら。衣装を着てはいるが見覚えはない。まだグループを組んでない練習生か……と考えたところで、あ、と思い出す。こいつら、トレーニングルームで俺の悪口を言っていた、練習生の連中だ。

二人は、「泣いてる？」と言いながら写真を確認している。

「泣いてる泣いてる。『激写、リトル内のいじめ』なんつって。持田くん、これ悪役確定ですよ」

「あ、べつにネットに流すとかしないっすよ。なんかおもしれーことになってんな、と思ってつい。な？」

「ですです。でも、泣いてる遥歌くん貴重だから、ファンは喜ぶかも」

にやにや笑っている。

なんだこれ。脅しだと思っていいのか？　どう反応すればいいんだ。そもそもこれっていじめなのか？　いや、確かにさっきまで俺が一方的に遥歌をなじっていたけれども。というかこいつら、裏でこそこそ悪口言うだけじゃなくて、正面から絡む気概があったんだな——と妙な感慨にふけり、ぼさっと立ちつくしている間に、遥歌は携帯を持っている練習生にすたすたと近づいていった。練習生は「なんすか」と余裕で笑っている。遥歌は携帯を指さし、「消して」と言った。

「やー、でも、これ上手く撮れてるんすよ。遥歌くんもかわいい感じで泣いちゃって」

ほら、と携帯の画面を向けた瞬間、遥歌が一切の迷いなく練習生を壁に押しつけ、腕で相手の顔を囲った。遥歌の身長が足りていないから、下から見上げる形になってはいるが、いわゆる壁ドンだ。消して、と吐息がふれそうな距離で、遥歌がもう一度ささやいた。練習生は完全にフリーズしている。なぜか俺まで息を止めてしまった。その至近距離で遥歌の顔はやばい。そりゃ固まる。

顔面攻撃、という単語が脳をよぎる。

こいつ、なんだかんだ言って自分の顔の使い方を熟知してないか？

呆気《あっけ》にとられていると、遥歌が素早く携帯を奪い取って、こちらにぽいっと放り投げてきた。

あわてて受け取り、それらしき写真をゴミ箱に入れ、ゴミ箱からも完全に削除する。

「行こ。二本目始まっちゃう」

遥歌が何事もなかったかのように歩き出した。あ然としている練習生たちに携帯を返して、追いかける。

「……遥歌、おまえもしかして、けっこう場数踏んでる？」

あの躊躇のなさ。手際の良さ。慣れていないと、瞬時に相手の意表を突くような真似はできない。

「さあ。でも、めんどうなのが多いから、その時々でいろいろやってはいる。おれ、モテモテなんだよ、この顔のおかげで」

ふん、と鼻を鳴らし、大きな目を半分にして（それでもデカいが）、じろりと俺をにらんできた。

「それよりもっちー、大丈夫なの？　振り、どこまでなら入ってる？」

少し唇を尖《とが》らせて、心配そうに眉を寄せる。きゅるん、という効果音がつきそうだ。変わり身の早さにたじろぎかけたが、これはきっと、二重人格とか、猫をかぶっていたとか、そういうのじゃなくて、どちらも本当の遥歌なんだろう。俺が知らなかっただけで。

歩みを止めて、なあ遥歌、と呼びかける。

先を行く遥歌が立ち止まり、振り返った。

「なんでソロデビュー蹴った？　どうしてグループにこだわるんだ？　デビューできればなんだっていいじゃねえか」

肝心の理由を、本人の口から聞いていなかった。

俺は、想像の中の遥歌が吐く、想像上の理由に苛つき続けていたのだ。

遥歌は、一瞬、迷ったように瞳を揺らしたが、覚悟を決めたようにこちらを見据え、こわいから、と答えた。

「おれ、こわいんだ。ひとりでステージに立つのが。もっと言えば、おれを見るファンの人とか、お客さんのことが、こわい。おれにだけ光があたるのがこわい。だから、ひとりじゃステージに立てない。グループでやりたいのは、おれのエゴだよ」

「こわいって、そんな……」

言葉が続かない。遥歌を見つめる。

普通は逆だ。俺を見てくれ、光を当ててくれ、って願いながら踊る。ファンの声が、目が、力になる。それが、アイドルってもんだろ。

でも、遥歌は真剣で、冗談を言っているようには見えない。

誰にも言えない、本気の本音だ。

だって、こんなの、「遥歌」は言えない。言っちゃいけない。ファンがこわいなんて。光がこわいなんて。愛されて存在するアイドルとして、絶対に「正しくない」から。

こいつ、そんな致命的なもん抱えて、ステージに立ってたのか。これからも立ち続ける気なのか。誰にも言わず、「遥歌」として、にこにこ笑って、歌って、俺みたいなのにたくさんやっかまれて。

それ以上、遥歌はその話をするつもりはないようで、

「もっちーはさ、どうしてそんなにデビューしたいの？」

と、矛先《ほこさき》をこちらに向けてきた。

どうして、という言葉を口の中で転がす。知らない味がした。

リトルになった以上、デビューをめざすのが当たり前だ。理由なんて考えたこともない。

有名になりたいから？　ステージが楽しくてたまらないから？　お金が欲しいから？　どれもあまりピンとこない。

応援してくれているファンのため、というフレーズがよぎったけど、俺の中でそれは、本当の意味では熟しきっていない理由だ。

俺はきっと、デビューしたいからデビューをめざしてきた。

「急いで！」という鋭い声が耳に飛び込んできてハッとする。廊下の向こうから、スタッフが手招きしている。時間を言われて、やべ、と遥歌と二人走り出した。

「つーかどーしよ、全然振りの修正できてない。二本目踊れるかな」

「ええっ、頼むよもっちー。おれまで三原さんに怒られるじゃん」

走りながら、遥歌がカウントを取り始めた。息を切らしながら、振りとフォーメーションを俺に叩き込んでいく。

必死な遥歌には申し訳ないが、俺はそれで修正できるほど要領がよくない。このままじゃ二本目のステージもぐだぐだになりそうだ。

正しくも踊れない。かろやかにも踊れない。

汗と恥ばっかりかいて、いつも見る完璧な夢とは真逆の、無様なステージングになるんだろう。

それでも俺は、こいつにだけ光を当てないために、今からジタバタとみっともなく踊る。

愛は不可逆

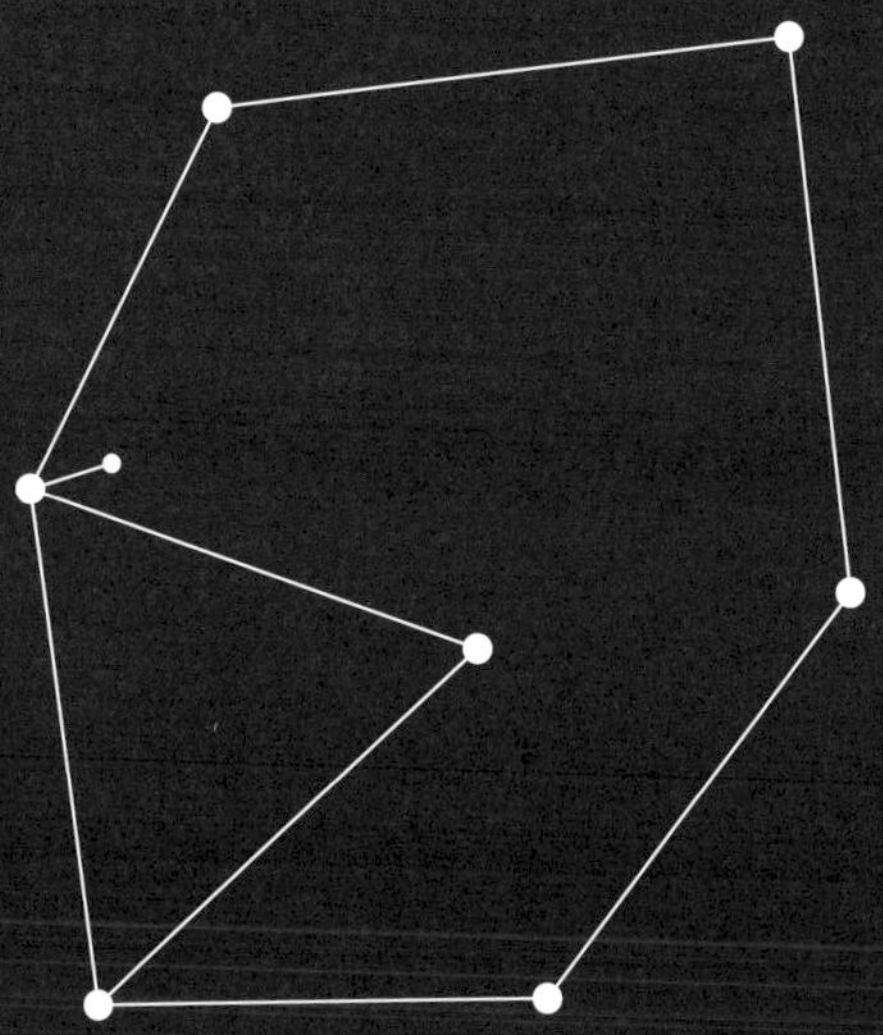

光が嫌いだ。

逃げも隠れもできないステージで、おれを突き刺す光。和田《わだ》遥歌がここにいるぞって、容赦なく照らし出す光。

ステージに立って客席を見わたすたび、むかし読んだ絵本を思い出す。みんな、「ふなゆうれい」みたいだ。ふなのりを海に引きずりこむために、手を伸ばしてくる海のおばけ。真っ暗な海、薄気味悪く光る白い腕、心細そうなふなのりたちの顔。うじゃうじゃ集まってくる、ふなゆうれいたち。

トロッコに乗って会場をぐるりと回るとき。こっちを見上げる顔だとか伸ばしてくる手だとかは、目の焦点をぼかして、なるべく見ないようにしている。ステージを飛び出して、客席の間の階段を下りなくちゃいけないときは、本当にゆううつでたまらない。

にゅっ、にゅっ、にゅっ。

みんな、必死でおれの体にさわろうとする。もっちーとかハイタッチで応えてるけど、おれはぜったいできない。目を合わせないようにして、はっつけた笑顔で駆け下りるのでせいいっぱい。だって、こわいよ。ふつうに。みんな、なんか目ぇギラギラさせてるし。こわい。お客さんだから、ほんとはそんなこと思っちゃいけないんだけど。

ロッカーのすみで、きらりと何かが光った。体を斜めにしながらしゃがんで、手を伸ばす。つまみ上げて、ぴんときた。これ、蓮司くんのピアスだ。

蓮司くんのあざやかなピンク色の髪によく似合う、小粒の黒いピアス。これをつけてる蓮司くん、色気がぶわーって出てて、たまんなくかっこいいんだよな。

ピアスをそうっとてのひらに置く。これ、いい口実になるかも。

蓮司くんは、女の人とのベッド写真が流出したせいで、夏いっぱい謹慎させられていた。一ヶ月前、夏公演が千穐楽を迎えて、ようやく謹慎が明けたのに、蓮司くんはステージに立たない。謹慎期間中も、一度もレッスンに参加しなかった。MIDNIGHT BOYZのみんなに訊いても、知らないって言う（知らないって、それだけ？　同じグループなのに）。マネージャーの三田さんからは、蓮司くんとは連絡を取っちゃだめだって言われたから、おれも蓮司くんが今どうしてるのかわからない。連絡は謹慎中だからだめなのかなって思ってたら、おれ以外のUNiTEのメンバーも、ほかのリトルも言われてないらしい。接触禁止令を出されていたのは、おれだけだった。

でも、謹慎も明けたし、おれへの禁止令も終わりってことで、いいよね？

ピアスの写真を撮って、メッセージを送る。『お疲れさまです。さっき拾ったんですが、このピアスって蓮司くんのですか？　よかったら、家まで届けに行きます』

送った瞬間、すぐに既読になって、わっ、と携帯を落としそうになる。こんなに早く既読になるとは思わなかった。どきどきして画面を見ていると、すぐに返事がきた。

『そう。届けに来て。家わかる？』

『わからないです』

『位置情報送る』

『ありがとうございます。今から行ってもいいですか？』

『いいよ。待ってる』

待ってる！　待ってるだって、おれのこと。

蓮司くんはリトルの先輩だけど、ただの先輩じゃない。おれの憧れで、大好きな人。歌もダンスも飛び抜けて上手くて、ちょっとした仕草にも色気がにじみ出てる。あんなにかっこいい人、ほかに知らない。おれもよく顔が綺麗って言われるけど、それってほめ言葉じゃないと思う。この顔はもともとのものだから、おれがどうとかって話じゃない。

ステージに立つと、たまに、おれだけ裸で歌って踊ってる気分になる。なんにもないから、せめて裸でも見てってください、って。恥ずかしくてたまんない。

顔が綺麗だねってのは、裸が綺麗だねって言われてるのと同じ。おれにとっては。


九月のしつこい日差しと暑さは、エントランスに入った瞬間にかき消えた。エレベーターらしきところに向かって、大理石っぽい床をそろそろ歩く。防音がしっかりしているのか、しん、としていて人の気配がない。全体的に暗くて、高級感が漂っていて、芸能人が住んでるところ、って感じがする。

蓮司くんの部屋はこのマンションの十九階にあるらしい。

おれも十七階に住んでるから近いっちゃ近い高さだけど、おれんちのは普通のファミリーマンションだから、雰囲気がぜんぜんちがう。

蓮司くんってもうひとり暮らししてるんだっけ？　まだ十七歳なのに。リトルでこんなとこ住んでる人、ほかにいないんじゃないだろうか。お父さんもお母さんも芸能人だから、その辺も関係あるのかな。

インターホンを鳴らすと、どたどたと音がして、勢いよく扉が開いた。

お疲れさまです、と帽子を取ろうとして、固まる。知らない男の人が出てきた。

「うわ、おい、美少女来たべ！」

「ほんとだ、『Haruka』ちゃん、やば」

「こんちはー！　迷わず来れた？」

後ろからわらわらと出てくる。三、いや、四人はいる。派手な見た目の、男の人たち。

誰？　全員知らない。部屋間違えたかな。でもさっき、はるか、って聞こえた。おれが覚えてないだけで、現場で会ってるとか？　あ、ひとりだけ見覚えあるぞ。いちばん奥に立っている、茶髪のもじゃもじゃパーマに黒縁眼鏡の男の人。

目がばちっと合った。

「なんだ、和田遥歌じゃん」

久しぶり～とゆるく手を振られ、反射で頭を下げる。

「おまえ知り合い？」

「前にドラマで一緒だった。こいつ男だよ。アイドル。蓮司んとこの後輩。ね、遥歌ちゃん。あいかわらずかわいー顔してんね」

からかうような言い方に、ふんわりと笑って返す。

俳優の瀬川遊《せがわゆう》くん。連ドラの兄弟役で共演して以来だ。もう一年ほど、プライベートでも現場でも会っていない。

男かよ、と場のテンションが一気に下がるのがわかった。

ここ、蓮司くんの部屋で合ってる、よね。どこを見ても、蓮司くんの姿がないけど。

「ま、とりあえず上がって上がって」

前に出てきた遊くんに、ぐい、と強めに腕を引かれた。

「あの、おれ、蓮司くん」

「ああ、ピアスね。蓮司さ、今寝てるから。俺らが代わりに返事したんだよ」

まだ靴が脱げていないままぐいぐいと引っ張られて、土足で部屋に上がってしまう。まって、とかかとを踏み合わせていたら、お靴脱ぎまちょうね〜、と誰かがスニーカーとくるぶしの間に指を入れてきた。

なにこの人たち。蓮司くんの友達？　お酒の臭いが酷い。近くで喋っているだけで酔いそうだ。薄暗い室内には香水とアルコールの臭いが生あたたかく充満している。家具や植物、小物が綺麗に配置された部屋の床に、酒瓶やつまみの袋が散らかっている。黒い横長のソファーに、ほとんど無理やり座らされた。

「和田遥歌、和田遥歌……っと。あ、俺あんた知ってるわ。『レギュレーション』で見た見た。へえー、実物こんな感じなんだ。テレビで見るより綺麗な顔してんね」

携帯をさわりながら、指にいくつも太い指輪をつけた細身の男の人が隣に座ってきた。近い。ありがとうございます、と頭を下げながら、さりげなく身を引く。

「今いくつ？」

「十四歳です」

「十四!? わかいねー！ かわいいねー！」

耳の後ろから伸びてきた指に頬をつつかれてぎょっと見上げる。ニキビが目立つゴリラみたいな図体《ずうたい》の男の人におおいかぶさられていた。酔っぱらっているのか、目の焦点があんまり合ってない。少し離れたところに立っている遊くんに視線を送ったけど、気づいてもらえない。がくん、と視界がぶれる。肩を抱かれ引き寄せられた。指輪が食い込んで痛い。

「アイドルってどう？ たのしい？」

「あの、はい、たのしいです」

「どういうところが？」

「お客さんを、笑顔にできるところです」

答えながら、うそっぽいな、と笑いそうになる。

おれ、お客さんに笑顔になってほしいなんて思ってない。歯むき出しでこわいもん。ユニバースに入ったのも、アイドルたちの仲の良さに憧れたからだ。かっこいい男の子たちがキラキラした服を着て、わちゃわちゃと楽しそうに歌って踊る姿は幸せそうで、おれもあそこに入りたかっただけ。

「うわー、えらい！　優等生でちゅね」

わざとらしい甘ったるい声に、ありがとうございます、とほほ笑み返す。

視界の端で、遊くんが鼻で嗤うのが見えた。小馬鹿にしてます、ってのを隠そうともしない笑い方。共演したときから、なんとなくは感じていた。あの人、たぶん、おれのことが好きじゃない。おれっていうか、アイドル？　どっちでもいいけど。

「あの、おれ、蓮司くんのピアス持ってきたんです。渡してもらっていいですか」

イヤホンケースに入れておいたピアスを取り出す。正面に立っている、背の高い人に渡そうとしたけど、受け取ってもらえない。男の人は赤ら顔に粘ついた笑みを浮かべて、膝を折った。

「そんな急ぐなよお。ゆっくりしてけって」

あんたの家じゃないだろ。

「すみません、この後用事があって」

「もしかしてぇ、ビビってる？　なんもしねえって。ちょっとぉ、話したいだけ」

「話ですか？」

「しょお。おはなし」

「嶋《しま》、酔いすぎじゃん。ウケる」

遊くんが手を叩いた。

嶋、と呼ばれた人は、ウケたのがうれしいのか鼻をこすった。なにか言っているけど、聞き取れない。目もとろんとしている。そんな人と話すことはなにもないんだけどな。ていうか後ろの人、そろそろ頬をさわるのやめてほしい。

「えらいね。あんなやつのピアス届けに家まで来ちゃうなんて。できた後輩でちゅねえ」

肩に置かれていた指輪だらけの手が頭に回ってきた。乱暴に髪を撫でられる。だから痛いって！

「遥歌ちゃん、髪黒いねえ。もしかして染めたこともない？」

「ですね」

「染めないの？　金とか似合うと思うけど」

「事務所が、だめなので」

「そいつ、ユニバースの秘蔵っ子なんだよ。まだデビュー前のリトルだけど、超大事にされてんの。事務所のゴリ押しがすごくってさ、この前のドラマも直前で無理やりねじ込み。俺はちゃんとオーディションで獲《と》ったんだけどなあ」

遊くんが嫌味たらしく言ったが、誰も聞いていない。おい聞けよ、と半笑いで一人でツッコんでいるけど、それもスルーされていて、嫌味よりそっちのほうが気分が悪い。

前に座っていた人が、急に立ち上がった。あぶなっかしい足取りで部屋をうろうろし始める。なにか探している。

部屋を荒らし回って、あったあったと戻ってきた手には、縦長の白いケースが握られていた。お薬ケースぐらいの大きさだ。

「痛いの、一瞬だからあ」

「へ？」

男が、かしゃかしゃ、とケースを軽く押す。鋭い針が見えた。

「ちょ、嶋ちゃんなにしてんの」

指輪がげらげら笑う。

「おもしろくね？　この場でピアスあけたらあ。それでえ、そう、それ、そのピアスつけたらいいんだよ」

ね、とねっとり笑う。

あれ、ピアッサーだ。

状況を理解したときにはのしかかられ、ソファーに押しつけられていた。いつのまにか、指輪にもまた肩を抱かれている。後ろから頬をさわっていた肉厚な手に顔を固定されて動けない。

「嶋、酔いすぎ」

遊くんが少し焦ったような声を出した。

「えー、だっておもしろいじゃん」

「なんもおもしろくないから。言っただろ、そいつユニバースの秘蔵っ子だって」

「えー」

「やめとけって。俺らみたいな職業は、体も売りモンなんだよ」

やり取りの間も、かしゃかしゃ、とバネが動く音が聞こえる。どんどん近づいてくる。酒臭い。遊くんの制止の声が遠い。体も顔もまったく動かせない。なんだこれ。なんでこんなことになってるんだろう。夢を見ているみたいだ。なぜか目もつむれない。針がスローモーションで近づいてくる。耳たぶに、硬くつめたいピアッサーが触れた瞬間だった。

ガン、と鈍く大きな音が部屋に響いた。

おれを押さえつけていた人たちが、ぱっ、と振り返る。顔を固定していた手が少し緩んで、おれも身をよじった。

部屋の入口に蓮司くんが立っていた。

見えにくいけど、上半身は裸だ。丸めたシャツを手に持っていて、ネックレス以外何も身につけていない。蹴られた空気清浄機らしきものが、床に倒れている。

かっこいいなあ、と状況も忘れて見惚《みと》れてしまう。二ヶ月ぶりの生《なま》蓮司くん。ピンク色の髪がぐしゃぐしゃに乱れていて、それもワイルドで色っぽい。

蓮司くんは、嶋、と短く言った。聞いているこちらが縮み上がりそうな、ドスの利いた声だ。ピアッサーがゆっくり離れて、拘束も完全にとけた。

「俺は止めたから」

遊くんが早口で言う。

シャツを羽織った蓮司くんが真っ直ぐこちらにやってきた。人ひとり殺してきた後のような、すさんだ表情に、すくみ上がりそうになる。

手首を摑まれ、輪から引き抜かれるようにして出た。一直線に玄関まで引きずられる。靴をちゃんと履く暇もない。転びそうになりながら、なんとかついていく。来たときのまま、十九階で止まっていたエレベーターに押し込まれた。

「なんでいいんの」

「あの、ちがうんです、ピアス、見つけて、蓮司くんに渡そうと思って。メッセージ送ったら、持ってきて、って返事があって、だから……」

しどろもどろ言い訳したけれど、蓮司くんは何も言ってくれなかった。苛立たしげに、携帯の画面をたたき割る勢いでタップしている。

「すぐにタクシー来るから。乗って帰れ」

「えっ、いいですよ。電車で帰ります」

「乗って帰れ」

有無を言わさぬ口調にびくっ、と肩が跳ねる。気づいた蓮司くんが、わるい、と頭を掻いた。外はもう暗くなっていた。昼間の日差しがうそみたいに肌寒い。中で、と言おうとしたけれど、タクシーはすぐに来てしまった。蓮司くんが、じゃ、ときびすを返した。咄嗟にシャツの裾を思いきり引っ張る。これで終わったらだめなんだ。せっかく会えたんだから。もっと、もっと話をしないと。

「タクシー、蓮司くんも乗って」

「は？　なんで俺が」

「こ、こわかったから。おれ、すごくこわかったです、さっき。蓮司くんの友達のせいで」

蓮司くんがあからさまに怯《ひる》んだ。良心がちくんと痛む。

派手な見た目と、つっけんどんな態度のせいで誤解されがちだけど、蓮司くんはすごくやさしい。おどろくほどよく、おれのことを見てくれている。リハ場やレッスン場で、おれがぽつんと突っ立っていたら構ってくれるし、苦手な先輩が通りかかったらさりげなく壁になってくれる。

みんな蓮司くんのことこわがって近寄ろうとしないけど、すごくもったいない。もったいないけど、そのまま近寄んなくていいよ、とも思う。

「なんでレッスンに来ないんですか」

時間がもったいなくて、後部座席に乗り込んですぐ切り出したけれど、蓮司くんが口を開いたのは、ふたつほど信号を通過してからだった。それも、「だるいから」の一言だけ。

「だるいって、レッスンの内容がですか？　人間関係がですか？」

それとも、ファンが？

最後のは、ぐっと呑み込む。

蓮司くんはまたしばらく黙っていたけれど、やがて「……稽古で忙しいんだよ」とぼそりと言った。

「それって今度のミュージカル？」

「そう」

「……なら、仕方ないですね」

仕方なくない。

なんにも仕方なくなんか、ないよ、蓮司くん。

息を吐いて、シートに座り直す。蓮司くんは、顔を窓側に背けたままだ。すれ違う車のライトに、張り出した大きなのどぼとけが光った。

蓮司くんはとにかく歌が上手い。深くなめらかに響く声質、声量、音程、ピッチ、どれをとっても一級品。ミュージカルにも何本も出ていて、そちらの稽古が忙しいのは本当なんだろう。

でも、それが歌番組の収録や動画撮影にも参加しない理由にはならない。このままアイドルはやめて、演技のお仕事に本腰を入れるんだろうか。そのうちリトルもやめて、事務所も移籍して。もう二度と、アイドルとしての蓮司くんは見られなくなる？

ふと視線を感じて、横を向くと、蓮司くんがおれを見ていた。

なに、と口の中だけで言う。

声が出せなかった。

蓮司くんの目が、おそろしいほど熱っぽくて、するどくて、肌があわだつような目だったから。

おれ、知ってる。この目。

どういう相手をどういう気持ちで見るときの目か、よく知ってる。

知ってるけど、なんで、蓮司くんがそんな目でおれを見るんだ。

時間にしたら、十秒ほどだったと思う。永遠みたいな時間は、大型トラックのヘッドライトの光で不意に終わった。

まぶしい、と目をつむって、開けたときには、蓮司くんはもう前を向いていた。

遥歌、と低くかすれた声で名前を呼ばれる。

「真面目な話、もう家には来るな」

「どうして？」

「見ただろ。ああいうのが入り浸ってるんだよ、うちは。おまえに近づけていいやつらじゃない。今日だって……ピアスって、なにがどうなったらああなるんだよ」

腕を組み、深いため息を吐いた。

「蓮司くん、すごい形相でしたね」

「当たり前だろ。寝起きにあれ見せられた俺の気持ちにも、……いや、いい。とにかく、万が一俺からメッセージが来ても、家には来るな」

「やです」

即答すると、蓮司くんは呆れたように顔をしかめた。

「いやって、おまえな」

「ちゃんと蓮司くん本人だってわかったらいいんでしょ？　なら、合言葉とか決めましょうよ。おれと蓮司くんにしかわからない、秘密の合言葉」

「なんだよ、合言葉って」

気が抜けたように、はは、と笑っている。ちょっと子どもっぽかったかな。でも、笑ってくれたからいいや。

「蓮司くんは、アイドル嫌いですか？」

嫌い、って言われたら、これ以上、おれはなにも言えない。嫌いには、理由がないから。打つ手立てがない。

でも、蓮司くんの答えは「わかんねえ」だった。

「嫌い、とは思わない。ばからしいな、って思うことはあるけど」

「ばからしいっていうのは？」

「怒んなよ。べつにアイドルの仕事がばからしいって言ってんじゃない。キャリアの問題だ」

「怒ってなんか、ないです……」

嫌いじゃないなら、なんで戻ってきてくれないんだろう。キャリアの問題って、どういうこと？　十年以内にデビューできなければ、リトルとしては終わりっていうシステムのこと？　でも、そういうことを言ってるんじゃない気がする、なんとなく。

蓮司くんと話しているとたまにこういう気分になる。同じものが見たいのに、あと二、三こぶん、踏み台が足りなくて、背伸びしてる感覚。

なんで？　どうして？　どういうこと？　なにが見える？　ってハテナばっかで、それをぜんぶぶつけるのも子どもっぽい気がして、ただ下から見上げるだけ。憧れっていうのは、すこしさびしい。


上がっていって、というお願いはさすがに断られた。

タクシーを見送ってから、エントランスに入る。観葉植物、オレンジの光、オフホワイトの壁で演出された、清潔でぬくもりのある空間。蓮司くんのマンションとのギャップにくらくらする。

鍵をそっと開けて、ただいま、と小声で言う。睦美《むつみ》ちゃんの部屋から音楽が聞こえてきた。朝出ていったときと、まるっきり変わらない。下手するとＢＧＭも変わってないんじゃない？　アフリカかどっかの、民族楽器っぽい音とメロディー。ここ二、三日こもりっきりだ。今月は納期がやばいと言っていたけど、本当にやばそう。

冷蔵庫を開けてみたけれど、なにもない。つまり今日の朝と同じ。タクシーで家まで送ってもらったから、夜ご飯をテイクアウトできなかった。宅配、なににしよう。アプリを開いて店を探す。

『睦美ちゃん、今から宅配頼むけど、なんかいる？』

メッセージを送るとすぐに、『自分で頼むから大丈夫』と返ってきた。『りょーかい』とスタンプを送って、自分のやつだけ選ぶ。今日はピタサンドにしよう。この前、睦美ちゃんが食べてて美味《おい》しそうだった、ファラフェルのやつ。

注文を済ませて、部屋着に着替える。換気のために窓を開けると、甘くてどことなくけむい、秋の夜の匂いがした。ベランダに出て、ウッドチェアに腰かけひと息つく。

葉《よう》くん、どうしてるかな。こっちが十九時ってことは、時差が七時間だから……デンマークは十二時か。ちょうどお昼どきぐらい？　なに食べるのか、訊いてみようかな。でも、仕事忙しいかな。こんなことで連絡するのもな。いや、でもふつうの親子ならこういうしょうもないことでも連絡し合うもの？　睦美ちゃんも葉くんも仕事が忙しい人たちだから、たわいない会話も少しためらってしまう。

携帯の画面をつけたり消したりしていると、もっちーから『あしたの撮影何時からだっけ』とメッセージが入った。『Bスタで一時から。私服動画の企画だから、服気をつけて』と返す。私服で来い、ってことはどっちかだ。単純にコーディネート対決か、ドッキリで汚れる系か。お節介かな、と思いながらもついつい言ってしまう。もっちー、素直だから張り切ってお気に入りの服着てきちゃいそうで。

もっちーとはこの前、ちょっとだけけんかした。同じタイミングでUNiTE入りして二年ちょっと、あんなに正面からぶつかったのは初めてだった。

腹が立ったし、ちょっと泣いたりもしたけど、遠慮なしに言い合ったのは新鮮だった。あんな風に正面からきてくれる人は、意外といない。かげでこそこそ嫌がらせは、よくあるけど。おれが事務所から推されてるってこと。気づいてないわけじゃない。入所三年目にしてはありえない仕事量と露出。この顔のせいなんだろう。睦美ちゃんと葉くんの、どっちにも似てる顔。

ドラマが決まったとき。先輩より前で踊るとき。舞台で0番に立ったとき。なにかにつけ、トゲ、ってほどでもないけど、うっすらまたあいつか、って空気になるのがわかる。実力もない顔だけのやつが、って。

もっちー、また家に遊びに来てくれないかな。一度、うちで先輩のコンサートの観賞会をしたけど、あれすごく楽しかった。今の早替えどうやるんだろうとか、この落ちサビ歌いてぇーとか言って。めちゃくちゃ「仲間」って感じがした。もっちーなんて、二回も観たがってさ。睦美ちゃんが忙しくない時期に、また声かけてみようかな。

鳴浜《なるはま》学園には、中等部から芸能コースがある。だから受けた。おれがリトルに入ったのは十一歳のとき。中学受験を始めるには遅すぎるぐらいだったけど、テストは簡単だったし、ユニバース所属ってこともあって、あっさりと受かった。

芸能コースっていっても、高等部ほど本格的なものじゃない。あくまで学業が優先、普通の中学よりは課外活動に理解があって、サポートもしっかりしている、って感じだ。

同じクラスには、ミュージカルやドラマで活躍する子役や、キッズモデルの子がいる。あんまり浮かない、って意味では楽だ。仕事の話もできるし、悩みも似ている（台詞が覚えられない！　とか）。

ちょっといやなのは、出席率で仕事量がわかってしまうところ。忙しい子が、いきたくないよー、と愚痴を言いながら颯爽《さっそう》と早退していくと、少しだけ、ピリッとした微妙な空気になる。口には出さないけど、みたいな。

「和田くん、次の美術の授業でペア組まない？」

昼休み、ペアの子が休みでいない野村《のむら》くんが、声をかけてくれた。

野村くんのペアは綾川《あやかわ》さんだ。引っ張りだこの人気子役で、しょっちゅう授業を早退している。今日はおれのペアの寺島《てらしま》さんも休んでいるから声をかけてくれたんだろう。野村くんは毎日授業に来ていて、口さがないやつらから「皆勤賞」ってあだ名をつけられたりしてるけど、周りのことをよく見ている、いいやつだ。よろしく、と言うと、太い眉を下げておっとりと笑った。

寺島さんは、今週の頭から学校に来ていない。仕事のせい、じゃなくて、いやでも、仕事のせいっちゃせいなんだけど。

土曜日、人気漫画の実写映画化が発表された。寺島さんは主要キャストの一人に選ばれていた。それが原作ファンのイメージと違ったらしい。こんなブスがやっていいキャラじゃないとか、ＳＮＳで散々言われて、おれもちょっと心配していたら、案の定週明け学校に来なかった。もう四日になる。

　ファン、ってなんであんなに好き放題言うんだろう。誰でも見られるところに吐いた言葉を、本人は見ていないって、なんで素直に信じられるんだろう。もしくは見られてもいいって思ってるのかな。傷つけても仕方がない、って？　ファンなら何言ってもいいって？

　おれも、まあまあいろんなこと言われてる。ファンっていうよりアンチに？　エゴサーチで引っかかってくるのは大体、「ぶりっ子」「事務所のゴリ押し」「調子こいてる」「歌がクソ下手」「あいつがUNiTEのセンターやってるうちはデビューできない」とか。

　見ないほうがいいってのはわかってるし、三田さんにも見るなって言われるけど、見ちゃうよ、そりゃ。朝起きてから夜眠るまで、日に何度も何度も。

　自分のぶんだけじゃない。メンバーのものも、それに、蓮司くんのも見てしまう。腹を立てるだけだってわかってるのに、やめられない。

　蓮司くんの写真が流出したときは、酷かった。いわゆる、炎上、だ。しばらくＳＮＳが荒れ続けて、その間おれは軽く不眠気味になった。腹が立ちすぎたのと、コメントを追うのをやめられなかったのとで。

「プロ意識なさすぎ、早く辞めろ。ミドナの足手まとい」「ファン舐めてる？　こんなことして、いつまでもついていくと思ってんなよ？」「アイドルとして失格ですね。脇が甘すぎるとしか言えません。残念ですが、自分がしたことをしっかりと反省して、あなたの言葉で謝ってください」「蓮司、どれだけメンバーに迷惑かけてるのかわかってんのかな。わかってないだろうね。バカだから笑」

読みながら、この人たち、いったい誰なんだろう、って何回も思った。怒りっていうか、もはや呆れ？

ファン。ファンって言っていいのかな。なんか、親とか、先生みたい。反省を促したり説教したり。どこの立場から何を言っているんだろう。なんでこんなに偉そうなんだろう。

リトルの仲間が被害に遭い続けているストーカー行為。コンサート時の交通機関での迷惑行動。ＳＮＳにも動画や画像が平気で転載されていて、見るに堪えないコラ画像も載っている。事務所の人たちも、いつもいつも頭を悩ませている。

プロ意識プロ意識言うなら、そっちだって、ファン意識高く保ってよって思う。言わないけど。おれたちがアイドルでいられるのは、たくさんのファンのおかげだから。ありがたいことだから、がまんしなくちゃいけない。

蓮司くんとは、あれから連絡が取れない。

メッセージを送ってみても既読にならないし、電話も出てくれない。思いきって何度か家にも行ってみたけど、いつ訪ねてもいない。ピアスはずっと返せずにいる。おれはたまにそれを耳たぶに合わせてみるけど、ぜんぜんだめ。子どもっぽいおれの顔には似合わない。やっぱりこれは蓮司くんじゃなきゃだめだ。

高い笑い声が耳をつんざいた。野村くんの後ろで、女子たちが自撮りしている。角度的に大丈夫だと思うけど、ちょっとだけ体をずらしてうつむく。

「どうしたの？」

「や、あの子たちが写真撮ってるから。写んないように」

野村くんがへええ、と感心したように目を見ひらいた。

「やさしいんだねえ。和田くんなら写ってもうれしいと思うけど」

にこにこ笑っている。やさしい勘違いに、なんにも言えなかった。

ちがうんだ。やさしいとかじゃない。ただ単に、自分のため。写りこんでしまった写真が、どこでどう使われるかわからないから。事務所からも気をつけろって注意されているから。野村くんはもうほとんど仕事をしていないから、その感覚がわからないんだ。でも、わからないほうが、ふつうで、まともな中学生だと思う。おれが当たり前のように受け入れてるヘンなこと、いったいいくつあるんだろう。


雑誌の撮影を終えて事務所に戻ってきたら、エレベーターでちょっと気まずい人たちと出くわしてしまった。

練習生の二人。名前なんだったかな。もっちーとのけんかの途中で急に絡んできた人たち。すごく邪魔だった。適当にあしらったらそれ以降は話しかけてこなくなったけど。

階段でいこうかと思ったけど、ちょうど扉が開いてしまった。お疲れさまです、と事務的に言ったら、「お疲れさまですっ」と妙に裏返った挨拶が返ってきた。エレベーターの中でも、なにか言いたそうに、チラチラと見てくる。うるさいなあ視線。言いたいことがあるなら言えばいいのに。

この前は、おれにっていうより、もっちーに絡んでる感じだった。今ももっちーを困らせてるようだったら、おれからも一言注意してやらないと。

途中の階でエレベーターが止まる。開いた扉の向こうにいたのは、まさかのもっちーだった。うえ、と声が出そうになる。こんな不幸な偶然ある？　もう降りちゃお、と出ようとした瞬間、練習生二人が、ほっとしたように「持田くん！」と声を弾ませた。

「あれ、なんだよおまえら。また遥歌に絡んでんのか」

軽く言って、エレベーターに乗り込んできた。

「そんなんしないっすよ。人聞きわる」

「前科あんだろーが。つかなにこの空間。空気わるくてウケる」

「いやほんとそうっすよね。俺らも内心やべーと思ってて」

あはは、と笑いあっている。

あっけにとられていると、もっちーが、

「大丈夫か遥歌」

と訊ねてきた。うん、と答えた声がものすごく頼りなげに響く。もっちーが練習生をにらむと、二人は慌てたように手を振った。

「まじでなんもしてないですって。緊張、緊張してただけ。な？」

「それ。遥歌くんとこんな狭い空間で一緒になって緊張しないやついないっすよ」

「ほんとかあ？　まあ、気持ちはわからんでもないけど。ほら、今いい機会だから、この前のことときちんと謝っとけよ」

もっちーに促されて、二人が頭を下げてきた。頭の下げ方がちょっとおかしくて、それに気づいたもっちーがいじる。二人が慌てる。気安いやり取りが続く。明るい空気から浮かないように、おれも口角を上げてみせる。大丈夫かな。耳、赤くなってないかな。超恥ずかしいやつじゃんね、おれ。もっちーを困らせてるようだったら、とか。

すごいな、もっちー。突っかかってきてた人と仲よくなるなんて、おれにはぜったいにできない。もっちーの、するっと距離を詰める雰囲気はパフォーマンスにも出ていて、お客さんとも友達みたいに接する。

UNiTEのほかのメンバーだってそうだ。おれがひっくり返ってもできないことを、平気でやってのける。おれだけだ。おれだけ、なんにもない。この顔以外。でも、UNiTEのセンターはおれだ。いちばん年下で、歴が浅くて、実力もないのに。

おれがＳＮＳでの自分への中傷を見てもあんまり腹が立たないのは、自分でもそう思ってるから。顔だけ、事務所のゴリ押し、センターにふさわしくない、ぜんぶ当たってる。

「あ、おれこの階だから」

逃げ出すように、エレベーターから降りる。後ろから、あの、とか、遥歌、とかいろいろな声が追ってきたけど、気づかないふりをしてしまった。

こういうとこなのかも。逃げなかったら、仲よくなれたかもしれないのに。同期ともそう。会ったら話すし、仲がわるいわけでもないんだけど、あと一歩、深いところで付き合いきれない。冗談を言い合ったりとか、オフの日に遊びに行ったりとか、そういうのはない。うっすら壁がある。

でも、おれ、わかってるんだ。べつにそれでもいい、って思ってる。あの練習生たちとだって、仲よくなりたいなんて思ってない。たくさんの人に好かれたいとも思ってない。悪口を言われてもへっちゃらなのは、おれが冷たいからなんだろう。どうでもいいもん。自分が好きじゃない人に、なに言われたって。おれは、ほんの一握りの、大好きな人たちを手放さないでいられたら、それでいいんだ。

「遥歌！」

三田さんの声だ。コンマ一秒で顔を作って振り返る。

「お疲れさまです！」

「お疲れさま。どこ行くの？　打ち合わせ、この部屋でしょう」

「あれ、そうだっけ。ごめんなさい、ぼーっとしてて」

「大丈夫？　今月はあんまり無茶なスケジュールじゃなかったと思うけど」

「ぜーんぜん！　いつもありがとうね、三田さん」

意識して、歯を見せる。

それならいいけど、と三田さんが会議室のドアを開けた。続いて入る。照明の光がいやにまぶしい。

「季節の変わり目だし、体調には気をつけてね。寒暖差も激しいし」

「はあい」

気をつけるよ。仕事に穴あけないように、ね。

三田さんはいい人。こうやって、体調も気にかけてくれるしさ。スケジュールもできるかぎり無理なく組んで、オフの日をつくってくれる。いいマネージャーさん。いいマネージャーさんだから、おれもいいアイドルでいてあげたい。なるべく安心させてあげたいよね。だから、今年の夏いっぱいは、蓮司くんへの接触禁止令も守った。おれにしか出されてなかったやつ。おれもさ、そこまでにぶくない。理由わかってるよ。おれがわるいほうにいかないようにってことなんだろ？　蓮司くんに悪影響を受けないように、って。大事にされてるなあって思うよ。タレントとして。

打ち合わせの内容がぜんぜん頭に入ってこない。三田さん早口なんだよな。虫の羽音みたい。こめかみのあたりが、つきん、と痛む。頭痛っていうか目の疲れっぽい？　さっきから照明の光が痛い。細い針に目から脳の奥まで貫かれてる感覚。目がしょぼしょぼする。こんなの、コンサートの照明にくらべたらたいしたことないのに。あの殺人的な光にくらべたら。いつも思うけど、コンサートってあんな爆音爆光でやる必要ある？　もうさすがに慣れてきたけど、入りたての頃とか、レーザービームみたいな光の乱射と骨に響く重低音で目も耳もバカになりかけた。

MIDNIGHT BOYZという言葉が聞こえて、はっとする。

三田さんがよりいっそう早口になった。残念だけど……ミドナは……だから……。

ミドナが、なんて？

聞き違いじゃなければ、今、あり得ない単語が耳に入ってきた。

解散、って。

「まだオフレコだけどね。今年に入ってひとり辞めて……あとは真田《さなだ》くんのこととか、いろいろあったでしょ」

「……蓮司くんのせいだって言うんですか？」

声が震えるのがわかった。三田さんは素早く、「そうは言ってないよ」と首を振った。

「彼ひとりの問題じゃない。もともと事務所の方向とも合ってないグループだったから……ここらでテコ入れって感じかな。誰かがUNITEに流れてくることはないと思うけど……まあよくある再編成だよ。その分ってわけじゃないけど、来月以降ちょっと忙しくなるからそのつもりで」

「蓮司くんは？　蓮司くんはどうなるんですか。謹慎って終わりましたよね？　最近レッスンにも出てないのってそのせいですか」

「さあ、そこらへんは僕にはちょっと……。才能も人気もある子だから、折れずに戻ってきてほしいところだけど。……僕の一個人の意見としては、あの子は制限だらけでアイドルやるより、よそで活動したほうが」

「蓮司くんはやめないです！」

叫んでからびっくりする。おれ、今、叫んだ？

三田さんもおどろいて二、三秒固まっていたけれど、またたき一つで、厳しい「仕事人」の顔へと切り替えた。

「遥歌。遥歌が誰に憧れようと自由だよ。モチベーションにつながる部分でもあるし、自分を成長させる感情でもあるから、大事にしてほしい。親しくするのも、仕事の場でならいい。周りの目もあるし、そういう組み合わせも、うけはいいから。でもね、酷なことを言うけど、プライベートでは控えてほしい。今が遥歌にとっていちばん大事な時期なのはわかるよね？　影響を受けやすい年頃でもある。ここだけの話、彼のプライベート、あんまりいい噂は聞かないから。ねえ遥歌、真田くんとは連絡を取らないって約束、きちんと守ってくれてるよね？」

痛い。どこもかしこも光だらけ。どこかどこかどこか。暗くて、だれも来ないところ。だれにも見つからないところ。光がないところ。片っ端から見て回って、ようやく鍵が開いていた資料室にたどり着いた。

壁に背を預けてずるずると座り込む。真っ暗な部屋で目を閉じているのに、それでも光が突き刺さっているみたいに、目の奥がズキズキする。眉間を揉んでも揉んでもおさまらない。吐きそうだ。息がしづらくて苦しい。なんでだろ。吸っても吸っても息が足りない。どんどん呼吸が荒くなっていくのが自分でもわかる。

おれ、どっかでたかをくくってた。グループのことがあるから、蓮司くんはそのうち戻ってくるんじゃないかって。今いろいろ考えてはいるんだろうけど、ミドナがあるかぎり、メンバーのためにアイドルで居続けてくれるんじゃないか、って。

『あの子は制限だらけでアイドルやるより――』

そんなの、おれもわかってるよ。でも、でも、アイドルじゃなきゃできないこと、たくさんあるじゃん。アイドルの蓮司くんじゃなきゃ見られない姿、いっぱいあるじゃん。きわどい歌詞を色っぽい振りで歌ったり、ホール中を煽《あお》って沸かせたり。そんなの、ドラマでも舞台でもしないでしょう？　アイドルならなんでもできる。できるよ。お芝居だって歌だって、アイドルやりながらいくらでもできる。でも、アイドルをやめたら、アイドルの仕事はできないんだよ蓮司くん。

ドアが開いて、ぱちん、と照明が点いた。まぶしくて、ぎゅっと目をつむる。「遥歌？」とおどろいた声で、だれが入ってきたのかわかった。透くんだ。

「けして。おねがい」

「え？」

「でんき」

目をつむったまま言う。透くんはなにも言わず、すぐに照明を消してくれた。だれにも見られたくなかったけど、まだ透くんでよかった。

そのまま出ていってくれるかなって期待したけど、隣に腰を下ろすのが気配でわかった。沈黙が続いて、あ、そうか、と気づく。透くん、なにか用事があるからここに来たんだ。おれが落ち着くまで待っててくれてるのか。

「ごめんなさい。透くん、用事あったんですよね」

「ああ、いや。ちょっと昔の映像が観たくて。たいした用じゃないよ」

淡々と言った。落ち着いた、色のない声だ。透くんの声、好きだな。発音がきれいで、聞き取りやすくて。静かな湖みたいな、澄んだ声。もっとなにか喋ってほしい。

「昔の映像って、先輩たちの？」

「いや、俺たちの。遥歌はどうしてここに？」

　目が慣れてきたのか、暗闇の中、透くんがこちらを向くのがわかった。最小限の動きで、静かに。

　うん、やっぱり。好きだ。おれ、透くん好きだなあ。声だけじゃなくって。こういうときに、大丈夫か、って訊かないところも。大丈夫かって訊かれたら、おれはたぶん、大丈夫って答えちゃうから。

「暗いところにいたくて。ちょうど開いてたから、入っちゃいました」

「暗いところがいいのか？　なら、地下の倉庫のほうがいいぞ。今度からそこに行ったほうがいい。人も滅多にこないから」

「ふふ、なんでそんなこと知ってるんですか」

「俺もたまに行くから。目と頭を休めに。この事務所どこもかしこも眩しすぎるんだよ」

「あ、透くんもそう思います？」

「ああ。平気なやつは平気だから、言ってもわかってもらえないけどな」

「ですよねえ」

　透くんとこんな場所でこんなふうにしゃべってるの、へんな感じだ。気づけば息苦しさも消えていて、むしろ気分がいい。

「おれね、事務所だけじゃなくって、コンサートの光も嫌いなんです。ライトも極力当てないでほしい。サスもピンも大嫌い。まぶしくて痛いのもあるけど、おれがそこにいるってわかっちゃうから。そしたら、みんなに見られちゃうでしょう？」

「遥歌は客の前に出るのがいやなのか？」

透くんはいつだって単刀直入だ。だからおれも、うん、と正直に答えられた。

「UNiTEのみんなは好き。みんなといっしょに歌って踊るのも好き。……でも、ファンは……ファンのことは、好きだって思えないんです。こわいし、騒がれてもうれしいって思えない。だめなんですけど。おれたちアイドルって、ファンあってのものじゃないですか。応援してくれるのって、現場まで足運んでくれるのってありがたいことだし、うれしいって思わなきゃいけないのに……」

「そうかな？」

「え？」

「ありがたい、と、うれしい、は別でいいと思うけど。応援してくれるのはありがたい。でもうれしいとは思わない。それはそれ、これはこれ、でいいんじゃないか」

「そう、なのかな？」

「うれしいってのは感情だろ。義務で感じられるものじゃない。金払って観に来てくれる以上、ありがたいって感謝はしとくべきだと思うけど」

ありがたいと、うれしいは、別。

ありがたいは、仕事として感謝して。うれしいは、おれの気持ちだから、無理に思わなくてよくて。

「そっか……。別でいいのか」

「ああ。俺はそう思う。ほかには？　言うなら今のうちだぞ。明るいとこじゃ言えないこと、言っとけよ」

「なんですかそれ」

声音《こわね》はいたって真面目なのに、言い方がおもしろくて笑ってしまう。淡々としているから、本気なのか冗談なのか区別がつかない。

MIDNIGHT BOYZの解散のこと。蓮司くんのこと。透くんに相談したいことはたくさんあるけれど、オフレコ、って三田さん言ってたもんなあ。

明るいとこじゃ言えないこと、か。

「三田さんが過保護すぎてちょっとうざい」

透くんがぶっ、と噴き出すのが聞こえた。え、と思わず横を見る。口に手を当てているのが、うっすら見える。どんな顔してたんだろ。

「遥歌、やっぱりそう思ってたのか」

「当たり前ですよ。あれするなこれするなって、うるさいったらありゃしない。きみのことが大事だからって、言ってることはわかるし、気持ちもまあ、わかるんだけど、やっぱりうざい。うちの親より過保護ですよ三田さん」

「そんなに禁止されてること多いのか？」

「挙げたらキリないですよ。髪色とかも、そう、おれ、撮影入っていない時期でも、髪染めちゃだめなんです。色っていうか髪型も勝手にいじっちゃだめ。イメージ守るためっていうのはわかるんですけど」

「イメージっていうのは？」

「ピュアな天然天使、和田遥歌」

「それよく自分で言えるなあ」

透くんが声を上げて笑った。ちょっとばつが悪くなる。だって実際そうなんだもん。

「髪ぐらい染めれば？」

ひとしきり笑ったあと、かろやかな口調で透くんが言った。

「なんかの撮影中？」

「いや、今はなんにも」

「じゃあいいだろ。もどせるもんなんだから。不可逆じゃあるまいし」

「ふかぎゃく……って、もどせないってこと？」

「そう」

もどせないものはこわいよ、と透くんが独り言のように言った。

なにか続きそうで待ったけど、沈黙は暗闇に溶けていくだけだった。

透くんは、と言いかけてやめる。

自分たちの昔の映像を観にきた、って透くんは言ってた。それってきっと、まだ大地さんがいた頃のステージだ。夏の終わり、かなしいほどさっぱりと事務所をやめてしまった先輩。透くんのシンメ。もう映像の中でしか、大地さんのパフォーマンスを見ることはできない。

あれからメッセージも電話も訪問も無視され続けたけれど、今日はインターホンを鳴らすとすぐに出てくれたっていうか、思わず出ちゃった感じ？　蓮司くんがモニターの向こうで絶句しているのがわかる。

「蓮司くん、あけて」と催促すると、五秒ぐらいしてから、オートロックが解除された。

　エントランスを抜けて、照明が絞られたエレベーターの中、パーカーのポケットに手を入れて、あれをぎゅっと握る。

　部屋のチャイムを鳴らした瞬間、勢いよくドアが開いた。もう少しで鼻を打つところだった。蓮司くんは、予想よりずっと動揺しているみたいだった。

「おまえ、その髪……」

「うん、染めてみた。どうかな？　似合う？」

「似合うって……それ、色……」

　エレベーターが開いた音が聞こえて、蓮司くんがぱっ、とそちらを見た。とりあえず入れと乱暴に引っ張られる。玄関にはショートブーツが一足だけ。今日はだれもいない。お酒の臭いもしない。玄関横の姿見に映った自分はいい感じ。服装も黒で統一してみたのがよかった。ピンク色の髪がよく映える。

　部屋は綺麗に片付いていた。あいかわらず暗いけど。この前は落ち着いて見られなかったから、あちこち見て回る。蓮司くんの部屋、やっぱりおしゃれだなあ。どこで買ってるんだろ、こういうの。

　遥歌、と呼ばれて振り返る。蓮司くんは部屋の入口に突っ立ったままだった。

「……仕事、じゃ、ないよな」

「うん、ちがうよ。おれにこの色の役が回ってくるわけないじゃん」

「じゃあ、なんで」

「蓮司くんが戻ってこないからだよ。謹慎も明けたのに、忙しいとか言ってさ。ユニバースには〝真田蓮司〟がいなきゃだめなんだ。だから、蓮司くんが戻ってこないなら、おれが蓮司くんになるしかないって思ったんだ」

　できるだけ、大まじめに言う。筋の通っていない、むちゃくちゃなことを、本気で言っているように。

　予想通り、蓮司くんは顔を歪めた。

　痛ましいものを見るような、傷ついたような表情にちょっとどきどきする。だって、あの蓮司くんだよ？　こんなにショックを受けているところなんて、超レア。しかも、おれのせいで。

　髪色ぐらいでそんなにショック受けなくってもと思うけど、半分くらいはこういう反応になるだろうなって思ってた。

　蓮司くん、やっぱり、おれのことが好きなんだね。「ピュアな天然天使」としてのおれが。

　タクシーの中、蓮司くんが見せたあの目。

　見間違いじゃなかった。

　あれは、おれが蓮司くんを見るときの目。

　ファンがおれを見る目だった。

「レッスンに戻ってきて、蓮司くん。アイドルに戻って。そっちにいかないで。蓮司くんが戻ってきてくれないなら、おれが蓮司くんになる。蓮司くんが今までやってきたこと全部真似て、蓮司くんをやるよ」

「なに、ばかなこと」

蓮司くんが言い終わるより早く、ポケットからピアッサーとピアスを取り出す。蓮司くんの、もう片方のピアス。黒く小さな光をてのひらにそっと閉じこめる。

これは、賭けだ。

おれを使った賭け。

ファンにも、メンバーにも、マネージャーにもできない、おれにしかできないやり方で、おれは蓮司くんを連れ戻す。痛くて残酷な、光の下に。

透くん。

もどせるならいいんじゃないか、って透くん言ったよね。

でもさ、もどせるものなんて、たいした価値はないと思うんだ。

もどせないからこそ、こわくて、価値がある。

「おれ、本気だよ」

ピアッサーで耳たぶを挟む。蓮司くんの顔色が変わった。はたき落とそうと一気に距離を詰めてくる。タッチの差で、スライダーを押し込んだ。

痛みは一瞬。頭の中で光が爆《は》ぜる。

気づけば、床に倒れていた。

遅れて、後頭部のずきずきとした痛みに襲われる。耳元で蓮司くんの荒い息遣いが聞こえる。

汗と香水の匂いが鼻をかすめた。

心臓の音がうるさい。おれのも、蓮司くんのも。

天井を見上げながら、ライトに目を細める。

「おまえ、むちゃくちゃだよ」

かぼそい、泣きそうな声だった。

どんな顔してるのか見たかったけど、蓮司くんはおれの首元に顔をうずめたまま動かなかった。

そう。むちゃくちゃ。知らなかった？　おれは知らなかった。けっこうなんでもやれちゃうっぽい、おれ。

罪悪感でも恐怖でも。なんだっていい。蓮司くんをつなぎ止められるなら。これからもあなたをステージで見られるなら。

みんな好きにやってるでしょ。おれのことも好きにすればいいよ。おれはおれで、勝手にやるから。

楽園の魔法使い

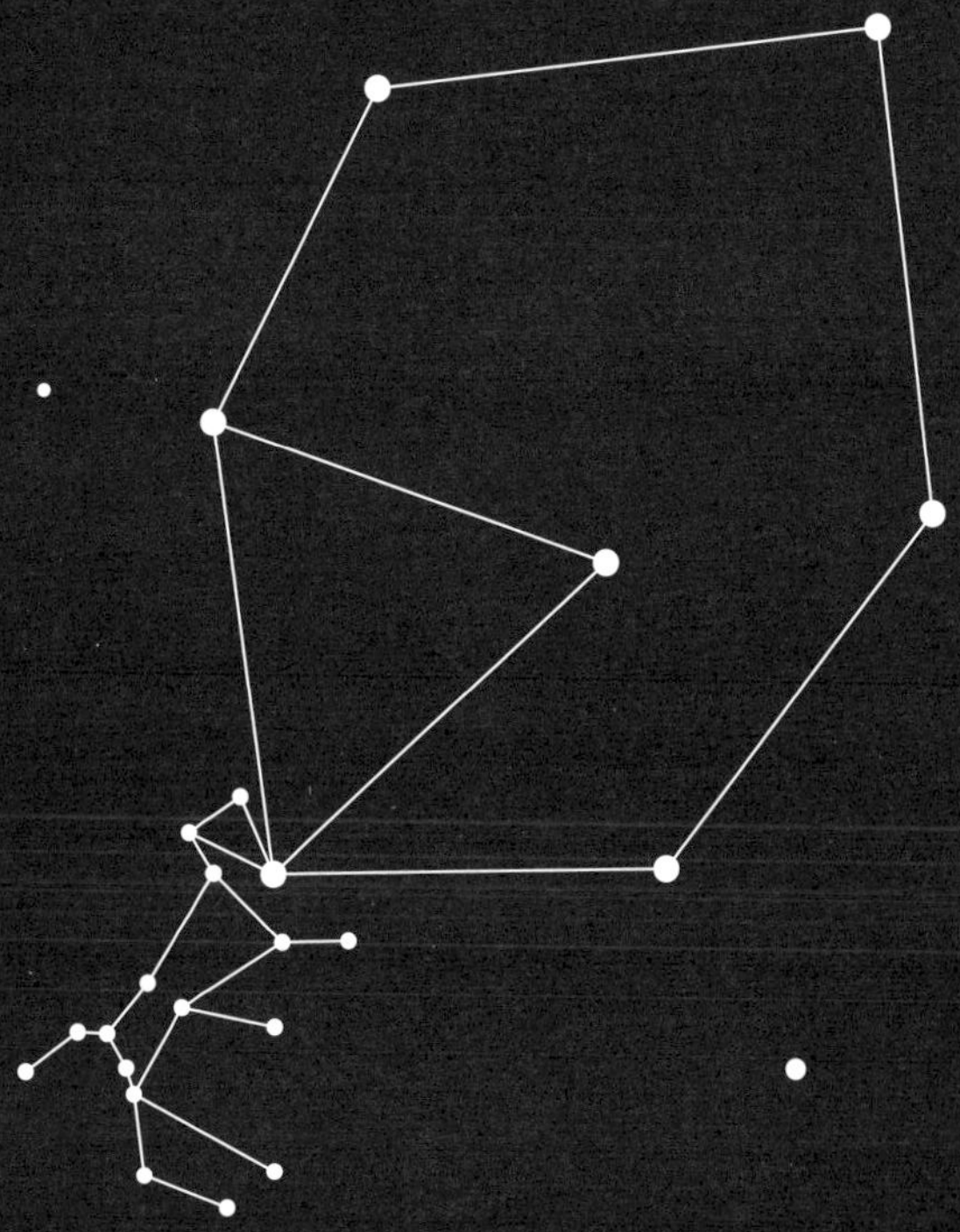

まばたきを操れていない。

自分のステージングを見返して真っ先に思ったのはそこだった。

カメラに抜かれるソロパートで毎回一度はまばたきをしている。ワンエイトにも満たない時間なのに我慢できていない。画面を切り替えて、バラエティ番組でカメラに向かって話す映像と見比べてみても、やっぱりまばたきが多く、どこかせわしない印象を受ける。口元に手を当てる仕草も多い。顔周りに注意を引くという意味ではいいけれど、顔の半分を隠してしまっているから、やりすぎはよくないし、特定の癖があるのは美しくない。

映像を繰り返し繰り返し再生し、引っかかるものがあれば、一時停止してメモを取る。見飽きた「三苦葵」の顔、表情、体、無意識の所作を徹底的に俯瞰すると、気づくことが嫌というほどある。透が事務所内の資料室で映像分析しているのを見かけてから真似し始めたことだけど、もっと早くやっておけばよかった。

あらかたメモを取り終えて、最後にもう一度だけ通しで見る。うん、表情の管理は悪くない。一カ所だけ、儚《はかな》く笑っているつもりのところが、ただ目を細めただけの曖昧で中途半端な笑みになっているぐらい。ここはあえて伏し目で抜かれてもいいかもしれない。踊りは……全体的に軽すぎるかも。下半身をもう少し鍛えたほうがいいだろうか。でも、そのせいで今の体のラインとバランスが変わるのは嫌だ。ただでさえ身長が伸び続けているのに。十五歳時点で百七十センチを超えるのは予想外だった。全員が百六十センチ台前半の、マイリトルハニーのメンバーたちと並ぶとぼこんと頭が飛び出て見える。

いったいどこまで伸びるんだろう。肩幅は広くなり、ひげが生えはじめ、どこもかしこも骨っぽくなってきた。髪や肌、唇のケアをこまめにして中性的な雰囲気を保とうともがけばもがくほど、アンバランスさが際立っていくような気がしてならない。

「で、どうだった？　皆川美織《みながわみおり》。実物もでかかった？」

聞き苦しい、ガサガサとした声がイヤホンの向こうで大きく響いた。

「エグい。シャツパンパン。おさまってない。衣装でショルダーバッグ掛けてたけどさあ、かんぜんにパイスラだった」

「おまえそれ揉んだんだろ？　やばすぎん？」

「役な、役」

「どうだった？」

「まあ……」

輪の中心にいた花田《はなだ》がそこで止めた。

「きしょ、なにもったいぶってんだよ」と太一《たいち》が笑いながら小突き、周りにいたリトルたちがぐっと身を寄せた。花田が声を落として早口で何か言う。輪がどっと沸いた。太一は奇声を上げながら手を叩いている。全員で六人。リトハニのメンバーも二人加わっている。眉をひそめ、非難の視線を送ったが気づかない。ただでさえ暖房が効きすぎている楽屋なのに、不快な熱気でますます暑くなっていく。

音量を上げて会話を遮断しようとしたが、思い直して映像を止める。楽屋のドアは閉まりきっていない。話の内容がエスカレートし始めているし、声も興奮でどんどん大きくなっている。溜息《ためいき》を吐いて、イヤホンを外した。

「あのさ、そういう話やめない？　誰が聞いてるかわからないし、皆川さんの耳にも入る可能性がある。失礼だよね」

自分で言っていて小言くさいなと思う。でも、誰かが言わないとこの会話は止まらない。

太一は予想通りしらっとした表情を浮かべた。花田はにやにや笑い続けている。リトハニのふたりは、何が悪いのかわかっていない、きょとんとした顔だ。こういう空気になることはわかっていた。

ごめーん、と花田が間延びした声を出した。

「葵ちゃんは尻派だもんな。今から尻の話もするから機嫌直して」

立ち上がり、煽るような猫なで声を出して肩を組んできた。払いのけてもしつこく肩を抱いてくる。

「え、葵は脚派じゃね？　この前、脚ガン見してたじゃん」

「誰の？」

「陸翔《りくと》の」

「陸翔かい！　いや、つか陸翔の脚？　うわー、やっぱ葵ってそっちの……」

「はいアウト～コンプラ！　〝三苦プロ〟、こいつも叱ってやって下さい！」

太一がふざけて言って、周りが笑う。リトハニのふたりはちらちらとこちらを見ながらも、困ったように笑っている。

いつものことだ。彼らは数と雰囲気で圧《お》す。自分たちのノリと笑いに同調できないやつはすぐに「笑いもの」にして、それを笑うことでまた結束を強める。くだらない。

頭はぐつぐつと煮え立ち、顔は熱くてたまらないのに、思考の芯のほうは冷え切っている。僕は間違っていない。なにひとつ。

「先輩たちウホウホうるさーい。おれ、ちゃんと寝たいんだけど」

楽屋の左半分で眠っていた遥歌がぴょこん、と顔を出した。ぷう、と頰をふくらませている。先程まで眠っていたとは思えない、むくみもゆるみもない完璧なアイドルフェイスだ。

わるいわるい、と花田が軽く言って、ようやく僕の肩から腕を外した。今度は遥歌にふらふらと近づいていく。

「ちなみに遥歌は何派？　胸？　尻？　脚？」

おまえはそれしかないのか！

怒りよりも呆れが勝ってきた。機嫌を取るにしろ会話の糸口にするにしろ、コミュニケーションの取り方、もっとあるだろ。

遥歌はこういう話を上手く躱《かわ》せるタイプじゃない。というかこんな無駄話に付き合わせている場合じゃない。ドラマと映画の撮影で相当疲れていると聞く。眠れるうちに眠らせてやらないと。花田の後を追う。いい加減に、と言いかけて口をつぐんだ。

花田の肩越しに見えた遥歌の顔には一切の表情がなかった。

能面のような真顔でただじっと花田を見据えている。笑い声が自然と消え、しん、と水を打ったように楽屋内が静まりかえった。

すごいな。究極に整った顔から表情が消えると、ここまで迫力があるのか。勉強になる。時と場合によっては、無言と真顔がいちばん威力を発揮するらしい（僕がやっても上手くいかないから、遥歌限定のような気もするが）。

十秒ほど経って、耐えきれなくなった花田が「なんだよ」と威圧的な声を出したところで、遥歌はにこっと笑った。

「おれはね、静かに寝たい派。さっきも言ったけど」

高くて甘い声なのに、妙にドスが利いている。笑っているのに機嫌の悪さが伝わってくる。

最近、遥歌の雰囲気が少し変わった。

気のせいじゃなければ、去年の秋――髪をピンクに染め、ピアスホールまで開けてきたあたりから（あれはリトル内に激震が走った）。

ふわふわしているところは変わりないけれど、ときおり、今みたいに手厳しい物言いをするようになった。昔なら瞳をうるませていたような場面でも、凪《なぎ》のような目でやり過ごしている。

髪色とピアスに関しては、マネージャーからも事務所のお偉方からも相当怒られていたし、元に戻すよう再三言われていたけれど、遥歌は頑として譲らなかった。結局、年明けにドラマの撮影が始まるまで髪色もピアスも貫いていた。

「ごめんて。もう俺ら出るから、な？」

太一がサッと前に出て謝った。歴で言えば太一のほうが先輩も先輩だが、力関係が完全に逆転している。遥歌の機嫌を損ねたくないんだろう。太一を含め、ここにいる何人かは、遥歌を新グループに誘ったと噂で聞いた。今のところ遥歌はまだ誰にも返事をしていないらしい。イエスとも、ノーとも。

……もしかしてわざと？　期限いっぱいまで保留にして、全員に可能性があると思わせておけば、こういった場面でも優位に立ちやすい……。

「じゃ、おやすみなさーい」

爪のあたりまであるホワイトセーターの袖を口に当て、ふわあ、と遥歌が大きなあくびをした。場の空気がほっとゆるむ。考えすぎか。遥歌がそこまで計算して動いているようには見えない。きっと選びかねているんだろう。誰と組むかはそうかんたんに決められることじゃない。

去年の十二月、年末公演のリハが本格化する中、「新グループで来夏にコンサートをする」という企画がリトル全員に通達された。メンバーの編成は自由、グループ結成の期限は二月末。人数の制限もなし。組まなくてもかまわないが、その場合は夏のコンサートに出演できない。要は、「メンバーもグループ名も曲目も衣装選びも、なにもかも自分たちで決めてみろ」ということだ。

グループの解散で宙に浮いたリトルがいたり、マネージャー含め事務所内でも大きな人事異動があった年だったから、そろそろ梃子《てこ》入れがあるかもとは皆うすうす思っていたが、まさかこういう形でくるとは思っていなかった。

一応、今のグループでの活動はそのままに、三月以降は新グループでのレッスンとコンサート準備も並行させるという形だ。顔合わせやレッスンの場にはカメラが入り、グループ結成の舞台裏がストーリー仕立てで撮られていく。

元日にプレスリリースされて以降、ファンの間では絶えず、「誰と誰が組むか」の予想合戦が行われている。もちろん、僕らリトルの間でも。

「あいつがあいつを誘った」「あいつは誘いを断ったらしい」「あそこはグループがもう出来上がってる」毎日いろんな情報が錯綜《さくそう》する。サマーマジックのときのような……いやそれ以上かもしれない。

ここまで大掛かりなことをしておいて、一回きりの「お試し」で終わるとは思えない。メンバー次第ではそのまま新グループでデビューもありうる。こうなってくると歴も年齢も関係ない。実力や人気のあるリトルに自然と誘いが集中していくし、妙な力関係も発生し始める。

僕も何人かに声をかけられたが、保留にしている。まだ誰のことも誘えていない。

どういうアイドルとして、どういうメンバーとどう活動していきたいか。

まずは自分の中で答えを出してからと思っていたら、もう二月だ。期限まで一ヶ月を切ってしまった。

そろそろ出るかあ、と花田が号令をかけた。太一が「葵ちゃんも出ろよー」と、けろっとした調子で言う。苦笑しながら「もう少ししたら出るよ」と軽く手を振った。リトハニのふたりがぺこりと頭を下げる。少し気まずげに。

今のところ、僕はリトハニの誰からも誘われていない。

視線を切って、イヤホンを耳に入れ直す。映像を続きから再生する。リトハニの代表曲「ハニーラバー」。幾度《いくど》となく踊ってきたはずなのに、メンバーの大半がカメラを捉えきれていない。踊りや表情にも自信のなさが滲み出ている。

僕も、今のメンバーに声をかけるつもりはない。


「やっぱあおくんが世界一だわ」

「いや宇宙一だよ」

「そうだった宇宙ちょちょちょちょ、りりちゃん見てこのファンサ！」

「天才の仕業だ」

「一秒で宇宙を虜《とりこ》！」

「銀河系アイドル」

「二人とも飽きない？　それ」

もう何回観ているのやら。顔からパックシートを外して、さすがに苦笑した。

母さんと友人の梨々子《りりこ》さんが観ているのは、リトルの選抜メンバーで出演したときの音楽番組だ。さっきから僕がメインで踊るところだけひたすら再生している。

「飽きるわけないじゃん。死ぬまで観たって飽きないよ。ね、りりちゃん」

「ああ。なんなら葬式でも流してほしい」

「待って最高。あおくん私たちのお葬式で絶対踊ってね」

「納棺ファンサ」

「天国行き確定じゃん」

「何言ってんのもう」

ころころと表情が変わる母さんと、口数は少ないくせに案外ノリがいい梨々子さんのコンビ芸みたいな会話は毎回笑ってしまう。

美容液と乳液を順番に塗り込み、適温まで冷ましておいた白湯《さゆ》を手に、ふたりの隣に立つ。

「もう僕のはいいから。全体通して見せて」母さんからリモコンを奪って、一曲目の入りから再生させる。ダンスナンバーの四曲メドレー。一曲につき五、六人のリトルがパフォーマンスをして、最後の四曲目は全員で踊る。

やっぱり蓮司は上手いな。動きのひとつひとつがとにかく舞台映えする。全体を引きで見たら真っ先に目がいくのは蓮司だ。緩急がしっかりした動きや多彩な表情は目で追いたくなる。これで声までいいんだから。天は二物を与えず、なんて言うけれど、蓮司に関しては五物ぐらい持ってるんじゃないだろうか。

芸能一家で育ったことも少なからず関係しているだろう。蓮司はいつだって、「持っている」人間にしか出せない華とオーラ、すがすがしいほどの自信で他を圧倒する。ユニバースのオーディションのときからしてそうだった。

蓮司が受かったオーディションに、僕は一年先輩のリトルとして居合わせていた。会場の後ろのほうで、デニムのポケットに手を入れてただ突っ立っていただけなのに、十三歳の蓮司はひとりだけ異彩を放っていた。

最前列でリトルが数人踊り、それを応募者が真似て踊る形でオーディションは行われる。僕は前で踊りながら、鏡に映る蓮司を見て舌を巻いた。振り入れの指導は一切ないのに、彼は初見でほとんどの振りをものにしていたし、曖昧なところも絵になるようにアレンジでつないでいた。

集団審査が終わった後、蓮司は彼に話しかけていた少年たちには目もくれず、真っ直ぐ僕のところにやってきて、「名前は」と言った。有無を言わさない口調に圧されて、僕はよくわからないまま名乗った。「三苦葵、だけど……なんで?」

蓮司は首を傾《かし》げながらしゃあしゃあと言い放った。「残んねえやつに名前訊いても仕方ないだろ」。会場の空気が凍ったのは言うまでもない。

だけど蓮司の言った通り、あそこにいたリトルの中で今も残っているのは僕だけだし、オーディションで受かったのもその組では蓮司だけだった。

僕はあのとき、安心とも言えるような奇妙な感動を蓮司に覚えた。この年上の生意気な後輩と「仲良し」になれる気は全くしなかったが、彼と話すのは楽だろうな、と直感的に思った。蓮司相手なら僕は謙遜せずに済むし、取りつくろわずに済む、と。そのどちらも、彼の前ではあまり意味を成さないだろうから。

曲が変わって、僕を含む五人にライトが当たった。これ、踊りやすかったな。構成が凝っていて、フォーメーションチェンジが多い曲だけど、このときはすごくスムーズに動けた。全員五年以上のリトルたちだとこうも違うのか、とおどろいた覚えがある。

このときのシンメは透だ。身長のバランス的にも、踊りの雰囲気的にも釣り合いが取れている。透の踊りもけっこう好きかも。派手さはないけど、体幹の強さとアイソレの上手さが際立っている。歌も、パワフルさこそないけれど音程に安定感がある。透に声をかけてみるのもありかもしれないな。ステージングへの姿勢という意味では、透と僕はけっこう似ている気がする。直接そういう話をしたことはないけれど、やって当然、のラインが一致しているというか。シンメで踊ったときの嵌《は》まる感じもよかった。

立ちっぱなしで見ていたら、つま先が少し冷えてきた。筋肉がほぐれているうちにストレッチを終えてしまいたい。

マグカップを洗いにキッチンに向かう。シンクに青いお弁当箱が見え、思わず顔をしかめた。また洗ってない。自分のものは自分で洗えと再三言っているのに。

「母さん、これ洗う必要ないから」

「えー？」

「お弁当箱。湊斗《みなと》の。洗うように言ってくる」

浸け置きもせず、ラップも捨てず、ただシンクに置いてあるだけ。洗ってもらって当然だと思っているんだろう。

「いいよべつに。みーくんも部活で疲れてるだろうし」

「疲れてるのは全員同じでしょ。いいから、母さんは梨々子さんとそれ観といて」

マグカップの水滴を拭き取ってリビングを出る。階段をのぼっている途中から話し声が聞こえた。湊斗の部屋からだ。

通話中か。ビデオ通話だったら姿が映り込んでしまう。ドアが少し開いていたから、隙間から様子をうかがう。

「きっしょ、その言い方やめろ」

イヤホンをつけた湊斗が椅子の上で胡坐《あぐら》をかいていた。見たところビデオ通話ではなさそうだ。後にするか悩んだが、長引きそうな気配がする。

「まじで無理なんだって。家でも化粧とかしてんの。男のくせに……え？　そう、〝三苦プロ〟とか言われて調子乗ってんの。痛すぎ。なにがプロだよデビューもできてないリトルのくせに」

「湊斗、入るよ」

ドアを開けると、湊斗が泡を食ったように椅子をぐるりと回転させた。ここであたふたするあたり、まだ十四歳らしくてかわいげがある。

「んっだよ急に」

「お友だちには悪いけど、一回切って」

「は？　なんで？」

「お弁当箱。洗ってないでしょ。先に片付けてきな」

通話相手には聞こえないよう、なるべく声を落として言う。

湊斗は瞬時に顔を歪め、うざ、と言った。

そうだろうな。うざいと思う。僕も湊斗の立場だったらそう思う。でも僕が注意しなければ、湊斗は後ろめたさすら覚えず、母さんに甘えっぱなしになる。

湊斗が背を向けた。僕を無視して、「そーそー、兄貴。やばくね、なんか入ってきた」と喋り続けている。

「湊斗。……湊斗！」

「うっさいなあ！　出てけよ！」

「母さん、今日は久しぶりの休みなんだから。余計な家事はさせないって」

「知るかよ！　しょーもねえ動画ずっと見てんだから暇だろ！　こっちは試合で疲れてんだよ」

「疲れた？　補欠のくせに？　レギュラーでもないのに疲れるんだね」

言いすぎた、と思った瞬間にはペンケースが飛んできていた。

補欠でもそこはハンド部の腕力だ。避《よ》けきれず、ペンケースの角が頬骨に直撃した。目じゃなくてよかったが、地味に痛い。下手すると痣《あざ》になるかも。

「あのさ、顔はやめてくれない？」

「出てけよ！　おまえなんか――」

細く剃りすぎた眉を吊り上げて、顔を真っ赤にした。汚い言葉と唾をこれでもかと吐き散らしている。

湊斗、鏡を見てごらんよ。とっても美しくない。とは、さすがに口にはしない。そこまで僕も酷じゃない。

湊斗が嫌というほど浴びせられてきた心ない言葉の数々を、ひとつ違いで育ってきた僕はよく知っている。「本当に兄弟？」「似てなくてかわいそう」「お兄ちゃんはきれいなのにね」「弟はそうでもない」「お兄ちゃんに似ればよかったのにな」「三苦先輩がクラスメイトだったらな」。僕がユニバース入りしてからは余計に。

でも、母さんは僕ら兄弟のことを一度も不公平に扱ったことはない。僕の応援と同じぐらい、湊斗にも心をくだいている。今日だって休みの日なのに、湊斗の練習試合のために車を出していた。お弁当だって毎日湊斗の分を作ってあげている（僕はメニュー管理をしたいのもあって自分で作っている）。せめて弁当箱ぐらい自分で洗えよ。

本当に、ひとつ違いとは思えないほど子どもで甘ったれだ。こっちだって声を荒らげて物のひとつやふたつ投げつけてやりたい。僕がただの「兄」ならすぐにだってやってやる。でも、まだ通話はつながっている。相手は僕が「三苦葵」だと知っている。さっきも家の中での僕のことをかんたんに話していた。この調子じゃ、湊斗に何を漏らされるかわからない。外だけじゃダメだ。家の中でも気を抜かないようにしないと。

がなり立てる湊斗に背を向けて部屋を出る。

結局、弁当箱は僕が洗った。

ペンケースをぶつけられたところは、少しだけ内出血を起こしていた。コンシーラーを入念に塗っておく。目の下の青クマも気になって、ふたつめのメイクボックスから、オレンジベースのコンシーラーを手に取る。

男のくせにメイク、なんて久しぶりに聞いたな。ここだと自分でメイクするのが当たり前だからその辺の感覚が麻痺《まひ》していた。べつにこういう仕事じゃなくったってメイクすればいいと思うけど。男だろうが女だろうが身ぎれいにしたいならすればいいのに。

「リュウ、ちょっといい？」

支度を終えてゲームをしていたリュウを手招きする。

「ここ、どう？　隠れてる？」

「あー、めっちゃ寄れば見えるぐらい……ですね」

「一枚撮って」

携帯を渡して、顔のアップを撮ってもらう。カメラ越しなら問題なさそうだ。

「どうしたんですかそこ」

「弟にやられた」

「喧嘩《けんか》ですか」

「そう」

「葵くんも喧嘩するんだ……」

なになに、とリトハニのメンバーが寄ってきた。「葵くんが弟と喧嘩したんだって」「へえー」「なんで喧嘩したんですか」「弟いくつですか」わらわらと集まってくる。あっというまに取り囲まれた。手を動かしながら、ひとつずつ答える。幼稚園の先生にでもなった気分だ。仕上げに、偏光パールのアイシャドウをまぶたの中央にのせる。

「あ、俺もそれ塗りたい！　塗って！」

ん、と最年少の悠宇《ゆう》がまぶたを閉じた。薬指の腹でやわいまぶたを撫でてやる。肌の薄さ、やわらかさ、顔の小ささにどきりとする。悠宇は確か今年で十二歳だ。あとは十三歳の子が二人と、十四歳が二人、十五歳になりたての子が一人。僕は普段こんな子たちと組んで踊っているのか。

この子たちにとって、僕はどういう存在なんだろう。最年長で、しっかりしてて、たまに怖くて口やかましい先輩？　ふたつみっつほどしか変わらないのに、どうしようもなく幼く、たよりなく感じてしまう。芸歴はそりゃ僕が二倍三倍長いから仕方がないと言えばそうなんだけど。

携帯が震えた。ウエットシートで指を拭いてから確認する。『アンケート明日までだけど大丈夫？』マネージャーの奥下《おくした》さんからだ。『忘れていません。期限までには送ります』『ならいいけど。葵こういうのいつも早いから。念のためＵＲＬも』『ありがとうございます』

指定のＵＲＬからアンケート画面を開く。グループ名と名前を入力したけど、やっぱりここから進まない。

「女の子のタイプは？」「髪はロング派？　ショート派？」「彼女との初デートはどこに行きたい？」「理想のキスのシチュエーションは？」「プリンセスに一言！」

毎年毎年、似たような質問でうんざりする。年に一回の人気投票、「リトルプリンス」のランキングにランクインしたリトルは雑誌に載るから答える義務がある。僕は九位だった。どこから手をつければいいのか。悩んで、とりあえず「プリンセスに一言！」の回答欄を選択する。投票のお礼と、これからも応援してほしい旨を指定字数に合わせて書く。「プリンセス」たちに。

アンケートでもインタビューでもそうだけど、こういう質問って、どうして毎回女の子しか想定していないんだろうと不思議に思う。ファンには男の人だっているし、ここだって本来なら「ファンに一言！」と書くべきだ。答える側の僕らにしたって、全員女の子が好きとはかぎらないのに。

多様性が叫ばれているこの時代に、ちょっとぎょっとするぐらい、ここだけはかたくなにアップデートされていない。僕が気にしすぎなだけ？ ほかのリトルは疑問に思わないんだろうか。もしくは、思ってても言えない？ 僕だってそうだ。内心思ってるだけで、一度も誰かに疑問をぶつけたことはない。そういうことを指摘して口に出したら、太一が言ったみたいに「コンプラ」って揶揄されたり、すぐに「そっち」なんじゃないかって、はやし立てられる。「誰ねらってんの」とか言われて。可能性と選択肢、人の自由の話をしているだけなのに。

ここじゃ集中して書けそうにない。まだ動画撮影まで時間があるからと、いったんメイクルームを出て事務所内をうろうろしていたら、前から透が数人のリトルと連れ立って歩いてきた。めずらしい。透は誰かと行動を共にしているイメージがない。もう帰るところなのか、黒のチェスターコートにリュックを背負っている。

端に寄って、「お疲れ」と一声かける。そのまま通りすぎかけて、ふと足を止めた。もしかして、透はすでに彼らと新しいグループを組んだんだろうか。

「ねえ、透」

咄嗟に呼び止めていた。

透が振り返る。後が続かず困ってしまう。どうしよう。本当に彼らとグループを組んでいたら、この場で訊ねるのはなんとなく気まずくないか。

ええと、と言いよどんでいると、透は「先いってて」と言って、その場に残ってくれた。

「どうした？」

「いや……」

自分でもよくわからない。なにをためらっているんだろう。確認するだけなのに。彼らとすでに新しいグループを組んだのか。組んでいないなら、僕と組まないか。それだけのことなのに、妙に気恥ずかしくて言葉にできない。

「どっか入るか」

人目を気にしていると思ったのか、透が手近な部屋のドアを開けた。いよいよ人生相談っぽくなってきた。これ以上あらたまった空気になるのは勘弁。観念して一気に吐き出す。

「透、もう誰かとグループ組んだ？　組んでないなら、僕とどう？　用件はそれだけ」

思ったより早口に、そして素っ気ない言い方になった。

用件が予想外だったのか、透はわずかに目を見ひらいた。きれいな黒目だな、と癖でつい観察してしまう。

「返事は今じゃなくていいから」

急いで付け足す。言いながら、なんだこれ、と自分で突っ込みそうになった。

まるで告白みたいだ。いや、告白なのか。自分たちで誘い合ってグループを決めるなんて、リトル全員で告白大会をするようなものだ。

誘いたいけれど、断られたらそれなりに傷つく。でも、うじうじ迷っている間に違うやつにかっさらわれるかもしれない。最初から事務所にメンバーを決めてもらったほうが遥かに楽だし摩擦も少ない（し、恥もかかなくてすむ）。

透はあごに手を当て黙ったままだ。こんなところでする話じゃなかったかも。

じゃあ、と背を向けようとしたときだった。

「もう一押しじゃないか？」

「は？」

うん、と透がポーカーフェイスのまま頷いた。

「『誰かと組んでても関係ない、僕と組め』ぐらい情熱的に押してもらわないと」

「はあ？」

なんだその言い方。イエスかノーかどっちなんだ。

戸惑っていると、透が、くっ、と笑った。「眉間のシワすごいぞ、葵」くっ、くっ、くっ、と体を揺らしている。

からかわれている、と気づいて、怒るよりおどろきが勝った。

「透ってそういうこと言うやつだっけ」

「ごめんごめん、顔の迫力と言葉の謙虚さが全然合ってないのがおもしろくて」

そんなにすごい顔をしていたんだろうか。

ていうか透のほうがすごい顔してる。こんなに目尻を下げてまじりけなく笑ってる透、そうそうお目にかかれない。……笑いすぎじゃない？

「それで、どっちなの。組むの、組まないの」

「いいよ、と即答したいところだけど、少し考えさせてもらってもいいか。どういうグループをつくってみたいとか、そこらへん、色々まだまとまってなくて。今回の話、デビューの可能性もあるみたいだし」

「へえ。透も一応デビューはしたいんだね」

透の口から「デビュー」という単語が出たのは意外だった。心の裡《うち》がどうであれ、表面上の振る舞いからはそういう野心的なものを感じたことがない。

「俺、そんなにデビュー意欲ないように見えるのか？　この前マネージャーにも同じようなこと言われたぞ。気合いが入ってなさすぎる、って」

透が困ったように眉を下げた。I'm-ageのマネージャーは堀《ほり》さんか。なるほど、確かに堀さんタイプからすれば、透は「気合いが入っていない」ように見えるんだろう。

「誤解しないでほしいんだけど、透はリトルの中でも飛び抜けて仕事への意識が高いと僕は思ってる。ただ……そつがないでしょ。できるからしてるだけ、みたいな。気合いが入ってない、というより肩の力が抜けてる感じ。中にはさ、この仕事しか考えられない、絶対にデビューしたいってのが滲み出てる人もいるじゃない。透にはそういうギットリギラギラ感がないんだよ。いい意味で」

「いい意味でって最後につけたら九割セーフって聞いたことあるぞ」

「〝二苦プロ〟の言葉よりそんな俗説を信じるわけ？」

おどけてみせたけど、本心だ。僕も透のそういうところが好きだし、涼やかな雰囲気をまとった透を好きになるファンの気持ちもよくわかる。

透が「なるほどなあ」と頭を掻いた。

「マネも葵もよく見てるんだな。おおむね合ってるっていうか。俺はさ、正直デビュー自体はどっちでもいいんだ」

「どっちでもいい？」

「そう。しても、しなくても、どっちでも。ただ、やりたいことがあって、そのためにはデビューをしておいたほうがいい。だから、するに越したことはない、って感じだな。持田あたりに聞かれたらしばかれそうだけど」

「やりたいことって訊いてもいいやつ？」

「まあ、そのうち」

伏し目がちに笑って、すっ、と視線を流した。どこか遠くを見るような目だ。透はときどきこういう目をする。僕らには見えていないものを見ているような目。僕らが必死で椅子を奪い合うとき、透はひとりだけその部屋の外、屋根にのぼって座る方法を探すんだろう。

「ほかには誰か誘ったのか？」

「まだ。透だけ。今のところはね」

「光栄だな。ちなみに、どうして俺を誘ったんだ？」

「透なら」

手がかからないから、と言いかけてやめる。さすがにそれはない。

「さっきも言ったけど」と言い直す。

「僕は透のプロ意識の高さを本当に尊敬してる。体のメンテも怠らないし、スキルを磨き続ける姿勢も素晴らしい。自分のステージングだって、熱心に研究してただろ。ほかのリトルであそこまでしてる子はいない。告白すると、僕も最近あれ真似しはじめたんだ。自分に足りてないところがよくわかる。いい方法だね」

いつか言おうと思っていたから、この場で伝えられてよかった。

照れることも謙遜することもなく、僕の渾身《こんしん》の褒め言葉を真顔で受け取っていた透が、「ん?」と首をかしげた。

「俺、ステージングの研究なんかしてたか?」

「ほら、そういうとこ。透はやってるつもりがないんだよ。前に資料室で見てたじゃない。音楽番組の録画とかコンサートの映像とかたくさん。あれ、自分の動きや表情を見てたんでしょ」

そこまで言って、ようやく思い出したように、ああ、と透が頷いた。

「見てたな。見てたけど、あれ、べつに自分のステージングをチェックしてたわけじゃないぞ」

さらりと透が言った。「えっ」と声が出る。

「じゃあ何見てたの」

「メンバーの動きだよ」

「メンバーの動き? 自分のじゃなくて、メンバーの粗《あら》を探してたってこと?」

「粗っていうか、癖? 位置取りの癖とか見てたな。大地さんが抜けた後、フォーメーションが変わったから。I'm-ageって十一人もいるだろ? 曲によってはぶつかりかけるんだ。だから、大地さんがいた頃の映像と見比べて、カウント的に動きにくそうなところを見てた。ステップとかターンとか、苦手な動きが先にわかってればこっちも対応できるし」

聞いていているうちに、自分でも眉間にシワが寄っていくのがわかった。

つまり、透は自分以外の十人分の苦手な動きをあらかじめ頭に入れていたってこと？

それってどうなんだ。ぶつかりかけるっていうなら、改善すべきはメンバーのほうだ。正しい動きをしている透が、どうしてそんなことまでしてやらなくちゃいけないんだ。

「できてない人にわざわざ透が合わせてるっておかしくない？　透は完璧なんだろ？　なんで、そんな低いレベルに合わせるようなこと……」

「まあ、そうなんだろうけど。でも、俺だけが正しく移動してても意味ないだろ。ステージなんだから」

当たり前のように透が言った。

頭に上りかけていた血が、すっと下がった。氷水を頭から浴びせられたみたいだった。

「でも、そうか。自分の表情とか見とくべきだったのか。葵、表現力すごいもんな。俺も今度からはそれも見るよ」

透が感心したように言う。

やめてよ、とつぶやいた。口の中が苦い。

僕が僕に関してすごいのは当たり前だ。僕は僕だけを見ていた。僕しか見ていなかったんだから。

僕が「三苦プロ」とファンの間で呼ばれ始めたのはいつ頃からだろう。

入所は九歳。仕事への意識はその頃からあまり変わっていない。年齢に合わない大人びた発言や立ち居振る舞いがうけたのか、アイドル誌や動画内での受け答えが切り抜きで拡散され、気づけばおもしろがられる形で呼ばれるようになった。

「さすが三苫プロ」は、リトハニでのグループ動画に必ずつくコメントだ。多くのファンは愛着と敬意をもってそう呼んでくれている。

その一方で、「つくりもの」と揶揄されているのも、知っている。「こざかしい」とも。

つくりもので何が悪いんだろう?

この仕事をやっていて、つくらない、かざらない、なんてありえない。

あなたが好きだという、自然体に見えるそのアイドルもこのアイドルも、ある程度は自分の見え方を計算してやっている。どう振る舞えば「自然」に見えるか、「善い人」に見えるか。それは僕らがつくる世界に安心して飛び込んでもらうために必要な、最低限の努力のひとつだ。

だから僕は嫌いだ。

振り入れもステージングも中途半端なリトルが。何も考えず、見ている人をはらはらさせるような発言を繰り返すリトルが。

我慢ならない。どうしてきっちり練習してこない。どうしてもっと慎重に言葉を選ばない。僕らの魔法はそこからたやすく綻《ほころ》んでいくのに。

舞台袖から、練習生たちのステージを見つめる。たどたどしい動き。定まらない視線。不安そうに揺れる瞳。君を守るよ、という歌詞がうわすべりしている。まるで学芸会だ。観客は生あたたかい手拍子を入れ、見守るような目でステージを観ている。あんなんじゃ、お客さんは現実からぶっ飛べない。頭をからっぽにして楽しめない。

僕が初めて見た、そして強烈に憧れたアイドルは、実はユニバースのアイドルじゃない。五年前に解散した女性アイドルグループ、ne-ne《ネネ》だ。

七歳のとき、母さんに連れていかれたne-neのコンサートに、僕はただただ圧倒された。そこではなにもかもが完璧だった。世界各国の民族衣装をモチーフにした美しくてきらびやかな衣装。ピンクとパープルのドリーミンなライト。痺《しび》れるほど甘くてかわいい歌声。ステージの端から端まで駆け回り、めまぐるしく表情を変えるメンバーたち。雲の上で遊んでいるみたいに頭も体もふわふわしていた。胸の中でいくつも星が爆発した。最初から最後までずっと、信じられないほど楽しかった。

コンサートから帰った後、母さんにお願いしてコンサートディスクを買ってもらった。彼女たちが出演している番組もかじりつくように観て、真似して真似して、そのうち自分もこうなりたいと思った。自分の性別で入れるのはユニバースだった。

入所して初めてのアンケートで、彼女たちのことを書いた。ne-neに衝撃を受けて、憧れて、彼女たちのような魔法を僕もかけたいと思った。そういうアイドルになりたくてユニバースに入った、と。

マネージャーからはリライトを言い渡された。

「これ、ユニバースの先輩に直そうか。女子アイドルに憧れて、ってのはちょっとね。葵は中性的な見た目だし、なにかと誤解されてもあれだから」

今ならわかる。憧れの人に他事務所のアイドルの名前を出すなんて御法度《ごはっと》だ。でもその当時の僕は納得いかなくて、書き直さなかった。ユニバースのアイドルはあまり知らなかったし、嘘をつきたくなかった。

結局、雑誌での僕は、名前しか聞いたことのない先輩に憧れて入所したことになっていた。ユニバースに入って、六年経って、わかったこと。僕はあくまでも「男性アイドル」なのだ。パフォーマンス以外の場でも「つくりものの男性」を引き受けなくちゃいけない。アンケートにも男性アイドルとして答えるし、求められれば王子様的な台詞だって吐く。ファンが喜ぶならそれでいいと、割り切らなきゃアイドルではいられない。

拍手の音で顔を上げる。出て、という指示に従って袖から飛び出した。ようやくリトハニの出番だ。「ザ・リトルスター」では基本的にデビュー済みの先輩が進行と曲紹介をしてくれる。軽妙なやり取りを聞きながら所定のスタートポジションにつく。客席の中央、僕の真正面に湊斗の顔が見えた。

ほんとに来てる。

湊斗の右隣には背の高い男の子がいる。一瞬、その子が湊斗の友だちかと思ったが、湊斗よりは年上に見える。そういえば今日は透の友人も関係者席に座っていると聞いた。透の友人にしては意外だが（と思うのも失礼だが）、スポーツでもやっていそうな溌剌《はつらつ》とした雰囲気の子だ。

それなら、左隣の女の子が湊斗のクラスメイトってことかな。ペンライトを青色に光らせている。湊斗はおそらく女の子に持たされたであろううちわを掲げ（しかもちゃんと胸の高さに！　ここに来るまでに相当教育を受けてきたとみた）、目を白黒させている。気持ちはわかるけど、そわそわしすぎでしょ。それにあの緑のセーター。あんなの見たことない。今日のためにわざわざ買ったんだろう。後ろを向いた一瞬で笑みを逃がす。

母さんや梨々子さんは何度も観に来ているけれど、湊斗が来るのはコンサートも含めて初めてだ。関係者席を取るのはてっきりそのクラスメイトの分だけだと思っていた。まさか湊斗も一緒に来るとは。

番組収録の関係者席を取れないか、と訊いてきたときの湊斗の顔、おもしろかったな。おもしろいって言ったら確実に怒るから、茶化すのはぐっとがまんして、「取れるけど？　何枚？」って普通に返してあげたの、自分でもすごく兄っぽいなって思った。

息を弾ませて回る飛ぶ跳ねる。いつもより体が軽くしなやかに動く気がする。

好きになってくれないかな。アイドルのこと。現場で落ちるってよくある話だし。べつに僕のことは好きにならなくてもいいんだけど、この時間、この空間だけは楽しんで帰ってほしい。

見える？　湊斗。アイドルだけじゃない。大人も子どもも関係なく、いろんな魔法使いが総出でこの楽園をつくりあげている。やさしい魔法をかけている。

わかる？　つらいこと、苦しいこと、悩み、嫌いな自分、ままならないこと、ここでならぜんぶ忘れていいんだよ。忘れて、泣いて、笑って、叫んで、また明日から生きよう、がんばろうってほんの少しでもいいから思えるよう、僕らは光を浴びて光になってる。

前列に出た瞬間、湊斗とはっきり目が合った。豆鉄砲をくらった鳩《はと》みたいな顔だ。

そうだよな、こんなふうに笑いかけること、家じゃないもんな。もっと小さい頃はそうでもなかったけど。

僕らふたりとも、昔はすごく人見知りだったし、ひとつしか年が変わらないから、家の外でも中でも友だちみたいに遊んで笑い合っていた。母さんが夜勤のとき、ふたりで家のアイスクリームぜんぶ食べて、お腹《なか》壊して泣きながらトイレ奪い合ったりもしたな。僕がユニバースに入ってからは、レッスンが忙しくてだんだん湊斗と遊ぶこともなくなって——。

落ちサビの派手なシンバルの音にはっとする。後列に下がるのがワンテンポ遅れた。

あれ、もしかしてここ、遅れたらまずいんじゃないか。

今朝観たばかりの、リトハニのステージ映像のワンシーンが脳裏に閃《ひらめ》く。そうだ、映像では、悠宇の前列への移動がほんの少し早かった。

焦って振り向くと、おどろいた悠宇の顔がもう間近に迫っていた。

ぶつかる！

体を無理によじって右に躱す。

瞬間、かくん、と膝が抜ける感覚に襲われた。そこからは一瞬だった。

体のコントロールがきかなくて、視界が反転して、気づいたときには床に転がっていた。

ライトが目に刺さって咄嗟に目をつむる。まぶたの裏が焼けるように熱い。すぐに目を開けて、上体を起こす。赤くぼやけた視界に、こちらを振り返るリトハニのメンバーが見えた。

前を向け、と心の中で叫ぶ。まだ曲は終わっていない。大丈夫だ、カメラさんもわかってる。僕を撮っていない。次のカウントまでに立ち上がって、合流すればまだ間に合う。

足首に微妙に力が入らないけれど、アドレナリンが出ているのか、熱っぽいだけで痛くはない。これならいける。あともう少しだ。ここからはアウトロに向かっていくだけ。ゆるやかな動きが多い。

歯をくいしばり、立ち上がろうとした瞬間だった。

「葵くん」「大丈夫ですか」「立てますか」メンバーが一斉に駆け寄ってきた。僕を中心に輪ができる。みんな客席に背を向けていて、曲だけが流れ続けている。

やめろよ、とつぶやいた。やめるなよ、とも。

君たちは最後までやめちゃいけないだろ。音楽が止まって、カメラが止まって、照明が消えて、幕が下りるまで、君たちはやめちゃいけない。魔法使いが初めに魔法をかけるのも、最後まで魔法をかけ続けるのも自分自身だろ。僕が魔法を使えなくなっても、君たちが魔法をかけ続けてくれたら、僕は魔法使いでいられる。でも、君たちが真っ先にそれをやめてしまったら、僕はあっというまにただの人間に戻ってしまう。その魔法だけは、最後まで解いちゃいけないんじゃないのか。

音楽が止まった。袖から人間が出てくるのが見える。

全身から力が抜けるのがわかった。


袖に捌けてすぐに医務室で手当てを受けた。思った通り、捻挫未満の軽傷だった。ただ、安静のために番組の収録にはこれ以上参加せず、マネージャーに車で連れて帰ってもらうことになった。

衣装のジャケットを脱いでハンガーにかけていると、ノックの音がした。反射で背筋を伸ばす。

「はい」と返事をすると、一拍遅れて蓮司が入ってきた。

「荷物」

素っ気なく言って、僕の荷物をゆっくり椅子の上に置いた。椅子の上をきちんと手で払ってから。

人の荷物なんてポイッと投げそうな見た目なのに、こういうところが丁寧なのずるいんだよな。

「収録は？」

「俺は終わった。グループ分がねえから早いんだよ」

「蓮司が持ってくるなんて、よっぽど人手不足なんだね」

「遥歌に押しつけられたんだよ」

「なに？　後輩の尻に敷かれてんの？」

「おまえなあ、素直に感謝しろよ。リトハニのやつらに来られてわあわあ騒がれるよりましだろ」

蓮司がうっとうしそうに言った。そうだね、と心の中だけで頷く。

捌けるとき、青ざめた悠宇に謝られた。俺のせいでごめんなさい、と。この後も何度も謝られるんだろう。やめてほしい。あれは僕のミスだ。謝られれば謝られるほどみじめな気持ちが増していく。

蓮司が僕の左足首に巻かれた包帯をちらりと見た。

「最悪だな」

と一言だけ言った。そうだね、と今度は口に出して返した。

最悪のステージだった。「三苦プロ」が聞いて呆れる。いち観客に気を取られて移動が遅れるなんて。ぶつかって転んで怪我して中止。客席は戸惑いと心配とで騒然としていた。ぶち壊しだ。こんなの入りたてのリトルでもしない。

蓮司はそれ以上何も言わず背を向けた。

「蓮司」

「なんだよ」

「僕とグループ組んで」

透のときとは違って、するりと出てきた。発作的ではあったけれど、ああそういうことなのかという納得感が追いかけてきた。

蓮司が怪訝そうに振り返った。

「は？　グループ？」

「そう。今月末が期限のあれ。今みんなグループ組みに走り回ってるでしょ」

「どうやったら今の流れでその話になるんだ」

「わかんない。でも、さっき〝最悪〟って言われたときビビッときたんだよね」

「マゾかよ」

「かもね」

この後、出番を終えたリトルたちが続々と帰ってくる。十人いたら十人、心配と励ましの言葉をかけてくるだろう。誰も「最悪」なんて言わない。やさしい十人だ。

けれど、やさしい彼らの言葉じゃやさしくない僕は救えない。

「……は」

蓮司がぼそりと何か言った。聞き取れなくて、「え?」と耳を寄せる。

「メンバーだよ。おまえが考えてるグループのメンバー。まさか俺とおまえのユニットじゃないだろ」

「ああ。うん、透には声をかけたかな。今のところは君たちだけ」

「加地?」

嫌そうに顔を歪めた。そういえばこのふたりあんまり仲がよくなかったな、と今さら思い出す。

「加地と俺に声かけたのか? どんな人選だよ。悪趣味すぎんだろ」

「そうかな? 僕的には最高のふたりなんだけど」

「どこが」

「ふたりとも、僕がどれだけ無様に転ぼうがステージを止めないでしょう。僕を助け起こそうとしない。僕も助け起こさない。助けないことで助けられるものもあるって知ってる、君たちはそういう人だと思ってる」

僕は今、リトハニを切り捨てようとしている。未熟でかわいらしいあの子たちを見守って育ててあげる道もあるとわかっていて、それを放棄しようとしている。

僕はやっぱり透にはなれない。視野を広くもって、他人を優先して、ぶつからないよう気を回して。

それがグループ活動だから？　知らないよ。

ぶつかればいい。それぞれがそれぞれのベストを尽くして、ぶつかって、転んでも、それでもステージを続ければいいだけ。

僕は、ああいうときにステージを続けてくれる人と組みたい。ステージが続くかぎり、僕は男でもなく女でもなく、アイドルという生き物でいられる。

僕はリトハニのままではいけないところにいきたい。なれないものになりたい。

「加地と三苫と俺か……」

腕を組み、少し考えていた蓮司が、わるくないかもな、つぶやいた。

「組むか」

あっさりと言った。

「え？　いいの？」

こんなにかんたんにイエスが貰えるなんて拍子抜けだ。即答されるとしたら、ノーのほうだと思っていた。

「ほんとに大丈夫？」

「なんだよ、組みたいんだろ。よろこべよ」

「や、そうなんだけど……」

蓮司はどちらかといえば、個人での活動に力を入れるタイプのリトルだ。MIDNIGHT BOYZのときも、かったるいという態度を隠そうともしていなかった。せっかく（という言い方が適切かわからないが）グループが解散して、ソロで活動できる時間が増えたのに、ここでまた新しいグループを組んだら意味がないんじゃないか。

「誘っておいてなんだけど、蓮司はグループ活動に興味ないと思ってたから」

「正直興味はないな」

きっぱりと言い切った。虚勢や嘘は感じられない。興味はないくせに、グループを組むのはOK？　ますますわけがわからない。

「……半端な遊びでかき回さないでよ」

「アホか。そんなダルいことやるわけないだろ。俺は俺で組むメリット、っつーか理由があるんだよ」

「理由って？」

「それは言わない」

「出た。なんなの透も蓮司も。秘密主義って流行《はや》ってんの？」

「加地？　あいつもなんかあるのか」

「それは言えない」

「おまえもじゃねーか秘密主義」

呆れたように突っ込んで、蓮司が大きく息を吐いた。

「条件がある。ふたつ」

あらたまった調子で蓮司が言った。つられて神妙な声が出る。「なに？」

「ひとつ。確実に遥歌を獲ること。あいつが今回の企画の〝玉〟なのは間違いない。遥歌を獲ったグループがメインだ。コンサート編成にしても、メイキングにしても」

「ああ、事務所の最推しは抱え込んでおけ、ってことね。理屈はわかるけど……あの子、ステージで転んだ僕を助けに来るタイプじゃない？」

葵くん！　と一目散に駆け寄ってくる姿が目に浮かぶ。

そう言うと、蓮司は「来ない」と断言した。

「来たとしても、転がって引きつったおまえの頰に頰くっつけて笑うタイプだ、あれは」

「なるほど。秒で表情立て直さないとカメラに晒《さら》されるってことね。言われてみたらやりそうだわ」

「言っとくけどな、あいつ、俺や加地よりよっっっぽど〝太い〟ぞ」

蓮司は何か思い出したのか、苦虫をかみ潰したような表情を浮かべた。

「ずいぶんと知ったふうに喋るね。前に遥歌が髪をピンクに染めてきたのって、やっぱり蓮司の影響？」

遥歌が蓮司に憧れているのはリトル内でも周知の事実だったから、みんな口にこそ出さなかったけれど、髪色もピアスも蓮司の影響だろうと思っていた。あそこまで思いきるとは思わなかったけど。

蓮司は渋い顔のまま「訊くな」と手を振った。

「まあいいよ。遥歌のことはわかった。で、ふたつめは？」

「若林さんをグループに入れること」

「若さま？　なんで？」

言っちゃ悪いけど、若さまはもう入所十年目、今年の夏の終わりには「余命」が尽きるギリギリのリトルだ。他事務所に移籍して、舞台での活動に本腰を入れるんじゃないかとも言われている。抜ける可能性がある人をあえてグループに入れる意味がわからないし、それに、蓮司との接点もとくに思い当たらない。このふたりが親しげにしているところなんて見かけたことがない。

「理由は言わない」

「また？」

「それも条件のうちだ。ただ、若林さんをグループに入れる。それが呑めないなら、俺はおまえとはグループを組まない。遥歌も勝手に獲る」

つまり、僕だけを除《の》けて、蓮司が新グループを組むってことか。いつのまにか僕のほうが選択を迫られている。

蓮司が何を描こうとしているのかまったくわからない。どうするか。呑んで大きな支障がある条件ではないけれど。

若さま、か。陽気で人当たりはいいけれど、いつもどこかへらへらしている印象だ。透とはまた違う、悪い意味で、気合いもデビュー意欲も感じられない、「余命」わずかの先輩。

「失礼します。今、入ってもいいですか」

ノックの音が響いた。蓮司が浅く頷く。「どうぞ」と促すとスタッフさんが入ってきた。後ろからもう一人入ってくる。

「湊斗？」

「あ、はい。弟さん楽屋に来られてたんですけど、三苫さんこちらだと思って」

蓮司が軽く会釈する。湊斗は気圧《けお》されたように上体を一度反らしてからぺこりと頭を下げた。

「なに？　なんの用事？　鍵でも忘れたの？」

今日は母さんが夜勤でいない。どうせシフトを覚えてなくて、鍵を持たずに家を出てきたんだろう。

「来るなら先に連絡してよね。一応ここ、関係者以外はダメなんだから。追い返される可能性だってあるんだし」

「……鍵じゃねえよ」

「え？　じゃあなに？　なんでこんなところまで……」

唐突に、ぺしん、と後頭部を軽くはたかれた。

「は？」

蓮司だ。振り向いて「なに？」と抗議の声を上げる。痛くはなかったけれど、今ここではたかれる意味がわからない。

蓮司は何も言わず、大げさに溜息を吐いた。

「三苫、さっきの話はまた今度な」

蓮司が出口に向かってすたすた歩いていく。去り際に湊斗の腕をぽんぽんと叩いた。湊斗が「っす！」ときれいに九十度腰を折った。いや、部活じゃないんだから。というか僕への態度との差が激しい。家以外での湊斗の振る舞いを見る機会があんまりなかったけれど、こういう感じなのか。

蓮司とスタッフさんが出て行った後も、湊斗はずっとそっぽを向いて黙ったままだ。なんなんだろう。用があるなら早く言ってほしい。気まずいし、もうすぐマネージャーが迎えにくるから僕も帰り支度をしないといけない。

とりあえず衣装だけ脱いでしまおう、と椅子から立ち上がった瞬間だった。

「足」

湊斗がぼそりと言った。

「なに？　足？」

「怪我したんだろ。荷物とか、あるだろ」

怒ったように言って、それきりまた黙り込んだ。何秒か考えて、ああ、と腑抜けた声が出た。

「もしかして、それで来てくれたの？　わざわざ？」

「おまえ、ほんっと嫌い」

うんざり、というふうに湊斗が顔をしかめた。

ごめんごめん、とすぐに謝る。いや、だって。まさか湊斗がそこまで心配してくれていたとは。客席から見たらかなり派手に転んだように見えたんだろうか。

「荷物これだけ？」

「ああ、うん。まあでもマネージャーが車回してくれるから、湊斗も一緒に……」

あれ。そういえば湊斗はクラスメイトの子と観に来ていたはずだ。

「湊斗、あの女の子は？　連れて来なかったの？」

「え？　ああ……先に帰ってもらった」

「先に？　よかったの？」

こんな機会でもなければ、ここまで入ることはできない。あの子がリトルのファンならそうとう喜んだはずだ。

そう言うと、湊斗は途方に暮れたように眉を下げた。

「連れて来てよかったのか？　おまえ、そういうのダメなんだと思ってた。ファンを楽屋に、みたいなの。プロ意識的なのがあるんだろ」

わかんねえけど、と湊斗がぶっきらぼうに付け足した。

それで先に帰したのか。いいところを見せるチャンスだっただろうに。

不意を突かれて、言葉がなにひとつ出てこなかった。

湊斗は僕が思うよりちゃんと僕のことを見ているし、理解しようとしてくれていたのかもしれない。少なくとも、僕よりは。

胸がいっぱいいっぱいになって、わっと叫びたくなるような、泣きたくなるような、飛び跳ねたくなるような、でもうずくまりたくもなるような、へんな衝動に駆られる。

「あの、あのさ、僕さ、三月の試合観にいくよ。ハンド部の」

ぎこちない、とってつけたような物言いになった。自分でも頬を叩きたくなる。でも、それ以外どういう形でこの気持ちを渡せばいいのかわからなかった。

「は？　なんだよ急に。来んなし」

「だって不公平だろ。湊斗は僕のステージを観に来てくれたのに」

「あのな、俺はおまえを観に来たんじゃないから。クラスの女子に付き合っただけだから。お返しに試合観に来るとか発想がきしょい、絶対やめろ」

容赦なく突っ返されて、えぇ、と弱った声が出る。

「僕に来てもらえたら嬉しくない？」

「おまえのその自己肯定感の高さほんとなんなの。一周回って尊敬するわ」

湊斗がお手上げ、というように目を回した。


でもね、僕は聞き逃さなかった。マネージャーが来て、荷物を持って医務室を出るとき、聞こえるか聞こえないかぐらいの声で、レギュラーになったら来てもいい、ってつぶやいたのを。

うん、とそっとささやき返す。早くレギュラーになってよ、湊斗。僕もさっさとデビューするから。

そうしてまた、気まぐれに観においで。

つくりものの楽園。きみたちにやさしく、僕にやさしくないこの場所を。

掌中の星

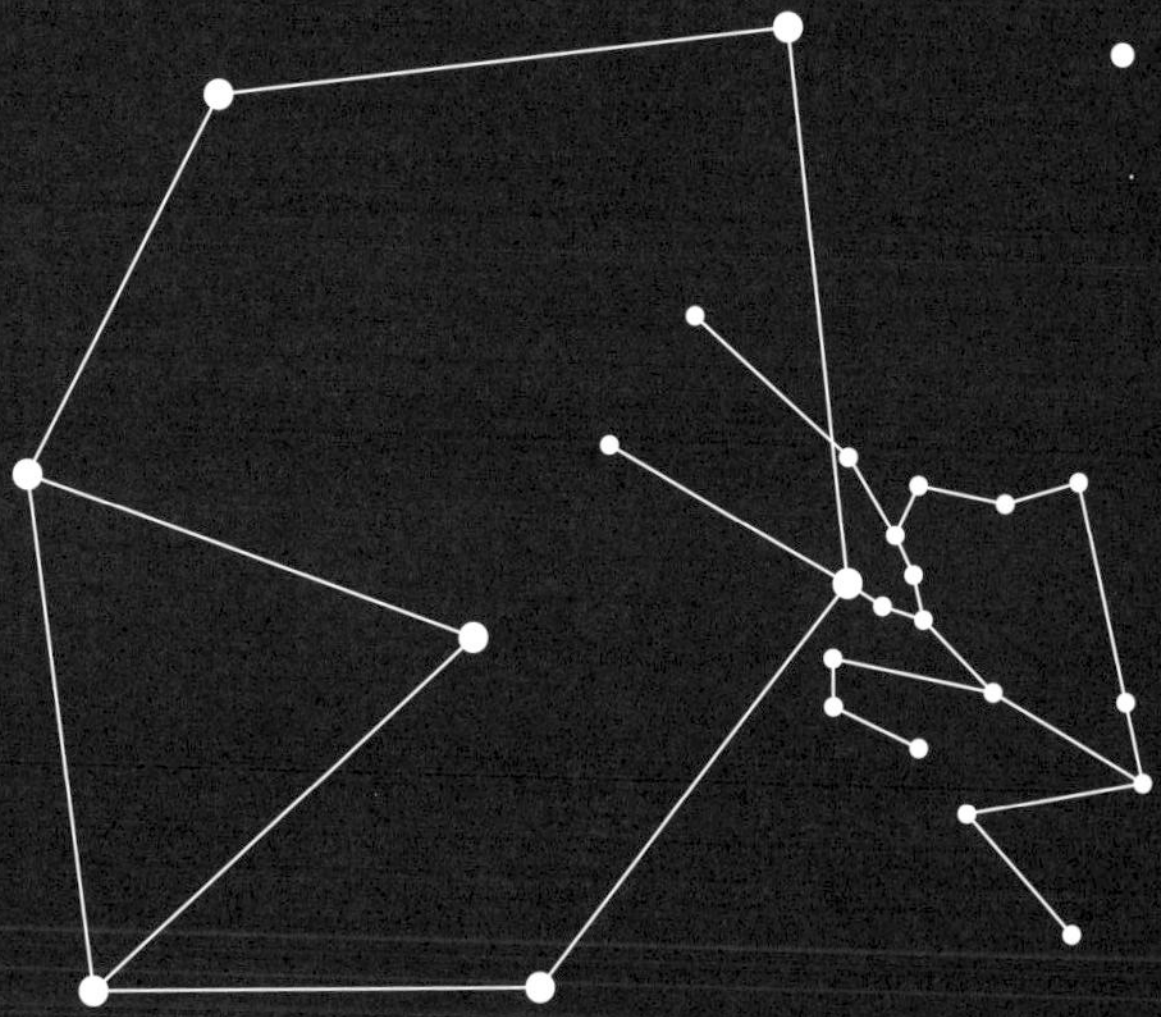

あなたも暇ねえ、という薫《かおる》の呆れ声に目を開けた。

ふくらんだ白いカーテンと、夏の日暮れどきの匂いが鼻をかすめる。寝返りを打つと、スーパー帰りの薫が玄関でサンダルを脱いでいた。白い帆布の鞄からはネギが飛び出ている。

「ネギ」

「え？」

「袋から飛び出てんの、すげーテンプレっぽい。ほんとに買うやついるんだ」

家族もののドラマでよく見かける小道具のようだ。

寝起きの頭で思ったことをそのまま言っただけだったが、薫は「いやいや」と手を振った。

「わたしからすれば、ほんとにそんなこと言うやついるんだ、って感じよ。ネギって豪邸育ちの坊《ぼ》っちゃまにはご縁のないお品なんだね」

「嫌味？」

「いえいえ。勉強になります」

軽口をたたきながらも、冷蔵庫や台所の引き出しに手際よく食料を収納していく。帆布の鞄をウォールラックに掛けて、「あっつ」と細ぶちの丸眼鏡を外した。

「どうして冷房つけてないの」

「薫うるせえから。電気代とか」

「ばか、それは日頃の消し忘れでしょう。〝真田蓮司〟が熱中症で搬送のほうがあとあと高くつくよ」

　薫が俺の上をまたいで窓を閉めた。そのままリモコンをクーラーに向ける。すぐにカビ臭い冷風が下りてきた。これもまたドラマのセットでしか見ないような、黄ばんだ古い型のクーラーだが、七畳そこらの部屋はそこそこ涼しくなる。

「合鍵で入り込んでるくせに、へんなところで遠慮するね、あなた。がきんちょなんだから、クーラーぐらいおかまいなしにつけなさい。そこまで切羽詰まってはいないから」

「こんなぼろアパートに住んでるのに？」

「それは趣味」

「クソみてえな趣味だな」

　薫は無視して台所に戻った。真っ黒なショートカットから少し伸びた襟足を手で持ち上げ、うなじの汗を拭っている。

　起き上がり、髪を軽く整える。腕時計を見るともう六時を回っていた。いつから眠っていたのだろう。稽古終わりに来たから、確か三時には着いていた。腹がぎゅるぎゅると鳴る。立ち上がって、台所に向かう。

「晩メシなに」

「鍋。あなたも食べて帰る？　そんなに量はないけど」

「また鍋？　真夏だぞ今」

薫はその季節と真逆のようなものを食べたがる。夏には鍋やぜんざい。冬には素麺《そうめん》やわらび餅。俺には理解不能な食生活だが、薫はそれがおつなんだと言い張ってやめない。

「食べないの？」

「食う」

「じゃ手伝って」

まな板シートと包丁、ハーフカットの白菜を渡された。

ローテーブルの上に、そのへんのチラシを置いて取りかかる。テーブル横の全身鏡に映った自分に笑いが漏れた。ピンク髪の黒ずくめの男が白菜を切っている絵面はなかなかシュールだ。家じゃありえない光景。ここぐらいでしか料理はしない。

切った白菜をボウルに入れて、他の材料を取りにいく。リズムよくネギを刻む薫の後ろから手を伸ばしてエノキを取る。返す返すもへんな状況だ。親父の不倫相手の家に上がり込んで、真夏に真面目に鍋の用意をしている。

薫は真田家公認の不倫相手だ。ある日、唐突に親父から紹介された。

といっても、薫本人が来て「どうも真田芳晴《よしはる》の不倫相手です」と名乗ったわけではない。親父から「畑野《はたの》薫」という女について説明を受けただけだ。

「畑野薫」とは、母親と出会うより、親父が歌手デビューするよりももっと前、学生時代からの関係だということ。母親も「畑野薫」のことは知っているし、関係を続けることを承知で結婚したということ。

人気女優である母親にも、そして親父にも複数の遊び相手がいることは知っていたから、俺はとくに驚きもしなかった。「なんでそいつだけわざわざ?」と言ったぐらいだ。

今後も長い付き合いになるだろうし、真田家の会話にも出てくる人間だから知っておいたほうが話が早い。親父から受けた説明はそれだけだ。そこには母親も同席していた。

よく言えば自由で軽快、わるく言えば奔放で飽きっぽい親父が、長く手放さない四十路《よそじ》の女。どんなやつかと家まで見にいったのがわるかった。冷蔵庫が壊れたという薫にアイスの処理を協力させられた(真冬だ)俺は、見事に腹を壊した。ステージに穴を空けたのはあれが初めてだった。

文句を言いに再度訪れ、そこからずるずると来るようになって、気づけば二年経つ。


「そういえばあなた、謹慎中なんだってね」

おたまでつみれを掬《すく》い上げながら薫がさらりと言った。

鍋つゆと一緒に糸こんにゃくの切れ端を飲み込んでしまった。ペットボトルに手を伸ばす。

「……誰から?」

水を飲みながら、愚問だったな、と思う。たまに忘れそうになるが薫は親父の愛人だった。

「予備校の学生が言ってた」

「親父じゃねえのか」

「そんな話、芳晴くんとはしないよ。っていうか芳晴くんは知らないんじゃない? そもそも」

確かに。あの人は業界の話に驚くほど疎い。疎いというか、耳にしてもすぐに忘れてしまうのだ。人の名前や顔もろくに覚えておけない。ガキの頃、親父と歩いていたら見知らぬ女に絡まれたことがあったが、親父は予想通り「え、誰だっけ?」とのたまい、凄絶な修羅場になった。

「学生にね、あなたの熱心なファンがいるんだよ。嘆いてたよ、彼女。〝蓮司がサマーマジックに出られない〟って。あなた今度はなにしたのさ」

「そこは訊いてないのかよ」

「言いにくそうだったから。本人に訊いたほうが正確で早いし」

小さくて低い鼻と、とんがった唇はほとんど動かさず、離れ気味の丸い目だけをぱちくりさせる。薫はこの「けろっ」という表情がやたら似合う。

それにしても、謹慎中の本人に理由を訊くのはどうなんだ。デリカシーがあるのかないのか。隠し立てするようなことでもないからかまわないが。

「流出だよ。ホテルでのベッド写真が週刊誌に載った」

「あら。心当たりは?」

「知らねえよ」

流出したのは上裸で眠っている写真だ。撮った覚えも撮られた覚えもない。相手の女からは、「出来心で撮ったが絶対に自分ではない」という連絡がきていた。べつにどちらでもよかった。女が嘘をついていようが、つるんでいる連中が勝手に流していようが。

リトルの活動には飽き飽きしていたから、謹慎はちょうどよかった。サマーマジックに参加せずにすむならむしろありがたいぐらいだ。毎年毎年、夏はあの暑苦しい学芸会に潰されて、舞台仕事がほとんど入ってこない。

芸能の道を選ぶなら同世代に揉まれておいたほうがいいと母親に勧められてユニバース入りしたが、もう五年目だ。これを機に事務所を辞めて役者業に専念したほうがいいかもしれない。だから夏に鍋はやめろと言ってやりたいほど、薫はだらだらと汗をかきながら奉行に精を出している。

「ちょっと、豆腐余ってるから食べて」

無理やりよそってきた。取り皿にぼちゃんと豆腐がダイブする。つゆがあふれそうになり、ふた口ほど飲んでおく。旨《うま》くも不味《まず》くもない。市販のキューブを溶かしたちゃんこ鍋。豆腐も舌ざわりがいいとは言えない。安い具材の安い鍋をぼろアパートで地味な四十路女と食っている。現実と現実の間にできた溝みたいな亜空間だ。

俺がここに通っていることは、おそらく親父も母親も知らない。親父は知っているかもしれないが、母親には言っていないだろう（さすがにあの親父でもそれぐらいの危機管理能力はあると信じたい）。

シメの雑炊に取りかかったあたりで、隣が急に騒がしくなった。壁が薄いせいで会話が筒抜けだ。舌打ちしかける。

「また来てるね」

薫がのんきに言いながら卵をかき混ぜた。その他人事感にも無性に腹が立つ。

薫からすればただの隣人なのだからその反応は当然だ。俺も薫に言っていない。

父親から金の無心をされている隣のやつが同じ事務所のリトル——若林さんだってことは。若林さんとおっさんのやり取りは毎回同じだ。

おっさんが金が欲しいと訴え、若林さんが「もう渡す金はない」と返す。そうすると、おっさんは「そうかあ……」と世にも情けない声を出してしばらく黙り込む。若林さんもここまでは堪えている。問題はその後だ。おっさんが「本当にないのか」と言い始める。「ないって」と若林さん、「そうかあ……」とおっさん。そうしてまた、「本当に？」。

これを何度も何度も何度も何度も繰り返して、最終的に若林さんが根負けする。もしくはおっさんが興奮し始める。「ここまで育ててやったのに」とか「親が困っているのになんだよその態度は」とか「おれが死んでもいいのか」とか。で、折れた若林さんがお決まりの「これで最後だから」。

反吐《へど》が出る。バカじゃねえのか。おっさんも、若林さんも。

こうなるとわかっていて何故《なぜ》部屋に上げるのか。居留守のひとつでも使えよ。それでも部屋の前に居座るようなら、俺が蹴飛ばしてでも追い払ってやるのに。

おっさんが帰った後、隣の部屋はいたたまれないほど静かになる。俺はそのときの若林さんの顔を思わずにはいられない。もしかしたら、またあんなふうに声も出さず泣いているのだろうか、と。

ちょうど一年前の夏だ。

蒸し暑い夜で、今とほとんど同じ会話が聞こえてきた。もう理由も覚えていないが、俺はその日とにかく虫の居所がわるかった。そのとき薫が不在にしていたのも手伝って、ほとんど衝動的におっさんを追って部屋を飛び出した。カンカンと機嫌よく階段を下りていくおっさんを捕まえて、毎度毎度うぜえんだよと胸ぐらを摑んでやる気だった。

おい、と声を張ろうとしたときだった。左隣にある若林さんの部屋のドアが静かに開いた。そこからすうっと出てきた若林さんは、俺には気づかず、去っていくおっさんを目で追った。幽霊みたいな白い横顔が月に照らされて、よりいっそう蒼白《そうはく》に見えた。

おっさんの後ろ姿が見えなくなっても、若林さんは動かなかった。ずっと、ずっと。痛いほどの沈黙とすさまじく張り詰めた空気に呑まれて、俺は声をかけることも部屋に戻ることもできず、若林さんをただ見つめていた。

どれほどそうしていただろうか。

蛍光灯に虫がぶつかる音がして、若林さんがふっとこちらを見た。そしてそのまま、なんの感情もない右目から、一粒だけ涙を落とした。花が散り落ちるときのような、美しくて痛ましい泣き方だった。

「わかばやしさん」

俺が半歩踏み出した瞬間、若林さんはくるりと背を向けて、ドアを閉めた。

俺はそれ以上動けなかった。繰り返し、幻が涙を流す様を見つめていた。

泣く芝居をするとき。

あるいは観るとき。

俺はあのときの若林さんの泣き顔を思い出さずにはいられない。おっさんが訪ねてくるたび、部屋を飛び出して確認したい衝動に襲われる。またあんなふうに泣いていやしないかと。

もう一度見たいのか、案じているのかは、俺もわからない。

泣くのが上手いやつがいる。

若林さんを初めてスクリーンで観たときに思ったことだ。

漫画が原作の青春映画。リトル入りする一年前、当時十二歳の俺より少し上の連中が大量に出ていたから観にいった。

大げさに泣いて笑って「お芝居」をするやつらが多い中、そいつは、きちんと人間の声で嗚咽していた。

若林優人《ゆうと》。

気になって、上映後調べた。アイドルの卵だと知って、驚いた。ユニバース事務所所属のリトル。十九歳。「ミライズ」というグループのアイドル。

動画をいくつか観たが、アイドルとしての若林優人ははっきり言って二流だった。カメラから見切れそうな立ち位置で「正解」を探るように歌って踊り、どんな曲でもへつらうように笑っている。

あれは俺の勘違いだったのか？　そう思って、過去の出演作を追った。ドラマが二本と映画が二本。あとは、今上演中の舞台が一本。母親に言って、チケットを取ってもらった。どれも文句なしに上手かった。

華があるタイプではない。主役を張るような格もない。ただ、上手い。その役ならもうそれしかない、というような間の取り方や体の動かし方が自然とできている。とくに表情がいい。顔の筋肉がやわらかいのか、大げさに動かしていないのに、喜怒哀楽の表現がきちんと伝わってくる。なにより俺が舌を巻いたのは、癖がまったくないということだ。

役者といえど人間だ。どんな役でも、演者本人の癖が多かれ少なかれ入ってくる。それが、若林優人にはない。出演作を何度見比べてみても、発声や動きに共通するようなものはいっさいなかった。

この人はすごい。密《ひそ》かに興奮した。親父や母親に言ってみようかと思ったが、自分にだけ見える一等星のように思えて黙っていた。

この人の芝居をたくさん観たい。もっと難しい役でも、おもしろい役でもこの人なら演《や》れる。あんたの才能は、こっちだろ。どうして役者の活動に力を入れないのか。不思議で仕方がなかった。

その後、自分もリトルになって、理由がようやくわかった。入れないんじゃない。入れさせてもらえないのだ。

仕事を選ぶ自由がアイドルにはない。タレント本人に降りてきた時点で、その仕事は九割九分「イエス」で決まっている。オーディションにも、事務所が推したいリトルから順に声がかかる。若林さんはそういうリトルではなかった。

それに、アイドルでいるかぎり制限はついてまわる。今日の舞台だってそうだ。若林さんが演じているのは、ヒロインに思いを寄せる気弱で善良な幼なじみ。「アイドル」のイメージを損なわない程度の無難な役どころ。こんなの、誰が演ったってそれなりになる。

若林さんの出番は二幕に入ると格段に減った。観るべきところはもうない。駆け出しの演出家と脚本家がタッグを組んだ、演出の奇抜さと長尺の台詞回しにだけ凝った舞台。マネージャーに頼んで取ってもらった関係者席じゃなけりゃ正直もう退場してもいいぐらいだ。

先の夏の謹慎期間中、俺はマネージャーからの連絡をほとんど無視していた。その身で頼んだのが、この舞台のチケット手配だ。さすがにここで退場するほどの恩知らずではない。チケットと引き換えに事務所に呼び出され、散々説教を食らったのはかなりだるかったが、それでも去年の秋から一年ぶりの若林さんの舞台は観ておきたかった。

スタオべも起こらず、すぐに劇場が明るくなる。退場を促すアナウンスが流れた瞬間にバケットハットを目深《まぶか》にかぶり、すぐに出口に向かう。黒髪のウイッグをかぶってはいるが、ファンにでも見つかったら面倒だ。去年の舞台見学のときは遥歌に「蓮司くん、若さまの舞台観にいってたんだね」と言われた。ＳＮＳでパブサをしていたら出てきたらしい（何故あいつが俺の名前でパブサをしているのかは理解不能だが）。

リトルの誰それがこの子の舞台を観に来ていた、関係者席に座っていた、という目撃情報はすぐに出回るらしい。

「真田蓮司」の見学情報だけ追っているやつがいれば気づくだろう。俺が若林優人の舞台しか観にいっていないことに。今日、俺の姿を探しているやつがいないとはかぎらない。「蓮司、今回も若さまの舞台観に来てたんだけど」と書き込むために。

冗談じゃない。廊下を足早に抜けて、まだ人の少ないロビーを突っ切る。この大階段さえ下りれば出口、というところで「蓮司！」とやけに馴《な》れ馴《な》れしい声で呼び止められた。

反射で振り向いてしまう。声の主を確認して、振り向くんじゃなかったと猛烈な後悔に襲われた。

「やっぱり蓮司だ。黒髪だったから確信が持てなくて」

加地透だ。紺のジャケットを手に持って、少し息を切らしている。

「上手《かみて》側の関係者席に座ってたよな？　今日の公演、俺以外誰も来てないと思ってたからおどろいたよ。あ、靴紐《くつひも》ほどけてる。蓮司わるいけど持っててくれ」

そう言って問答無用で俺にジャケットを押し付けてきた。「履き慣れない靴で走るもんじゃないな」と悠長に革靴の紐を結んでいる。ジャケットを持たされたせいで、無視して出口に向かうこともできない。

「おい、早く用件言え。それとも挨拶のために追っかけてきたんじゃないだろうな」

「あ、そう。それ。挨拶。俺今から若さまに挨拶に行くんだけど、蓮司もよかったら行かないか」

「俺はいい」

「なんで？　若さま喜ぶと思うけど。謹慎期間終わったのに、蓮司レッスンにも撮影にも来てないし。若さまも顔見たがってると思うんだけどな」

顔なら見た。昨日の昼にアパートの階段で鉢合わせたところだ。お互い会釈すらしなかった。それでのこのこ楽屋挨拶に行けって？　喜ぶわけない。気まずいだけだ。

「予定がないなら行こう、蓮司」

な、と加地が一歩詰めてきた。なんだこいつ。うす気味悪い。こんなに人にかまうやつだったか？　前にランニング中に会ったときはスルーしたくせに。

ロビーに人が増えてきた。このまま加地といると見つかる可能性がある。かまわず立ち去ろうとした瞬間、加地の後ろから知った顔が見えてぎょっとした。

「透くん、どうしたの。そんなさっさか出ていっちゃって」

「あ、君川《きみかわ》さん」

加地が横に一歩ずれた。おいおい、と目を疑う。加地の横に立っているのは正真正銘、君川房江《ふさえ》だ。

黒いシャツワンピースに五センチほどの赤いハイヒールを履いている。和装のイメージが強いからこの距離になるまで気づかなかった。今年で七十五のはずだが、背中に鉄板でも入ってんのかと疑いたくなるほど背筋が伸びている。

まさか二人で観に来ていたのか？　アイドルの卵と大御所女優が？

「すみません。知り合いがいたので」

「知り合い？」

すぐに帽子とウイッグを取って頭を下げる。

「真田です。ご無沙汰してます」

「あらあ、繭子《まゆこ》ちゃんの。なあに、いっちょまえに変装？」

ふわふわとした口調だが言葉は鋭い。汗が出てきた。十三歳のとき初めて踏んだミュージカルの舞台で死ぬほど世話になった（というか絞られた）せいで、体が反射的に縮こまってしまう。

「そういえば同じ事務所だったねえ、あなたたち」

「はい。一緒に楽屋に行けたらと思って」

「いや、俺は……」

行かない、と言うのか？　君川房江が行くのに？

「ま、用事がないなら行きましょうよ。つまんない舞台でも役者はねぎらっておやんなさい」

君川房江がひらりとワンピースの裾をひるがえした。加地の後に続いて黙ってついていく。

楽屋前にはすでに待機列ができていた。君川房江はおかまいなしに列の横を歩いていく。小声でおい、と加地に話しかける。

「おまえの交友関係どうなってんだよ。なんで君川さんと」

「君川さんの落とし物を拾ったことがあって。そこから親しくさせてもらってる」

君川房江の落とし物を拾うって、どんな引きだよ。こいつ、要領だけじゃなくて運までいいのか。

要領と運。タレントとして必要なもんをこいつが持ち合わせているのは妙に腹が立つ。同期だが、昔からなんとなく好きになれないやつだ（若林さんの舞台を観に来ているあたりも気にくわない。俺ぐらいだと思っていた）。

俺たちが前に出てドアを開ける暇もなく、君川房江はノックと同時に楽屋に入っていった。

上演後の楽屋は特有の熱気でむわりとしている。君川房江が「失礼」と歌うように言った。それだけで、ほとんど全員がこちらを見た。相変わらずバケモンみたいによく通る声だ。おつかれさまです、という声が四方八方から飛んでくる。君川房江は「みっちゃ〜〜ん」と朗らかな声を出して光田義之《みつだよしゆき》の元へとすたすた向かっていく。逡巡《しゅんじゅん》していると、加地が「俺たちはついて来なくていいってさ」と言って逆方向に歩き始めた。ここで待つわけにもいかない。腹を括《くく》って加地の後に続く。

「若さま、おつかれさまです」

ちょうどサスペンダーを外していた若林さんが、おーっ、と手を上げた。もうオールバックのヘアセットを崩していて、いつものセンター分けに戻している。

「加地、わざわざありがとう……って、えっ？　その後ろのやつ、真田で合ってる？」

「……っす」

どういう顔すりゃいいんだ。とりあえず頭だけ下げておく。

「まさかおまえら一緒に来たの？　いや、っていうか君川さんと入ってきてなかった？」

「はい。お席をご一緒したので。君川さんは光田さんに差し入れをと」

「へー仲よかったんだなそこ。つか加地と真田がセットで来てんのも意外すぎてうける」

「俺は違います。たまたまです」

素早く訂正する。若林さんは「そっかそっか」とにこにこ笑った。気まずさのかけらも見せない。ただの事務所の先輩と後輩をきちんと演じている。

「舞台おもしろかったですよ」

加地がすました顔で言う。鼻で嗤うところだった。俺はこいつのこういうところが嫌いなんだ。俺が口が裂けても言わないような嘘をさらりと言う。

「最初の十五分、ジョゼフが夢の中だと気づかず羊、トビウオ、ペリカン、馬の順に変身していくところも観ていておもしろかったですし、中盤でジョゼフは前世の生を見ていたのだと気づくところも伏線回収のようでおどろきがありました。前世の恋人であるナタリーが現世ではヒキガエルになっていたのも斬新な展開で……」

メモでも取っていたのかと思うほど次から次へと事細かに羅列していく。きわめつきには、「全体的に演出も派手で楽しかったです。俺たちのコンサートに取り入れてもいいかもしれませんね」とおおまじめに言う。

こいつまじか。

もしかして、加地は嘘じゃなくあれを本当におもしろいと思ったのだろうか。あのクサい演出も、舞台畑の人間以外にならウケる……あれをコンサートに？

「おい真田、おまえ今〝本気か？〟って思っただろ。顔に出すぎだって」

若林さんが口に手を当てて笑っている。

場所を考えると「そんなことない」と言っておくべきところだが、実際そう思ったから「そうですね」と頷く。「認めんのかよ！　正直者め～」と若林さんがまた笑った。目を弓なりにして、口角を左右均等に上げる、嘘くさい笑顔だ。

ああ、そうだ。この人、いつも嘘くさい。

テンションが高くて、陽気で、ラフでひょうきんでテキトーな「若さま」をいつも演っている。芝居の中だと、その仮面が外れる。芝居をやめているから、芝居が上手く感じるのだ。

他のやつ相手ならまだわかる。加地や、その他の後輩なら。でも、どうして俺相手にまで

「若さま」を演り通そうとする？　ろくでもない父親に金をせびられて、押し負けて金を渡して静かに泣いていたこと。俺にはもうそれを知られているのに、それでもまだ仮面を外そうとしない。

そうですね、と頷いて腕を組み、若林さんに一歩近づく。

「俺、正直なんで言いますね。舞台はつまらなかったです。でも、若林さんは上手かったです」

「ええっ、なんだよー急に。おまえもそういうお世辞言えるんだな」

若林さんが大げさに言って頭を掻いた。

「お世辞は言えないですよ、俺。知ってるでしょ」

「ちょ、加地、聞いた？　真田の貴重なデレが炸裂《さくれつ》！　俺不覚にもときめいちゃったわ〜。これがギャップ萌《も》えってて」

「泣く芝居が。とくに泣く芝居がよかったです。あのときより、今日の泣き方のほうがよっぽどいいと思いますよ、俺は」

「ん？」

若林さんが手を止めた。

「昨日はいくら渡したんですか？」

そこまで言えば少しは顔色を変えるかと思ったのに、若林さんは「んん？」ととぼけるふりをやめなかった。

「渡した？　なんの話だよー急に。大丈夫？　誰かと間違えてない？」

「来てましたよね、あいつ。昨日も」

空気が変わったことに気づいたのか、加地が戸惑ったように俺と若林さんを交互に見た。

仕事場だ。ここでこんな話をするつもりなんて微塵《みじん》もなかった。でも、水を殴っているような感覚に苛立ちが抑えきれない。焦りでも、怒りでも、なんでもいい。なんでもいいから、早くそれをやめろ。

ほとんど睨み付けるようにして若林さんを見つめる。若林さんは「えー？」と言って、俺の背中をぽんぽんと叩いた。

「まじでどうしたん？　真田ちょっとお疲れじゃない？　夏の疲れ今きちゃった感じ？　いや、ていうかおまえサマジ出なかったじゃん。なにに疲れてんだって話だよ」

いっそ感動するほど、完璧にへらへらと笑っている。

「あんた、いい加減に」

「二人とも、お疲れのところ観に来てくれてありがとな。じゃ、俺、ちょっと君川さんにも挨拶してくるわ。また事務所で！」

そう言い残して、引きとめる暇もなく若林さんは君川房江の元へと駆けていった。


今度あのアパートで会ったらもう見て見ぬふりはしてやらない。

そう決めていたのに、薫から「忙しいからしばらく来ないで」と連絡が来てしまった。

そうなるともう、俺があそこに行く理由はない。いつまで、という問いに返ってきた答えは

二、三ヶ月。少なくとも年内は来るなということだ。
なにかあったんだろうか。今までこんなふうに一方的に言ってくることはなかった。

親父と揉めた？　いよいよ別れた？

いや、それなら期間を限定する必要はないし、そこと俺との関係を一緒くたにするようなやつではない。それに、親父にもとくに変わったところは見受けられなかった。

夏の謹慎期間中、一度だけ実家に行った。

稽古中のミュージカルの資料だけ取って帰るつもりで、連絡もせずにホテル帰りに寄った。誰もいないと思っていたが、レコーディングルームから出てきた親父と鉢合わせした。徹夜明けらしく、目が怪しく光っていた。俺が手にしていた資料を見て、「よお、どろぼう」とにやりと笑い、ふらっと出ていった。いつものことだ。もともと会話の多い親子ではないが、家を出てから余計に喋らなくなった。自分の父親ながら、なにを考えているのかよくわからない。わからないがべつに支障はない。

親父も母親も、親として不満はない。設備の整ったストレスのない家。どんな選択でもできる金。親父からは喉を。母親からは顔と体を。一流の環境でもって、「真田蓮司」という素体《そたい》を作ってくれただけで御の字だ。俺の活動に関して、あれこれ五月蠅《うるさ》いことも言ってこない。去年、高校を中退するときも「蓮司にとって必要ないなら」とすぐに了承した。そのついでに言われたのが、「ユニバースにはいつまでいるんだ？」。どこまで俺の活動を把握しているかは知らないが、二人とも俺がアイドルを続けていくなんてかけらも思っていないのがわかる言い方だった。

い。

（俺の態度が誤解を生んでいるんだろうが）俺はべつにアイドル業を嫌がっているわけではない。

表情の作り方や体の動かし方、自分の魅せ方のようなものが学べるし、ステージの場数を踏めるのはありがたい。舞台と違って客のリアクションがダイレクトに、そしてもろに見えるのもおもしろい。歌とダンスから生涯離れる気はないし、このまま続けてみても、と思う瞬間もある。ただ、どうしても相容《あいい》れないのが、入れては捨てての繰り返しで「練る」時間がないことだ。

役者でも司会でもキャスターでも、アイドルはなんでもできる仕事だと言うやつもいるが、俺に言わせりゃ「なんでもさせられる」仕事だ。できることが多いほうがいい、といろんなことを満遍なくやらされているうちに、均《なら》されて見えなくなる才能もある。若林さんの場合、それが芝居の才能だ。

正直、早くやめちまえ、と思う。

若林さんには遥歌のような華はない。言っちゃなんだが、アイドルとしては持田あたりとどっこいどっこいだ。九年やってて芽が出ないアイドル業なんかとっとと見限って、本格的に芝居に専念すべきだ。あの人はもっともっと光れる。そうすれば、あんなぼろアパートに住む必要もなくなるし、あのおっさんじゃ食い散らかせないほどの星になる。

アパートに行かなくなってもうふた月経つ。あれから、あのおっさんは何度来たのだろう。想像するだけで胸糞《むなくそ》がわるい。

インターホンの音が聞こえて動画を止めた。ヘッドホンを外す。四時半。この時間帯に業者が来る予定はない。経験上、宙ぶらりんなこの時間の来客はろくなやつがいない。この前遥歌が来たときもこのぐらいだった。

二回目のインターホンの音を聞きながらリビングに向かっていると、携帯が鳴った。瀬川からだ。出ようか悩んで止める。モニターに映っていたのも瀬川だった。一人で来るなんて珍しい。ソファーに放っていたシャツだけ羽織る。

部屋に通すなり、瀬川が「うわ暑っ。まだ十一月だぞ？　暖房何度だよ」と大げさに叫んだ。つば広のハットにサングラスにマスク。いかにも芸能人です、という出《い》で立《た》ちだ。こいつが「瀬川遊」のまま街を歩いていたとして、声をかけてくるやつがいったい何人いるのか。

瀬川は用件を切り出すわけでもなく、部屋をうろうろし続けている。

「なんの用だよ、わざわざ」

「いや……メッセージで訊いてもよかったんだけど、近くを通りかかったからっていうのと、あと、こういうのってあんまり文章に残さないほうがいいのかなって。俺らこういう商売してるわけだし、そこは念には念をっていうか」

いつものことと言えばそうだが、やけに持って回った言い方だ。

「だからなんだよ。もうすぐ出るから手短に言え」

まだ出る時間ではなかったが、追い出すために支度に取りかかる。洗面所に行き、毛先に軽くワックスをつける。リビングに戻ってきてシャツのボタンを留め、ボトムを穿《は》き替え、腰に香水を振ったところで、ようやく瀬川が口を開いた。

「……この前、きみんとこの和田遥歌見かけたんだけど、その、あれって……」

目を泳がせながらもごもごと言う。

ああ、なるほど。こいつ、前科があるから、ビビって訊きに来たのか。

そう。遥歌のピンク髪も、ピアスホールも、あいつらのせい。

と、嘘をついてやってもよかったが、それはそれでギャーギャー騒いで面倒そうだ。

「あれは遥歌が自分でやった。あいつらは関係ない」

「あ、そうなんだ。えっと、それは、耳の穴も？」

「……ああ」

苦い思いを噛み殺して答える。

瀬川がほっとしたように「だよなー」と大きな声を出した。

「俺もそうだろうなとは思ってたけどな？　念のためっていうか？　ピアスホールはほら、前に嶋がふざけてやろうとしてたじゃん。だから、俺がいないときにもしかしてなんかあった？と思って。それでユニバース側に俺の名前出されてたら困るっていうか。いや万が一なんかやってたとしても俺は関わってないから関係ないんだけど、あのときいた連中で和田遥歌が名前知ってるのって俺だけじゃん？　〝遊くんたちが〜〟とか言いそうじゃんあいつ。ほらこの業界狭いし風評被害は困るっていうか」

べらべらとうるせえな。シャツの上にダメージニットを被り、ミリタリージャケットを羽織る。

「今から仕事？」

「レッスン」

「あ、ユニバースのね。また行き始めたんだ」

無視してレッスン着を鞄に入れる。瀬川は気にする様子もなく、「和田遥歌はあれ？　なんか仕事的な？　だとしたら超方向転換って感じだけど」と好奇心丸出しで訊ねてくる。無視し続けているとさすがに黙った。

四時五十分。今から向かうとかなり早めに着いてしまう。どこかに寄るか、事務所で時間を潰すか。ああ、クソだるい。レッスンごときでこんなうだうだ悩むなんて。

家を出るだけ出て、レッスンには行かず映画の一本でも観るかと一瞬思ったが、すぐにあのピンク髪がちらついた。クソ。行かないわけにはいかない。

遥歌に脅迫された後、俺は次のレッスンにきちんと参加した。これで髪色も戻してくれるだろう。そう思っていたのに、遥歌はどれだけ怒られても髪色を戻さなかった。まるで俺に見せつけるように。「わかってるよね？」とでも言いたげに。

今回は髪色とピアスホールですんだが、次はなにをしでかすかわかったもんじゃない。あいつは俺の掌《てのひら》に無理やり星を握らせて、落とさないでね、ずっとひらいて、光らせておいてね、と囁《ささや》いてくる。天使に擬態した悪魔だ。

「俺も夜から撮影あんだけどさあ、今の現場最悪で。モデル上がりのやつがいるんだけど、こいつがまじで棒なの。終わってんの。ほんっと、本職じゃないやつが現場引っかき回すのがいちばんだるいわ」

瀬川がこいつこいつ、と写真を見せてくる。適当にいなして廊下に出る。

仮にもアイドルである俺の前でそれを言ってしまうとは。

自分では賢く立ち回っているつもりなんだろうが、こいつは本当に脇が甘い。

「あ、ユニバースのやつも一人いたな。俺はほぼ絡みないけど。知ってる？　若林優人ってやつ」

「若林さん？」

思わず振り返った。ドラマ決まってたのか。個人的には映像仕事より舞台のほうが生の演技を見られるから好きだが、映像は映像で細部まで動きが追える。

「ちょい役だけどわりとおいしい役なんだよ。ほんっと最近多いんだよな、こういうパーター的なやつ。下手なくせに調子乗って」

「若林さんは上手い。そこらの役者よりよっぽど」

遮ると、瀬川が「へえ」と目を丸くした。

「上手いんだ。つか蓮司がそういうこと言うのめずらしい」

「そうでもねえだろ」

「いやあるって。きみ、基本的に人のこと見下してるじゃん。リトル内に認めるやついたんだ、みたいな」

「認めるやつ？　いるぜ。若林さんと、おまえらが無理やり耳に穴開けようとしたやつ」

そう言ってやると、瀬川は気まずげに口をつぐんだ。

ショートブーツの紐を結んで、ドアを開ける。半歩踏み出したところで、瀬川がふと、というように言った。

「そういや、若林優人って妹だか弟だかの学費払ってるらしいね」

「……は？」

俺の顔がよっぽど険しかったのか、瀬川が慌てたように「俺も又聞きだけど」と付け足した。

「知り合いの子どもがそいつらの同級生とかで。すげー頭よくて、ばあさん家《ち》から学校通ってんだって。あいつまだ二十四とかだろ？　親どうなってんだって話だよな。ていうか待って、若林の役、苦学生みたいなやつだったわ。うわー、ぴったりじゃん。素で演れんじゃね？　あ、その事情知っててキャスティングされたとか。そりゃ上手く演れ」

「瀬川」

出せるかぎりの低い声で名前を呼ぶ。瀬川はぴたりと口を閉じた。ドアを開けきってやる。もたれて睨むと、瀬川は「じゃあな」と言って足早に出ていった。

溜息が漏れ出た。

親。学費。あのぼろアパート。若林さんの涙。

笑えるぐらい綺麗につながっていく。あんたまだそんな隠し球持ってたのかよ。あんたも星を握らされてたのか。

本当に、笑えるぐらい笑えない。

笑えねえよ、とつぶやいた。


薫からの久しぶりの連絡は唐突かつ意味不明なものだった。

『山登ろうよ』

大晦日《おおみそか》の挨拶も新年の挨拶もなく、一月中旬にいきなりきたメッセージがこれだ。どうしてだの、今までなにをしていただの、必死に訊くのもばからしくなって、『いつ。どこ』とだけ返した。

登山なんて小学生以来だ。当日、それなりに装備していったのに、薫はショートダウンにデニムと、ピクニックにでも行くような軽装で、会うなり俺の恰好にバカ笑いした。

「な、何千メートル級の山登るつもりなのあなた。ひー、だめ、おもしろい。そんなチャラチャラした見た目でガチ装備」

「……なんにも詳細言わずに待ち合わせ場所だけ指定してきたのはおまえだろうが」

指定された場所は隣県の聞いたこともない駅だった。念のため近くをマップで調べてみたら、かなり標高の高い山ばかりだったからこの恰好で来たのに。

「そうだった。ごめんごめん」

むせるほど笑って、じゃあ行きましょう、と歩き始めた。考えてみれば、薫と外で会うのは初めてだ。距離を取ったほうがいいか悩んで、これじゃ瀬川と同類だと気づく。都心部ならまだしも、こんな郊外の（しかもこんな恰好の）俺に誰が気づくというのか。それに、撮られたら撮られたでそのときだ。親父も少しぐらい焦ればいい。

並んで歩くとアパートにいるときより薫を小さく感じる。百五十センチぐらいか？　身長のわりに歩くのがかなり速いから歩幅を合わせる必要はない。

山というより本当に小高い丘程度の道だ。年寄りや家族連れが目立つ。前言撤回だ。こんな姿絶対に撮られたくない。帽子を深く被り直す。

「あなたの最近のおもしろトピックスは？」

「なんだよ、その雑な質問」

薫は案外ミーハーで、俺のリトル関係の話を聞きたがる。そのくせアイドルには興味がないから、暴露すれすれの話をしても薄い反応しか返ってこない。

「まあ、訊かなくても知ってるんだけどね」

「なにを」

「新グループ結成、でしょ」

薫がにやりと笑った。

「また例の生徒か」

「正解。ぜんぶ報告してくるからさ。〝ミドナ〟が解散したのも知ってるよ。もう新しい誰かと組んだの？」

「俺は組まない。誰とも」

誘ってくるやつもいたが、全員断っている。グループ活動なんてもう御免だ。

「いいの？　新グループでデビューする可能性もあるんでしょ」

「そもそもデビューする気ねえから」

「ああ、そうなんだ。あなたも大概けったいな人ねえ」

ふふ、と笑って俺の前に立ち、さくさくと歩いていく。

そういえば、遥歌からは声をかけられていない。

普段あれだけ蓮司くん蓮司くんとまとわりついてくるくせに。てっきり真っ先に飛んでくると思っていたが、事務所内で会っても、グループの「グ」の字も出してこない。誘われても困るからべつにいいのだが、遥歌が誰と組むのかは興味がある。山のように群がってくるだろうが、ヘタなやつとは組むんじゃねえぞ、と言ってやりたい。おそらくあれは、おまえありきの企画なんだから。

頂上からの見晴らしは、標高のわりにかなりよかった。展望台からは山々に囲まれたすり鉢状の地形と街並みを一望できる。上体を反らして息を深く吸う。清潔な緑の匂いが肺に効く。ここで歌ったらさぞ気持ちいいだろう。

「すごいねあなた。山で深呼吸してるだけでおもしろいね」

薫はまだしつこく笑っている。若く見えるほうなんだろうが、目元や口元の皺は年相応だ。少年のような雰囲気で、「いかにも女」という母親とは正反対の見た目。とりたててやさしいわけでもないし、つかみどころがなくて時折苛々もする。

「どこがいいんだろうな」

「え？」

「親父は薫のどこを気に入ってんの？　俺、ほんとにわかんねえんだけど」

「それ本人に向かって訊く？　デリカシーがないなあ」

「おまえ自分の言動思い返してみ？　人のこと言えねえから」

薫が「確かに」とあごに手を当てた。熟考、というほどの間もなく、「わたしはね、たぶん毛布なんだよ」とつぶやいた。

「は？　毛布？」

「うん。ほら、子どもがずうっと持ってる毛布あるでしょう。それがないと落ち着かない。眠れない。ぼろぼろになっても捨てられない。ふつうは成長したら捨てられるけど、たまに大人になっても手放せない人がいる。その大人が、あなたの父親」

そしてわたしは汚い毛布、と歌うように言った。

言葉だけ聞けばかなり自虐的なものだが、妙にさっぱりとした言い方だった。

どうコメントしていいかわからず、「……汚くはねえだろ」と返す。薫があはは、と軽やかに笑った。

「そういうところはジェントルよね、あなた。女の子にもてるのもわかるよ」

んーっ、と思いきり伸びをして、白い息を吐いた。

「どうもね、わたしがいないと芳晴くんは音楽ができないみたい。いちばん苦しいときに一緒にいすぎたせいだね。インプリンティング、はまた違うのかな？　御守り？　とにかく、だめらしいよ、あの人。価値観が違いすぎて別れようとしたこともあったんだけど、困ったことにわたしも〝真田芳晴〟の音楽が大好きなもんで。恋愛感情とかは、もうとっくの昔に消えてるんだけどね」

へんな関係だよねえ、とまた声を立てて笑った。

おかしい。薫、こんなに笑い上戸だったか？　山頂でただ開放的な気分になっているだけならいいが……いや、そもそも、三ヶ月ぶりの連絡で登山しようと言ってきた時点でおかしい。今日、なにかがあることは間違いない。

ちょっと冷えてきたね、と言って薫がベンチに腰掛けた。バッグから保温ボトルを取り出す。

はい、と紙コップを渡された。

「なに？」

「ジンジャーレモネード」

なみなみ注いで、乾杯、と言う。

口をつけたところで、薫がさらりと「わたしの台湾《たいわん》行きに」と言った。熱湯に近いレモネードをごくんと飲み込んでしまう。喉が焼けるように熱く、ゴホゴホと噎《む》せる。

「大丈夫？」

「……っと待て、今なんて言った」

「え？　わたしの台湾行きに」

「台湾!?」

「あなた、そんな大きい声出せるんだね」

ふーっ、と自分は思いきり冷ましながら飲んでいる。どこまでもマイペースなやつだ。

「旅行、じゃないよな」

「そうね。移住」

「移住、ってなんでそんな急に……」

「べつに急じゃないよ。いつか海外で暮らしたいと思ってたから貯金もしてたし」

だからあのアパートに住んでたのか？

聞いたことねえぞ、と言うと、「あなたとはそんな話をする機会がなかっただけ。急に思えるなら、それは見逃してただけ」とすっぱり返された。

「向こうの知り合いから企業付きの日本語教師探してるって連絡があってね。待遇もこっちより断然いいし台湾にも興味あったし、ちょっと行ってみるかと思って」

「親父はそのこと」

「知らないねえ」

お得意の、けろっとした顔で言った。

「ま、世は全リモート時代、リモート不倫もありでしょう。と、思ったこともあったけど、この際だから芳晴くんにもさよならしちゃおうかなって。向こうに行ったら連絡は取らないつもり」

「いいのかよ、それだと親父は……」

「その後ろめたさをわたしに問うのはひどく卑怯《ひきょう》だね。わたしの人生は芳晴くんの音楽のためにあるわけではない」

薫がきっぱり言った。その通りだ。わるい、と謝る。

「俺が言いたかったのは、薫の気持ちはどうなんだ、ってことだ。それで親父がダメになった場合、後悔しないのか？」

「するんじゃない？　でもさあ、わたしももういい年だし、後悔をベースに考えて動いてたらあっちゅう間に死んじゃうよなあって。なにを失うかより、なにを得たいかで生きる方向に切り替えてみようかと」

第一弾で移住です、と薫がＶサインを作った。

「第一弾でそれかよ。第二弾どうなるんだよ」

「えー？　温泉掘るとか？　夢だったんだよねえ、自分だけの温泉手に入れるの」

また突拍子もない。でも、なんとなく想像がつくし、しっくりくる。温泉を掘り当ててほくほく笑っている薫。あのアパートで「真田芳晴」の不倫相手をやっているより、よっぽど合っている気がする。

「それで、今日が最後の挨拶ってことか。なんで俺には教えたんだ？」

「そりゃあ、あなたが子どもだからよ。四十代のおっさんは黙って置いていけても、十代の子の心に傷をつけていくわけにはいかないでしょ。わたしにだって良心はある」

「で、選んだのがこの低い山？　どういう意味があるんだ？」

「意味？　ないないそんなの。ここ昔遠足で来たことあってさ。日本出る前に登っときたいなってそれだけ」

昔は山上遊園地みたいなのもあったんだけどなー、とあたりを見回している。どこまでも「畑野薫」だ。

気が抜けて、帽子を取る。風が通って気持ちいい。冬の締まった青空を見上げる。

「台湾にはいつから？」

「三月頭から。見送りはいらないよ」

「誰が行くかよ」

行かないが、薫が発つ日もこのぐらい晴れているといい、とは思う。

すっかりぬるくなったジンジャーレモネードを飲み干す。生姜《しょうが》の味が強い。さっきは気づかなかったが、随分と癖のある味だ。なんとなくだが、親父が苦手そうな味だなと思った。

「あのアパートにはいつまで？」

「出発の四日前には退去予定。なに？　ギリギリまで来るつもり？　そんなに名残惜しい？」

薫にいぶかしげに訊ねられ、ふ、と笑ってしまった。

そうか。

そうだよな。

この流れなら、薫の部屋を惜しむべきだ。なんだかんだで二年以上通っていた。思い出もそれなりにある。

それなのに、俺が今思い浮かべてしまったのは、その隣に住むやつのことだった。

「薫」

「なに？」

「頼みがある」


我ながら、どうしてここまでやっているのかわからない。

低くて汚ねえ天井をじっと見つめる。必要最低限の家電しかない寒々しい部屋で、こんな刑事の真似事までして何日もそのときの訪れを待っている。「真田蓮司」が、だ。自分でも信じられない。

若林さんは確かに芝居が上手い。でも、上手いやつならこの業界にごまんといる。父親に金をせびられていようが、きょうだいの学費を払っていようが、その結果こんなぼろアパートに住んでいようが俺には関係ない。関係ないと、頭ではわかっているのだが。

薫いわく、おっさんが来るのは一ヶ月に二度ほど。時間帯は夕方から夜にかけてが多い。曜日はまちまちで、ここという日は読めない。

だからこの二週間ほど、俺はここで寝起きしている。具合は最悪だ。狭いし寒いし埃臭《ほこりくさ》えし。自分の家のすばらしさを改めて実感する。薫は今頃、それはそれは快適な生活を送っているだろう。薫には代わりに俺のマンションで暮らしてもらっている。一月末から退去までの約一ヶ月、俺が部屋の交換を持ちかけたからだ。

「なんでもっと早く言わないの」

隣のやつが知り合いだと打ち明けると、薫はあ然とした表情で言った。

「言う必要がなかったから」

「必要って……。どうりであなた、隣が揉めてるとき機嫌がわるいと思った」

「そんなに露骨に機嫌わるくしてたか、俺」

「してたよ。てっきり騒音を嫌ってるのかと思ってたけど……なるほどね」

薫が溜息を吐いた。

「それで、あなたはあの部屋に住んでなにをどうしたいの？　あの父親に説教でもするつもり？」

さあ、と首を捻る。とぼけたわけじゃない。俺自身、どうしたいのかわからなかったからだ。ただ、あの部屋で起こっていること、若林さんの人形のような泣き方を思うと、無性に息苦しくなる。俺は俺自身のためにその息苦しさをどうにかしたかった。

「暴力沙汰はかんべんね」

釘をさされ、「努力はする」と頷く。背伸びした薫にぽかっと頭を殴られた。

「暴力では人を動かせないのよ」

「言ってることとやってること矛盾してんぞ」

「あらほんと」

しれっと言う。ひと呼吸おいて、心配だなあ、と薫が真面目な調子に切り替えた。「あなた、がまんがきかないところがあるから」

ガチャンとドアが閉まる音にはっと目を覚ました。

いつの間にか眠っていた。隣から話し声が聞こえてくる。起き上がって、壁に耳をつけ苦笑した。間抜けすぎるだろ。本当にこんなところでなにをやっているのか。

会話はいつも通りだ。出ていくタイミングだけわかればいい。壁に背を預ける。ロングダウンをかき合わせ、目をつむったときだった。

「やめるってどういうことだよっ」

鋭い叫び声が壁を突き抜け飛んできた。

「父さん、声落とせって」

「だっておまえ、や、やめるって、どうするつもりだよじゃあ！　どうやって稼ぐんだよこれからっ」

「だから大丈夫だって。……のところで働かせてもらえそうで。そこ、……もよくて……ほら、俺ももういい年だし……うちの事務所、グループの……とかちょっと変わるから、いいタイミング……」

途切れ途切れにしか聞こえない。それでも内容はわかる。思わず「は?」と声を出していた。

やめる?

やめるって、まさか。

「……の学費は変わらず俺が払うし、父さんは……から、せめて……でもいいから働いて……」

「なんだよお、その言い方。父親に向かってそれはないだろお。父さんのこと、ば、ばかにして」

「してないって。ちょ、ほんとに声落として。ここまで声響くから」

若林さんの声が近くなった。壁側に回ったのだろう。

「ほら、今日は帰って。今月はほんとにもう金ないんだって」

「ええー……。あ、財布は?」

「財布には、入ってるけど……」

「じゃあ、今日はそれでいいよ」

血管が切れていないのが不思議なくらい、頭が痛い。

なんだこいつ。なんなんだこいつ。

これが父親? 息子になにを与えるでもなく、ひたすら搾り取ろうとするこいつが?

壁を殴りつけたい衝動をすんでのところでこらえる。薫の部屋でよかった。自分の部屋だったらおかまいなしに殴っていた。

押し黙っていた若林さんが動く気配がした。財布から金を抜いて渡したのだろう。おっさんの弾んだ声が聞こえてくる。出会い頭に殴ってしまわないよう、ダウンのポケットに手を入れ外に出た。もう日は落ち切っている。からっ風が吹きつけてくるが、体は燃えるように熱い。

廊下で待ち構えていると、しばらくしておっさんが出てきた。

「おい」

意識せずとも勝手にドスの利いた低い声が出た。

「おっさん、出せよ。その金」

台詞だけ聞いたらオヤジ狩りだ。頭の中で薫が突っ込んでくる。大丈夫。俺はまだ冷静だ。

「な、なんだよおまえ」

「真田！」

続いて出てきた若林さんが目を見張り、おっさんを庇《かば》うように前に出てきた。

「優人！　知り合いか？」

「えっと、同じ事務所の後輩で……隣の……」

若林さんが困ったように口を閉ざした。それ以上どう説明すればいいのかわからないのだろう。若林さんの肩を軽く押して、ぎょっとした。

薄い。

服の上からでもわかるほど鎖骨や肩の骨が出ている。この人、ちゃんと食ってんのか？

後輩と聞いて安心したのか、おっさんは「おいおい」と横柄な態度を取り始めた。

「急に失礼だろおまえ。優人、先輩ならこういうのはちゃんとしといたほうがいいぞ。社会ってのはな、礼儀が大事なんだ。舐められるような真似は……」

ぐちゃぐちゃうるせえな。

襟ぐりを摑んで壁に押しつける。おっさんがヒイッと悲鳴を上げた。

「金出せ、つってんだよ。今、さっき、若林さんからむしり取っただろ」

「やめろって真田！」

若林さんが割って入ってこようとしたが、そんな細腕でどうにかできると思うほうが間違いだ。今年で二十五だったか？ 力なさすぎだろ。これが全力だとしたら逆に怖い。

かまわず襟ぐりを締め上げて吼《ほ》える。

「その金はな、若林さんがかけた時間と、努力と、才能の証明なんだよ！ おまえみたいなのが持っていっていい金じゃない！」

おっさんはぎゅっと目をつむり、口をぶるぶると震わせるだけでなにも言わない。顔がどんどん赤くなっていく。薄汚れたチノパンのポケットから見えている二つ折りの財布を片手で取り出す。いくら入っているのかと思ったら、たったの二万だった。

抜き取って財布を放り投げる。首元の力を緩めて、胸を思い切り押した。

「帰れ。二度と来んな」

ぜえぜえと息を荒らげながら、おっさんが頷いた。這《は》うようにして財布を拾い上げ、よろよろと逃げていく。その後ろ姿に向かって、若林さんが「待って！」と叫んだ。俺の手から二万をひったくる。追いかけて、これ、と渡した。

「父さん、べつにいいから。俺のとこは来てもいいから。ばあちゃんのところに行かなかったらそれでいいから。わかった？」

猫なで声に近い、ちいさな子どもに言い含めるような言い方だった。じゃあ、とおっさんの背中を労《いた》わるように撫でる。おっさんは震えながら頷いて階段を転がるように下りていった。

それを見届けてから、若林さんはくるりと振り返り、呆気にとられていた俺の頬をばちん、と叩いた。

「余計なことするなよ！」

真っ赤な顔で怒鳴った。

いつも三日月型に細められている目は限界まで見開かれていて、指先は細かく震えている。この人がこんなに怒っているところを見るのは初めてだった。

頭に上っていた血が一瞬で落ちる。若林さんはすぐにはっとしたように「ごめん」と謝った。正直痛くも痒くもなかったが、口がまったく動かない。

間抜けヅラで突っ立っている間に、若林さんはいつものへらっとした笑みを作ってしまった。

「いやーまじでごめん。真田は俺のために怒ってくれたのにな。恩をあだで返すってこういうかんじ？　殴ったのバレたらファンにぶっ殺されそうだな俺。おまえのファンって過激派多いイメージだからさあ。あ、俺の顔でよかったらもう、ぼかぼか殴ってくれていいから。それでおあいこってことで許してくんね？」

言うだけ言って、ひとおもいにやってくれ、と目をつむった。

そんなかんたんに目をつむってしまえることに、腹が立った。

いっそ本当に殴ってやろうか。殴って、終わらせて帰ってやろうか。

せいせいする。こんな自己完結人間、もう手に負えない。ほんと、殴ってやりたいぐらい、この人は自分で自分の体を固く抱きしめて、こちらに腕を伸ばしてくれない。これ以上どうすりゃいいんだ。心底腹が立つ。腹が立つのに、見覚えのないいつくしみのような感情に戸惑う自分もいる。

この人を見ていると、手持ちの絵の具を全部かき混ぜたような、ぐちゃぐちゃになった感情にすべてを持っていかれるような感覚に陥る。

親指の腹で、若林さんの薄いまぶたを押す。ちょちょちょちょ、と若林さんが振り払うそぶりを見せた。

「それは仕返し特殊すぎん？　目玉えぐられるかと」

「泣けよ」

命令したつもりだったのに、懇願するような声が出た。

「なんで泣かないんだよ。あんな泣き方じゃなくて、ちゃんと泣けよ。あんた、芝居してるときのほうがよっぽど人間らしいよ」

声を絞り出す。

この感情の色も形もわからない。

ただひとつ、はっきりとわかっていること。

これは痛みだ。

「なんで真田が泣きそうになってるんだよ」

若林さんが困ったように笑った。返せる言葉がなく、ただその笑顔を見つめる。若林さんの口角が視線とともにゆっくりと下がっていく。

笑みがしおれきった頃、泣いたってどうにもなんなくね、とつぶやいた。

「泣いたらそりゃあスッキリはするかもだけど。でも変わんないだろ、現実はいっこも。あんなんでも俺の親だしさ、見捨てるわけにもいかないし。つか俺が見捨てたら弟たちのところに行っちゃうわけだし。せめてあいつらが学校出るぐらいまでは俺が……」

「だからユニバースもやめるんですか」

「……聞こえてたかあ」

若林さんが頭を掻いた。

「みんなにはまだ内緒にしといてくんね？　先方にはこれから正式に返事してって感じで、まだ事務所に伝えてないから」

「やめる必要あります？　金が要るならなおさら芸能仕事やったほうがいいでしょ」

「まあ、俺も今まではその考えでリトルの活動してきたんだけどさ。もう十年目じゃん。今のままやってもデビューできそうもないし、いいタイミングで働き口紹介してもらえたし、ここいらが潮時かなって。俺才能ねえもん。アイドル業以外じゃ食ってけないって」

「はあ!?」

今日イチでデカい声が出た。

この人まじで言ってんのか？

「いちいち凄《すご》むなよ。おまえタッパあるし人相わるいしフツーにこわいんだって」

「若林さん、それ本気で言ってます？　あんたならいくらでも舞台や映像の仕事とれますよ。

つーかむしろ俳優業で食っていくべきでしょあんた」

「いや、ないない。今だって気まぐれレベルで仕事くるぐらいだし。おまえみたいにバンバン舞台出てるような実力派とは違うんだって。ま、ありがとうな、そう言ってくれて。俺これからずっと自慢していくわ。あの〝真田蓮司〟に褒められたことあるんだぞ、って」

あははと能天気に笑っている。

膝の力が抜けた。立っていられず、その場にしゃがみ込む。

「おいおい大丈夫か」

「いや、なんかもう立ちくらみが……」

あり得るのか？　そんなことが。自分の才能に本人が気づいていない不幸が。

足を投げ出して、くそ、と膝の上に手を置く。

若林さんもその場にしゃがみ、心配そうに顔を覗き込んできた。

眉も目も鼻も口も、ひと筆で描けてしまいそうなシンプルな顔だ。華のない顔。特徴のない顔。主張のない顔。どういう表情でも作れてしまう、いい顔だ。

「俺、お世辞は言えないって前に言いましたよね。全部本心ですよ。俺の言葉じゃ、信じるに値しないですか。若林さん、芝居の才能ありますよ。試しに一回、受けてみてください。事務所が持ってくるようなオーディションじゃない、デカいオーディションを」

「ええー……。でもなあ……」

「なんですか」

「いや、正直言うとさ、俺、役者仕事ってそこまで好きじゃないんだよな」

なんで、と訊ねる前に、そういうことか、と納得してしまった。

俺がこの人の芝居に惹《ひ》かれるのは、余分なものがないからだ。

好きだとかがんばりたいとか、そういう気負いや臭みのようなものがまったくなくて、どこまでも透明な、役をそのまま注ぎ入れるガラスの器のような芝居をするからだ。

「アイドルって、愛されてんなあって直に感じられるじゃん。こういうことしたらみんなに喜んでもらえるとか愛してもらえるっていうのがわかりやすいから、安心してできるし。でも、役者仕事って、そこが感じにくくてさみしいし、役に入る前とか、鏡の中のただの自分を見てるとすげーこわくなるっていうか……って、むっちゃ恥ずいなこれ」

照れたように言って、洟をすする。

あのさ、と若林さんが穏やかな目で真正面から俺を見た。

「おまえ、誤解してるかもしれないから言っとくけど、俺はちゃんとアイドルが好きでこの仕事やってたよ。金稼ぐためじゃなくて、夢もちゃんと見てた。でも、もう終わり。楽しかったよ。九年半、俺にしちゃ上出来だった。真田も怒ってくれてありがとうな。稼いだ金は俺の努力の証明、だっけ？　そんなこと言ってくれるやついなかったから、嬉しかったよ」

本当に満足そうな、余地のない笑みを浮かべていて、道が分かれていくのを感じる。

もう無理なのか？

どれだけ言葉を尽くしても、この人をこの世界に留めておけないのか？

俺はみすみす見送るしかないのか。なにか手はないのか。自分の才能に気づけず、立ち去ろうとしているこの人の肩を摑める方法は――。

蓮司くん、やり方は知ってるでしょ。

不意に、耳元で声がした。

あの天使のような悪魔の、甘い囁きが。

「立てるか？」

先に立ち上がっていた若林さんが腰を落とし、手を差しのべてきた。

そうだ。

あった。

ひとつだけ。

俺はそれを、身をもって知っている。

「若林さん、アイドルとしてデビューできるなら、この業界に残る気はあるんですよね」

「それは、あるけど……」

若林さんの薄い手をぐっと握る。

アイドルは「なんでもさせられる」仕事だ。

アイドルでいる以上、この人は芝居から逃れられない。

それなら、この人をアイドルとしてデビューさせられるメンバーを俺が揃えればいい。

「真田？」

戸惑い気味に引こうとした手をさらに強く握って引き寄せる。バランスを崩した若林さんが、脚の間に倒れ込んできた。ぽかんと口を開けて、なにもわかっていない目で俺を見ている。瞳の中の俺は笑っている。

逃がさない。

俺が見つけたんだ。

許さない。

誰かに堕《お》とされることも、自ら消えることも。

燃え落ち果つるまで、星は光れよ。

スターゲイザー

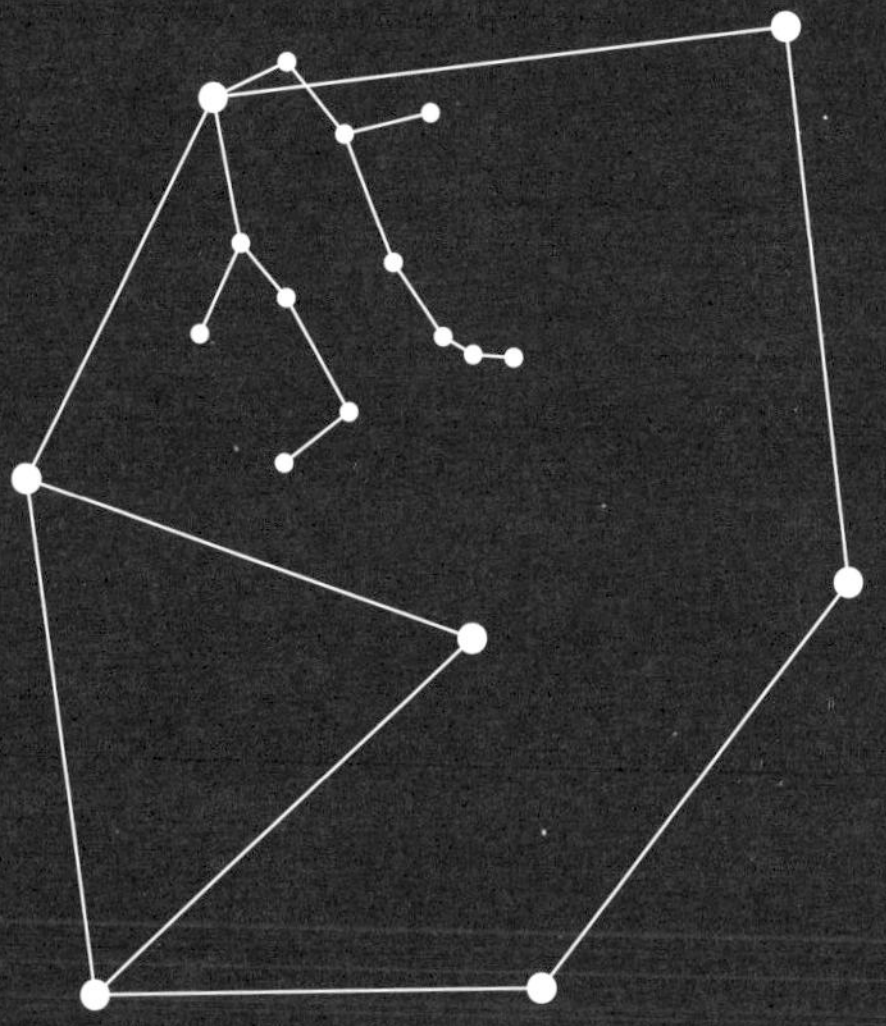

予想はしていたが、結成された新グループには圧倒的な足手まといがいた。若林優人。俺だ。新グループのメンバーを知ったときから、嫌な予感はしていたのだ。真田に遥歌、葵に加地に持田。みんな十代の、若く、たくましく、才能も未来もあるリトルたち。そのメンツに、今年「余命」が尽きる二十五歳の俺って要る？　みたいな。

現に、曲の振り入れ中の今も、ひとりだけみっともなくぜえぜえと肩で息をしている。レッスン室の全面張りの鏡に映る他のメンバーは、多少息を上げているもののまだまだ余裕そうだ。

俺たちの新曲のひとつである「スターゲイザー」は、どこかなつかしいディスコ調のダンサブルなナンバーだ。ミドルテンポでそこまで速くはないものの、跳ねるような音に合わせた細かい振りが多く（とくにステップが尋常じゃなく細かい）、足の動きが苦手な俺からすれば、今まで踊ったどの曲よりもやっかいな曲だ。にもかかわらず、今日を含め二日で振りを入れ、三日後にはダンスプラクティスの動画を撮らなくてはいけない。これは俺じゃなくても絶対に無理だ、と思っていたのに、実際始まるとついていけないのは俺だけだった。

（俺にとっては絶望的なことに）どうやら振り入れが早い連中が揃いも揃ってこのグループに集まったらしい。中でも加地はえげつなかった。パートごとの振り入れを終えた後、通しの一回目にして振付師とほぼ同じ動きを再現してみせたのだ。噂には聞いていたがここまでとは。

二回目、三回目と重ねていくうちに、真田、葵、持田の順に細かい動きが揃い始める。遥歌もこの中では比較的覚えが悪いほうで苦戦していたが、踊れるところは確実に拾えているし、そもそも遥歌は動いているだけで華がある。それにくらべ俺は終始どたばたしているだけで、見苦しいことこの上ない。

四回、五回、六回、七回……。アウトロが終わり、「十分休憩!」と振付師が叫んだ瞬間、汗臭い床に倒れ込んだ。

「若さま、ジジイすぎ」

タオルを首にかけ、給水ボトルを手にした持田がにやにや笑いながら見下ろしてきた。そうだよ、と息も絶え絶えに返す。

「だからジジイにやさしくしてくれ」

持田に向かって手を伸ばす。持田はボトルを置き、「介護介護」と言いながら俺の両腕を引っ張った(思いのほか力が強く、肘が抜けるかと思った)。

はい、とボトルを手渡される。俺のぶんのボトルも持ってきてくれていたらしい。サンキュ、と言って水を喉に流し込む。

「ミライズってそんなに踊んないグループだっけ?」

「ここまで細かいのは。どっちかっていうとキャッチーで真似しやすい振りが多かっ……多いよ」

危ない。過去形で答えるところだった。ミライズは解散していない。今回の新グループ結成の流れで活動量こそ減ったが、正式に活動を終えたわけではない。他のグループもそうだろう。

正式には。

「それ言うなら僕らリトハニもそうなんだけど？」

上下白のレッスン着に身を包んだ葵が後ろから会話に入ってきた。

「若さま、もう少し体力つけないと。それじゃコンサート通しで保たないよ。今どのくらいトレーニングしてるの」

ほとんどしていない。この前までこの仕事を辞めるつもりだったのだから。

「まあ、夏のコンサートでぶっ倒れない程度には体力つけとくよ」

角が立たないよう、へらっと笑って返す。

「夏の、って……」

葵がもの言いたげに眉をひそめたが、結局続きは呑み込んだ。小さく息を吐き、くるりと背を向ける。その背中にあきらめのようなものが見てとれて申し訳ない気持ちになる。

葵、たぶん俺みたいなやつがいちばんむかつくんだろうな。その場しのぎばかり繰り返す、プロ意識のないやつってとこだろう。間違ってはいない。俺はいつもどこか腰かけのような気持ちでこの仕事をやっている。八年目を過ぎたあたりから、とくに。そもそもユニバースに入った理由も人に言えるようなもんじゃないし。

持田が「肩揉んじゃろ」と手を肩に置いてきた。これじゃほんとに孫とじいさんだが、不覚にもほろりとくる。

俺、こいつがグループにいてほんとによかった。

真田は我関せずな態度を終始崩そうとしないし、加地も表情が乏しすぎてなにを考えているかよくわからない。遥歌は人なつこいけれど、話していると妙に気圧される感覚があって（オーラってやつだろうか？）、正直ちょっとこわい。持田がちょうどいい塩梅《あんばい》なのだ。ちょっと生意気で、歴や年齢差にもビビらずいじってくれる後輩。気軽に肩も組みにいけるし、めしにも誘える。

俺と持田以外、誰も一緒に休憩をとっていない。真田は携帯を触り、加地は端でストレッチをしている。葵は立ったまま振付師と話し、遥歌は寝転がって台本と思《おぼ》しきものに目を通している。和気あいあいのかけらもない。あらためて、本当によくわからないメンツだ。

持田と遥歌はまだわかる。元々同じUNiTEのメンバーだ。遥歌と真田も、まあわかる。遥歌は真田を慕っているから、一緒にグループを組もうと声をかけたのだろう。わからないのは加地と葵。グループも違えば交流もなさそうだ。強いて言うなら加地が真田と同期か？　でも、このふたりは折り合いが悪かったような気がする。

真田に誘われて加入したものの、いったいなにがどうなってこのメンツが同じグループになったのか、未《いま》だにわかっていないところがある。

ちらっと真田を見る。視線を感じたのか、真田が携帯から顔を上げた。バチッと目が合う。よ、と片手を上げたが無視された。無視はないだろ無視は、と思ったら持田が「おい、無視すんなよ」と喧嘩腰に言った。指が急に肩に食い込んできて「痛い痛い」と抗議の声を上げる。真田は気だるげに一瞥《いちべつ》しただけで何も言わない。すっと持田の手が肩から離れた。やばい、と立ち上がる。

「もちだぁ、次腰やって」

わざと情けない声を出して、持田の前に立ち塞がる。横幅は負けるが、上背だけならまだ俺のほうがある。持田は「ええ」と不服そうな声を出して、「腰なら自分で揉めるっしょ」ばちん、と遠慮なく腰を叩いてきた。「いってえ」と叫ぶと、「おーげさ」と言ってタオルを首から外した。そのまま真田のほうには行かず、柱に寄っかかって腰を下ろしてくれた。よかった。代償はデカいが。肩も痛いし腰も痛い。休憩に入る前より体の状態悪化してないか？

胸ぐらをつかみにこそ行かないが、持田は真田をにらんでいる。真田は無視だ。いつ食ってかかるか、ひやひやして目が離せない。途中から異変に気づいた遥歌は二人の間でおろおろしているし、葵はそれを冷ややかな目で見ている。加地は加地で「若さま、このセルフ整体の動画送ろうか」と今ひとつ空気の読めないことを言う。こいつらをまとめなくてはいけないと思うと頭が痛い。本当に、リーダーなんて柄じゃないのに。

昨年の夏、ラスオズのデビュー発表以降やや停滞気味だったリトルの活動は、新グループの結成によって一気に活気づき始めた。

三月中にリーダーとグループ名、グループのおおまかなコンセプト、メンバーカラーをメンバー同士の話し合いで決め、四月からは各種ＳＮＳのアカウントを開設し企画動画を撮影・投稿する。宣材写真も大急ぎで撮り、アイドル誌の取材・撮影ではグループの色、メンバー同士の関係性を見せ、今後の展望と意気込みを語る。その間に仕上がってきた新曲を、今月五月から急ピッチで詰め込み、また動画を撮り投稿していく。かなり無茶苦茶なスケジュールだが、このスピード感でなければ七月末から始まる一ヶ月間の合同お披露目ツアーには間に合わない。

この二ヶ月ちょっと、なにがなにやらとにかくめまぐるしい日々の中、気づけば俺はリーダーに就任し、ずっとあたふたし続けている。

今思えば、新グループの名前を決める話し合いで「ニュースターはどうだ」と加地が言い始めたのがきっかけだった。

「〝ニュースター〟なら新しいってわかるし、事務所のユニバースとも関連性があるから覚えてもらいやすいと思うんだ」

普段は表情の変化に乏しい加地だが、そのときの顔には自信あり、と書いてあった。

ユニバース事務所の新星でニュースター……。

内心それはちょっと、と思ったが、加地は大まじめに言っているし、一応「なるほど」と頷いておく。反対するにしても、いったん肯定してからと思っていたら、先に持田が「いいじゃん！」と特大の肯定をかましてしまった。

「ほんとか」

加地の顔がぱあっと輝く。

「おう！　かっこいいし覚えやすいし。ほかのグループに先越されないよう、早く提出しようぜ！」

うそだろ、とほかのメンバーの反応を盗み見る。

よかった。向かいに座る遥歌も葵も「それはちょっと」という表情で目くばせし合っている。だよな。万が一多数決になったとしてもこれなら大丈夫。ひとまず胸をなで下ろす。

あとはどう言えば加地も持田も傷つけずにすむか、言葉を選んでいるうちに、隣の真田が「だっさ」と吐き捨ててしまった。

「センス終わってんな、おまえら」

天を仰ぎかけた。言い方よ。本音はどうであれ、言い方ってものがあるだろ。

加地はわかっていないようで、「そうか？」ときょとんとしている。持田は「は？」とすぐさま臨戦態勢に入った。

「どこがだよ。具体的に言えよ。つか、なんならダサくないわけ？　かっこつけてないでアイディア出してもらえません？」

真田は無視だ。持田のほうを見ようともしない。持田が「おい」と低く唸《うな》る。見かねたように葵が「蓮司」と咎《とが》めるように言って、ため息を吐いた。

「もっちー。アイディア出せはその通り。僕ももっと考えるよ。でも正直なとこ、ニュースターは反対。捻りがなさすぎるし、僕個人の感覚としてもかっこいいとは思えない。英語覚えての子どもが嬉しくてつけてみたグループ名って感じで、名乗りたくはないよね」

こっちもこっちで辛らつだ。葵としては真田の言葉をやわらかくしたつもりなんだろうが、持田の耳がほんのり赤くなっていることに気づいていない。察した遥歌が「おれはかっこいいと思うよ、ニュースター」とフォローを入れたせいで、持田が「ほら見ろ！　これで三対二だ」と息巻き、事態が余計にややこしくなっていく。

「あのさ！　先にメンカラ決めね？　グループ名っていちばん時間かかるだろうし、ほら、今日はいったん持ち帰って、次集まるまでに各自揉んどこ！」

強引に話の流れをグループ名から離す。「それもそうだね」と葵が頷き、結局その日はメンバーカラーだけ決めて解散した。

別れ際、加地がやや落ち込んでいるように見えたのだけが気がかりだった。持田はともかくとして、発案者の加地へのフォローがなにもできずじまいだった。

ニュースター。そのままだと確かに安直すぎてダサさが否めないが、ちょっと捻ったり、違う言語に置き換えることで生かせないだろうか。

美衣《みい》と瑠偉《るい》とのトークグループに『ニュースター、もしくは新星のかっこいい言い方求む』と送ってみる。俺の優秀な弟妹たちからはすぐに返信が来た。

「nova」。語源はラテン語で「新星」という意味らしい。

ノヴァ、ノヴァ。うん。音の響きも悪くないし、まったく耳なじみのない単語でもない。

早速、次の集まりで提案してみると、持田は前回のことなどすっかり忘れたように、「いいじゃん！　もとはラテン語ってのもいいよな。なんかかっこよさそうだし」とけろっと笑った。遥歌もほっとしたようにこくこくと首を縦に振っている。葵も賛成、と手を上げてくれた。

「短くて覚えやすいし、響きもいいと思う。蓮司と透は？」

「ニュースターより億倍マシ」

「俺もこっちのほうがいいと思う。ありがとう若さま」

加地にまっすぐな目で見られ、「いやいや」と目をそらす。ちょっと照れくさいし、俺っていうか、俺の双子の弟妹のおかげなわけだし。

「表記はnovaのままでいく？　なんかつるっとしてない？　大文字と小文字混ぜてみる？」

「あ、UNiTEみたいに？」

「そう。Nova・NoVa・NoVA……どれも微妙だね」

葵が自分の書いた文字にササッと横線を引く。

「間にハイフン入れるのはどうだ。俺のグループのI'm-ageみたいに」

加地がそう言って「no-va」と書いたが、なにかが惜しい。

「ハイフン入れた意味あるか？　I'm-ageは"I'm"と"age"で俺は時代、みたいなニュアンス出せるけど、"no-va"だと……"no"はまだしも"va"ってなんだ」

「じゃあ、こうしたら？」

遥歌が身を乗り出し、横に「no-over」と書きつけた。

「これで〝ノヴァ〟って読ませるの。文法的に合ってるのかわかんないけど、〝終わらない〟って意味っぽくならない？　新しい星で、終わらないグループなの、おれたち」

遥歌が歌うように言った。「いいかも」と葵が不敵に笑う。「生涯現役っぽくて」

「じゃあこれで」

「表記。Oが続くの間延びしてねえか」

真田が待ったをかけた。紙に「n.over」と書く。

「これで〝ノヴァ〟。こっちのほうが締まる」

おお、と声が上がる。確かにこちらのほうがスッとした印象だ。「no-over」よりも「ノヴァ」と読みやすい。

「決まりだな。あとはなんだ、グループ名決まったし、メンカラも決めたし、あ、リーダーか。そういや決めてなかったな。どうする？　立候補式にするか？　それとも推薦……」

「いや、若さまだろ」

「僕もそう思う」

「おれも！」

持田と葵と遥歌が声を揃えて言った。

「いやいや俺は無理だって。リーダーなんてやったことないし」

「それ言ったらここ全員そうじゃない？　僕もリトハニではリーダーじゃなかったよ」

「それはそうだけど……でもなんで俺？」

「何かするってなったとき、いちばんフラットに意見聞いてまとめてくれそうだから。若さまは俺についてこいってタイプじゃないけど、うちのグループにそういうリーダーは不要でしょ。ねえ、蓮司」

「ああ。若林さん以外は無理」

「と、蓮司坊っちゃまも申しておりますので。この非協力的な小僧に言うことを聞かせるためにも、ぜひ」

「なんだその言い方」

「きみがすかしてるからだよ。ちょっとは態度あらためて。まずは脚組むのやめな」

葵が真田の太ももをバシッと叩いた。真田は怒るでもなく大人しく脚を下ろした。すげえな葵。真田にそんなことできるの葵ぐらいじゃないのか。

すでに俺がリーダーで決定の空気が出来上がっている。なんてことだ。とにかく場の雰囲気が悪くならないよう、とりなし立ち回っていただけなのに。加地だけは微妙な表情を浮かべて、賛否を口にしていないが、反対だとしても四対一では言いづらいだろう。

新星、それに「終わらない」なんて名前のグループのリーダーを俺が背負ってしまっていいのだろうか。ここにいつまで居続けられるかもわからないのに。

「はーい、やるよー」

パンッと振付師が手を叩き、意識が引き戻される。ぼーっとしていたら休憩が終わってしまった。慌てて水をもう一口飲む。各自タオルやペットボトル、携帯をスタジオの端に寄せ、所定の位置につき始めた。俺も急いで戻る。

「スターゲイザー」が流れ始めたが、鏡の中の俺はあいかわらず見苦しかった。

やってしまった。シートに腰を下ろしたところで気づいたが、荷物を持って立ち上がった瞬間、無情にも電車のドアが閉まった。

向かいに座っていた女子高生が同情めいた視線を寄越す。念のためマスクを鼻の付け根あたりまで上げ、うつむきながら座った。

まただ。自分の家に帰らなくなってもうすぐ三ヶ月経つのに、未だに乗る方面を間違えてしまう。電車は環状に走っているからこのまま乗っていても着くには着くが、時間は倍近くかかる。反時計回りで駅に向かうようなものだ。

悩んだが、もうすぐ帰宅ラッシュの時間帯だ。席を手放すのも惜しい。次の駅で降りるのも面倒でそのまま乗り続けることにした。

目をつむり、頭の中で振りを再現する。その場で覚えるのは苦手だが、こうして何度もシミュレーションし、イメージを練り上げてからなら、それなりに踊れはする。

まあそれはみんなそうか、と苦笑する。そんな悠長なことを許してくれる仕事ではない。頭より体が先立つ現場ばかりだ。向いているかいないかでいえば、向いていないんだろう。

ふっと意識が遠のき、はっと目を開けたときには駅に着いていた。今度こそ慌てて飛び降りる。

初夏をなにひとつ感じられないビル街を五分ほど歩き、黒くそびえ立つマンションにカードキーをかざして入る。防音が徹底されているマンション内は、どこもかしこもしんと静まりかえっていて気味が悪い。

照明が絞られた高級感のあるエレベーターで十九階まで一気に昇る。カンカンと靴音を鳴らして階段を上がっていったあのアパートとはなにもかもが違う。こんなところいつまで経っても慣れる気がしないし、慣れてしまったら終わりだとも思うから、帰宅時は「お邪魔します」と言って入るようにしている。真田はこれがあんまり気に入らないようで、聞きつけては少し機嫌を悪くする。ここに住み始めた頃はそれにいちいちビビっていたが、こちらに関しては慣れてしまった。真田は機嫌のいいときのほうが少ないのだ。それに、不機嫌だからと言って俺に当たってくることもない。実害もないから機嫌が直るまで放っておく。

広い玄関の隅に靴を揃えてスリッパに履き替える。廊下の右手にあるウォークインクローゼットに上着をかけさせてもらいリビングに向かう。俺が借りている部屋にいくまではどうしてもリビングを通る必要がある。

ドアを開けだだっぴろいリビングを見わたすと、先に帰っていた真田は台本片手にソファーでくつろいでいた。邪魔にならないよう、黙って横を通りすぎる。

「遅かったすね」

真田が律儀に台本を閉じて見上げてきた。

「やー、電車間違えちゃって」

「またですか」

綺麗に脱色した眉をひそめた。彫りの深い目元に影ができる。おー、こわ。でも俺はもう慣れてるからな。このぐらいじゃビビんない。

「タクシーで帰ってくればいいでしょ。声かけも面倒だろうし」

「ないない。俺は電車に乗れる系アイドルだから」

実際、マスクさえ取らなければバレることはほぼない。真田や遥歌レベルの知名度だとそうはいかないだろうが、俺は電車にも乗るしスーパーにもいく。声をかけてもらえたらありがたいぐらいだ。

荷物だけ部屋に置いてリビングに戻る。

七時か。

カウンターキッチンに向かう。

「真田、晩めし食った？」

「はい」

「じゃあ俺の分だけちゃちゃっと作らせてもらうわ」

途中コンビニで買ってきた千切りキャベツをレンチンする。塩昆布とゴマ油をかけたところでサラダボウルを取り上げられた。

「若林さん、何回でも言いますが、これはメシって言わないんですよ」

「立派なごはんだろ。けっこう美味しいし腹もちいいんだって。真田も食う？」

「却下。だからあの程度のレッスンでバテるんですよ。もっとマシなもん食ってください」

真田が冷蔵庫を開けた。惣菜《そうざい》が詰め込まれたタッパーを次から次へと取り出していく。

「えっ、これ真田が作ったのか？」

「料理代行入れたんですよ」

「へえー、そうなんだ……」

……まさか俺のため、じゃないよな？

おそろしくて訊けない。いくら困窮している（ように真田からは見えている）とはいえ、後輩にそこまでされては立つ瀬がない。まあ住まわせてもらっている時点で立つ瀬もくそもないのだが。

真田に押し負けこのマンションに越してきたのが三月。父さんにはアパートを引き払ったことは言っていない。「仕事で家を長く空けることが多いから、来てもいない」とだけ。じゃあ振り込んでくれ、と言わないところが父さんの憎めないところだ。金の無心をするにしても、直接会って顔を見て、前置き程度に「最近どうだ」とこちらの様子も気にかけてくれる。

美衣と瑠偉にもオンライン通話で事情を説明した。なにかあれば、しばらくはここの住所にと。二人の反応は真逆だった。美衣は「優にい、それこの前マンガで読んだやつだよ！　行き倒れてたところを御曹司に拾われて飼われるの！」と大はしゃぎしていた（どんなマンガなんだ。十五歳が読んでいいやつなのかそれ)。

対照的に瑠偉は「優兄《ゆうにい》、その真田って人に脅されてない?」と顔を曇らせた。俺は笑ってしまった。どこの世界に先輩を脅迫してまで自分の家に住まわせるやつがいるんだ。どちらかと言えば同情だろう。

真田は俺が父さんに金を渡すのをどうしても見過ごせないらしい。

あの冬の夜、真田はふたつ、俺に要求してきた。

ひとつは引っ越しだ。父さんと俺を物理的に引き離すために、自分の家に越してこいと真田は言った。痛くてたまらないというように顔を歪めて。あの真田蓮司が、だ。癇癪《かんしやく》を起こす寸前のような、子どもじみたその無防備な表情に俺はどうしようもなく胸を打たれてしまい、バカ言うなよ、と一蹴できなかった。

真田は俺のために本気で父さんに怒ってくれた。父さんに渡している金は、俺の努力の証《あかし》なんだと言ってくれた。今までそんなことを言ってくれるやつは一人もいなかった。

自分の人生だとか未来だとか、そういうものを考えると、俺はいつも、ぶ厚い雲で覆われた低い空を見上げているような気持ちになる。見上げても憂うつになるだけだから、なるべく見ないようにして、目の前の地面だけ見て歩いてきた。

真田の怒りは、言葉は、そしてふたつ目の——ひどく切実な顔で告げられたあの要求は、そこにすっと射《さ》し込んできた光のようだった。俺はその光に、つい顔を上げてしまったのだ。なにかが変わるなら、なにかを変えるなら今なんじゃないかと。

そう、なんだかんだ言っているが、俺は俺の意思で、望んでここに来た。本気で嫌がれば、真田も引っ越しを強要はしなかっただろう。俺はアパートの契約も自分の意思で解約したし、引っ越しの手配も自分でした。慣れないこと、慣れてはいけないことだらけだが、真田との生活はおおむね順調で、思いのほか楽しい。

和《あ》え物《もの》や炒《いた》め物《もの》をワンプレートにちょっとずつ取っていく。胃がもともと大きくないからそこまでは食べられない（塩昆布キャベツもあるし）。隣に立つ真田の目が「それだけか」と言っている。おまえは俺のオカンか。心の中で突っ込みながらもう少しだけ野菜炒めを足す。食えばいいってもんじゃないと思うんだけどな。自分の体だから、食いすぎても調子が悪くなるだけだってのはわかってる。真田との暮らしで唯一、ここだけがストレスだ。

「若林さん、メシ終わったらホン読み付き合ってくれませんか」

「おー。ちょい待ってな」

ホン読みは好きじゃないが、そのぐらいは快く引き受けないとバチが当たる。俺は家賃も光熱費も払っていないのだ。

さすがにそれは、と何度も金を渡そうとしたが、真田は頑として受け取らなかった。そのやり取りを繰り返し、突っぱねられるたび自尊心が削れていくような気がしたから、途中から俺も食い下がるのをやめた。開き直って、次に住むところを見つけるまでタダで居候、金を貯《た》めさせてもらっている。美衣と瑠偉の学費、ばあちゃんたちの生活費のことを考えるとありがたい。まあ情けないことこの上ないが。年齢いくつ上なんだって話だし。「御曹司に飼われる」ってのもあながち間違ってはいない。

キッチンに立ったまま晩めしをかき込み、歯を磨いてからソファーの端に座る。

「ここからここまで。お願いします」

台本を渡された。読むだけでいいと言われたから役柄も筋も訊かず、真田の役以外のセリフを淀みなく読むに徹する。真田も確認作業のつもりなのだろう。目をつむって、感情は入れず間も取らずセリフを発していく。居候してみてわかったのは、真田はセリフを声に出して覚えるタイプだということ。それと、相手役がいてほしいタイプ。俺とは真逆。俺は声を出さない。相手も要らない。頭の中に相手がいるから、そいつとやり取りを繰り返す。

そいつは影のようなやつで、男か女かも、大人か子どもかもわからない。俺は台本を貰ったら手始めに、そいつに台本を丸ごと覚えさせる。覚えさせるっていうか、実際に覚えているのは俺なんだけど、感覚としては覚えさせるに近い。

そいつは毎回演技を変えてくる。俺もそいつの演技に合わせて頭の中でセリフの調子を変える。そのうち、その役に合った言い回しや間の取り方が絞られてくる。あとは本番でそれを頭の中から取り出すだけ。言葉が先立てば体は自然と動く。アパート暮らしが長いせいか、隣近所に聞こえないようそういうやり方になった。

ホン読みを終える頃には真田の機嫌は直っていた。「ありがとうございました」と軽く頭を下げて立ち上がる。

「コーヒーと紅茶どっちにしますか。お礼に淹《い》れますよ」

「どっちでもいいけど、強いて言うなら紅茶？」

「すみません、コーヒー飲みたいんでコーヒーにしてください」

「なんだそれ」

思わず突っ込むと、真田がはは、と短く笑った。当たり前っちゃ当たり前かもしれないが、家と仕事場とじゃかなり雰囲気が変わる。まとう空気はやわらかく、言葉数も多い。家の「感じ」をメンバーやファンの前でもやりゃいいのにと思うが、それはそれで真田じゃない気もする。

真田と一緒に住んでいることは、n.overのメンバーには言えていない。言わないでくれ、と真田にも頼んだ。父親のことをメンバーには知られたくなかった。でもそこを省いて上手く嘘をつける自信もなかった。真田はとくに理由も訊かず「わかりました」と頷いた。念のため「おまえと住んでるって思われるのが嫌ってわけじゃなくてな」と言っておくと「いちいち言わなくていいんですよ、そういうのは」と呆れたように言われた。

真田にマグカップを渡され、ずずっとコーヒーをすする。ミルクも砂糖も俺好みに入れてある。態度はデカいし口も悪いが、敬語は崩さないし気も遣ってくれる。なんだかんだいい後輩なのだ。

「なあ、来週の旅行の荷造り、できるところまで俺がしとこうか。前の晩、舞台の稽古入ってただろ確か」

服も出しといてくれれば畳んで入れとくし、と申し出たが、真田はピンときていないのか、怪訝そうに眉根を寄せた。

「旅行の予定なんか立ててましたっけ」

「あれだよ、旅行企画。行くじゃん、n.overのみんなで」

「ああ。旅行ってか仕事でしょそれ」

「仕事でも旅行は旅行だろ」

一泊二日、キャンプ場まで車で行き、近くの川でアクティビティをいくつか体験し、夜は旅館に泊まる。立派な旅行だ。

五月下旬、気候もちょうどいい頃だ。最近遠出することもなかったから、仕事とはいえかなり楽しみにしている。あとは大自然のパワー的なものでメンバー同士もう少し打ちとけてくれることも期待しつつ。

だが、真田は「旅行つっても仕事は仕事ですよ。なにが悲しくてあいつらとバーベキューなんか……」と本当に嫌そうに呻いた。ブレない「真田蓮司」ぶりに笑ってしまう。

「真田ってさあ、リトルの中に好きなやついねえの？」

「なんですか急に」

「いや、なんかもう全員に対して、そのダリィって感じなんかなと思って。ひとりぐらいいるなら、そいつに声かけてユニット組めばストレスなくやれたんじゃないかと」

真田は葵に誘われてグループ入りしたと聞いた。加地や遥歌を誘ったのも葵らしい。そこに俺と持田が加わり、今のn.overになった。ひょっとすると、真田のあのダルそうな態度は、葵以外のメンバーが気にくわないせいなのかもしれない。だったら、誘われて入るなんて真田らしくないことをせず、自分からそいつだけピンポイントで誘えばよかったのに。

そう言うと、真田は口を半開きにして固まってしまった。

「なに」

「……いいや、なんつーか……いいです」

バカを見るような蔑《さげす》みの目で見られる。

「だから、なんだよ。訊いてるだけだろ、おまえがアイドルとして認めてるやつを。まさかひとりもいないのか？」

「……遥歌。それと三苫。その二人ならまだ」

「なんだ、じゃあその二人とだけ組めばよかったのに、痛っ！」

マグカップ片手に近づいてきた真田に思いきり鼻をつままれた。

「若林さん、やっぱりもっと食ったほうがいいですよ。脳にまで栄養いってないと思うんで」

憐れむように言って、真田がキッチンへと向かった。


朝の七時、事務所の地下駐車場に集合し用意されたミニバンに乗り込む。後ろから事務所の車についてきてもらう形で運転し、キャンプ場まで自分たちだけで向かう企画だ。免許を持っているのが俺と真田だけだから交互に運転する。途中サービスエリアに寄って朝めしを食べ（そこでももちろんカメラが回る）、キャンプ場に着いた後は近くの川でアクティビティをふたつほど体験する。夜はバーベキューをして、終わり次第近くの旅館に移動する。一泊して、翌朝は朝日を拝みメンバー同士の絆《きずな》を深め帰ってくる、という段取りだ。

行き先は違うが、どこのグループもみな似たり寄ったりの動画を撮り、何回かに分けて配信する。似たり寄ったりなだけに、再生回数が人気の度合いのバロメーターになるというわけだ。

このアクの強いメンバーで一泊二日。楽しみは楽しみだが、リーダーとしては不安もある。

とくに真田だ。MIDNIGHT BOYZのときのグループ動画を観たことがあるが、とにかく喋らない・笑わないで、アイドルとしては0点の立ち居振る舞いだった。全員がクールなミドナの雰囲気もあっただろうが、n.overでそれをやると絶対に浮く。

俺がなんとしてでも輪に入れねばと覚悟して臨んだ旅行だったが、始まってみれば、真田は立派な役者だった。

カメラが回っているところでは適当な頻度で話に交ざり、口の端を持ち上げる程度だが笑顔も見せる。輪に入らないときも適当なところでふっと笑みをこぼす。遥歌に対してはその無邪気さをいつくしむように見守り、さりげなく手助けもする。葵にはそっと耳打ちしたり、くだけた口調で話しかけることで親密な雰囲気を演出してみせる。余計な世話を焼くまでもなく、真田は「見せ方」を知っていた（あいかわらず持田や加地には必要以上に話しかけにいかないが）。

それにしても、真田らしくない。ここまで、ある種の「ファンサ」的な立ち回りをするやつだったか？　逆に調子でも悪いのか、と違う意味で心配になってくる。

そうやって真田を気にかけていたら、俺はいつのまにかポンコツジジイキャラになっていた。運転すれば道を間違え、山道ではリュックの口が開いているのに気づかず屈《かが》んで中身をぶちまけ、川遊びのときは派手にひっくり返りずぶ濡れになった。その都度、メンバーが「もぉー、おじいちゃん」と助けに来てくれる図式だ。おいしいと言えばおいしいが、数々の失態が動画という形で広まってしまうと思うと恥ずかしさのほうが勝つ。

唯一、まだ良いところを見せられたのはバーベキューだった。料理をしない持田や遥歌は包丁で具材を切ることさえままならない。真田は「切るだけなら」という言葉の通り、具材をひたすら切るだけで味付けや調理には参加してこない。俺もそこまで凝ったものは作れないが、材料と道具さえ揃っていれば一通りのことはできる。葵は手慣れた様子で調理を進め「三苦プロ舐めないでくれる?」と軽口を叩く余裕すらある。加地は生真面目な加地らしく「この日のために練習してきた」と、どこから持ってきたのかわからない大根のかつら剝《む》きを披露し始めた。バーベキューにまったく必要ないスキルで、「練習の方向ズレすぎだろ!」「天然!」「無駄に器用!」と口々に突っ込みを入れる。ただ、加地が「そうか」としゅんと落ち込むと、「うそうそ」「すげえよかつら剝き」「バーベキューに大根もおつだって!」と慰めにかかる。カメラが回っているおかげかもしれないが、だんだん息が合ってきた。

キャンプ場から旅館に移動し、NGワードゲームをまじえつつ夕食をとる。夕食後は露天風呂に浸かりながら、今後n.overとしてどう活動していきたいかを「本音」で語り合い、最後は布団の位置をめぐって「アー写《しゃ》じゃんけん」大会をした。この「アー写じゃんけん大会」がかなり盛り上がった。

「アー写じゃんけん」は、「最初はアー写」のかけ声でおのおの宣材写真っぽいキメ顔と立ち姿を正面のカメラに見せてから始めるじゃんけんだ。葵と遥歌の対決はもうそのままアー写に採用されてもおかしくないほど完璧なもので、スイッチングの見事さに撮影も忘れて感心してしまう。続く持田と加地の対決はなかなか決着がつかず、息が苦しくなるくらい笑った。持田は次から次へと渾身の顔芸(持田は大仏顔に鹿《しか》の角《つの》が生えた某ご当地キャラの顔マネが信じられないほど上手いのだ)を繰り出し、体が柔らかい加地は真顔で人体の可動域を超えたような不気味なポーズを取る。ふたりの対比だけでも腹がよじれるほど笑えるのに、あいこが続いてなかなか決着がつかない。「あいこでアー写」のかけ声が五回ほど続き、持田が二度目の某ご当地キャラを放ったところで、真田がこらえきれずに噴き出した。

「くそ、こっち見んな」

肘の内側を口に当て笑い声を押し殺している。

これ、たぶんカメラ関係なくガチでツボに入ってる。

持田も目を丸くしつつ、「おい！　こっちは真剣なんだよ」と嬉しそうにキレた。

じゃんけんを終え、布団に入る頃にはもう日付が変わりかけていた。スタッフが部屋から出ていき、ようやくひと息つく。俺からすればかなりの過密スケジュールでもうへとへとだったが、みんなわりとけろりとした様子だ。遥歌なんかいちばん最初にバテそうだったのに、と思ったが、考えてみればこの中で誰よりも仕事をこなしているのは遥歌なわけで、このぐらい慣れっこなのだろう。

俺もジジイキャラに甘んじていないで、もうちょっと体力をつけないといけない。しっかり動いて、食べて寝て。夏のツアーは他のグループとの合同コンサートだが、そのときリーダーが真っ先にへばっているようじゃかっこがつかない。

「ね、星見にいきたい」

電気を落としてすぐ、壁際の布団で寝ていた遥歌がささやくように言った。

「露天風呂じゃカメラ回ってたからゆっくり見られなかったし。ちょっとだけ。十分だけ。みんなで見にいかない？」

「俺パス。ふつーに眠い」

持田が素っ気なく断った。遥歌には悪いが俺も同意だ。一度布団から出てしまうと眠気を逃がしてしまう気がする。

「そんなこと言わずに！　お願いもっちー」

遥歌が布団から出て、対角の位置にある持田の布団までとたとた歩く。途中、ぴょんと器用に跳んで、ぶら下がっていた電球の紐を引っ張った。部屋が一気に明るくなる。眩しくて布団を目元まで引き上げた。

「おまえさー、修学旅行じゃないんだから」

呆れたような持田の声が聞こえる。お願いお願い、と遥歌がせがんだ。

「おれ、今日すっごく楽しかったんだ。仕事だけど仕事じゃないみたいで。今までも似たような仕事はしてきたけど、こんなふうには楽しめなかったっていうか……。だからおれ、カメラが回ってないところでもみんなとの思い出がほしくて……だめかな……わがままかな」

ほがらかな声とさみしそうな声との落差に胸が痛む。

そうだよな、遥歌。UNiTEの他のメンバーは歴の長いリトルだ。外から見ていても、遥歌は持田以外とは打ちとけきれていなかった。それなのにセンターを張り続けて、気を遣うこともたくさんあったはずだ。n.overでもセンターは遥歌だ。またUNiTEのときのようになるんじゃないかと、遥歌も不安だっただろう。少しでも良好な関係を築きたいと願うのは当たり前だ。それなのに俺ときたら、リーダーのくせに布団にもぐりこんで早々に眠ろうとしている……。

「行こう！」

がばっと布団をめくり立ち上がった。ほら行くぞ、と声をかけ、持田の布団もめくりにいく。持田がしぶしぶというように上体を起こした。葵と加地も静かに起き上がってきた。

「ほら真田、おまえも」

「チョロすぎ……」

前髪を掻き上げ、真田がだるそうに言った。それでも布団からは出てくれた。

マネージャーたちに気づかれたら面倒だ。ひとりずつ、忍び足で部屋から出る。外出用にと渡されていた鍵を持って、俺が最後に出た。

音を立てないよう慎重に階段を下りて、静かに静かにガラス戸を引き外に出る。旅館の門灯以外真っ暗だ。見上げると、数えきれないほどの星が瞬いている。五月下旬とはいえ山のふもとだ。寝間着だけでは少し肌寒い。門をくぐって、「意外と寒いな」と言おうとしたら誰もいなかった。

右を見ても左を見ても人の影は見えない。いったいどこにいるんだ、とグループメッセージを送ろうとしたら、三番目ぐらいに出た葵からメッセージが来ていた。『出て左に曲がって。旅館の駐車場を抜けたら石段の階段があるから上ってきて。突き当たりの高台にいる』

なんでわざわざそんなところまで、と思いながらも携帯のライトで夜道を照らして道を歩いていく。指示通り駐車場を抜けると二十段ほどの階段があった。新緑の青い匂いを吸いながら上っていくと、葵たちの姿が見えてきた。

「あ、若さま来た」

「遅いって。見つかったんかと思ったわ」

「ごめんごめん。というかよく見つけたな、こんな場所」

「透が覚えてたんだ。ここに来るときに、車から見えたんだって」

眼下の田畑に突き出る恰好の高台で、視界を遮る木々もなく、かなり見晴らしがいい。

遥歌と持田は草がつくのもおかまいなしで寝転がっている。葵は……まあ寝転ぶわけないか。ぴしっと背筋を伸ばして、凛《りん》とした佇《たたず》まいを保っている。真田も腕を組み立ったままだ。俺は加地の隣に腰を下ろした。

「すげーな、星」

アホみたいな感想しか出てこなかったが、加地も「すごいですね」と合わせてくれた。

「なんで星ってあんなチカチカ光るんだろうな」

「空気の揺らぎが原因らしいですよ。光が屈折することで瞬いて見えるそうです」

即答だ。

「詳しいな。星好きなの？」

「事務所の名前がユニバースだから、入るときに一応」

「一応勉強したって？　そんなことある？」

事務所の名前になってるから、宇宙や星のことに関して知識をつけておくなんて聞いたことがない。

「加地、やっぱおもしれーよな。話せば話すほどおもしろいところがにじみ出てくるっていうか。なんだよ、もっと前から喋っときゃよかったな」

笑いかけると、加地はちょっと照れたようにうつむき、口の両端をきゅっと上げた。かわいいとこあんじゃん、と俺も頬が緩む。どこか老成した雰囲気があるから忘れそうになるが、そういや加地もまだ高校生なんだよな。年齢もキャラも違いすぎて今まで話すこともなかったけど、俺けっこう加地がツボかもしれない。

「勉強ってほかには？　星座とかもわかる？」

「いや、これだけあると逆にわからないですね」

「たしかになあ。見えすぎても識別できないか。普段見えてない星ってこんなにあるんだな」

そう考えると、「ユニバース」って事務所名は言い得て妙だ。抱え込むは無数の星。でも、ペンライトの前で輝き続けられるのは一握りの星だけ。どんな強い光にもかき消されない、明るい星だけが星として目に残り続ける。

「待って、俺ら今めっちゃスターをゲイズしてね？」

唐突にそう言って、持田がむくりと起き上がった。

「ほんとだ！」と遥歌も勢いよく跳ね起き、持田と顔を見合わせた。

遥歌、と持田が促す。んんっ、とかるく咳払《せきばら》いをして、遥歌が「星たちが踊る夜……」と、「スターゲイザー」を歌い始めた。

透明感のある素直な歌声だ。ワンフレーズ歌い終わった遥歌が期待に満ちた目で持田と葵を交互に見る。持田は意気揚々と、葵はひとつ息を吐いて続いた。自分のパートが終わる直前で、葵が隣に立っていた真田の腰を叩く。真田が仕方なさそうにメロディーを口ずさんだ。鼻歌レベルだったが、上手すぎて聞き惚れそうになる。次は自分と加地だ。メロディーのバトンを受け取り、また次のメンバーに渡していく。気づけば歌割りは関係なく、全員で合唱する形になっていた。

星たちが踊る夜　迎えにいくから
裸足《はだし》で待ってて　ときめきが招待状
君を泣かせた街を蹴り
踊ろう　ダンスホールの真ん中で
目を回すほど　息が上がるほど
誰にも内緒さ　僕が星じゃないってこと
君なしじゃいられないんだ
手をにぎって　熱く見つめて
踊れば光る　見えない光
つかまえててスターゲイザー
僕のスターゲイザー
君の瞳《め》に映るなら僕は星

ふと、歌いながら涙ぐみそうになった。

この歌詞、骨身にしみてわかるやつとそうでないやつとで綺麗にわかれるんだろうな。

真田みたいなのはきっとわからないだろう。生まれたときからぴかぴかの一等星。自分を星に「してくれる」存在なんて必要としない。遥歌だってきっとそうだ。「僕が星じゃないってこと」なんて、遥歌が歌っても説得力がないんじゃないかと思う。

俺が、俺みたいな「まがいもの」のやつこそが歌うべき歌詞なんじゃないか。もう十年目で、歌も上手くなけりゃダンスの覚えも悪い。体力もないし人気もない。容姿に優れているわけでもない。機転が利くわけでもないし抜きん出た個性も取り柄もない。だから必死に踊って歌って笑って光っているふりをする。そうすればいくらかは愛してもらえる。愛をもらえる間だけは星になれる。

誰も歌うのをやめない。気分が高揚してきたのか、次第に声が大きくなっていく。二番が始まる。

いいことだ。夏のツアーが始まるまであと二ヶ月。これはきっと、いい思い出になる。絆になる。

一体感を損ねないよう、俺も精いっぱい明るく歌い続けた。


「えっ」

すっとんきょうな声に、体がびくっと跳ねた。

声を上げたのはまさかの葵だった。口に手を当て、目を限界まで見ひらいて「うそ……」と携帯を見ている。

「どうしたどうした」

声をかけたが、葵は部屋の隅で突っ立ったままだ。様子があきらかにおかしい。長机を避けて早足で向かう。談笑していた加地と遥歌も立ち上がった。真田は立ち上がりこそしなかったが、イヤホンを耳から抜いて葵のほうを見ている。動画撮影の合間、待機所として過ごしていた会議室に緊張が走る。

「解散だって……ラスオズ」

「えっ」

「うそだろ」

ラスオズ――LAST OZは去年のサマジでデビューしたばかりのグループだ。この一年近く、見かけない日がないほど、ドラマやバラエティ、映画、ラジオ、雑誌とメンバー全員が各メディアで引っ張りだこだった。しかも今年の一月にデビューツアーを終えたばかりだ。

「ほんと。ほら」

葵がユニバースの公式サイトを開いて見せた。

「ラスオズがトレンド入りしてたから、なんだろうって思ったら……」

そのまま言葉を失った。急いで俺も自分の携帯で確認する。サーバーが重くなっているのかユニバースのサイトにつながらない。

ラスオズが解散？　信じられない。去年、俺はサマジの千穐楽であいつらがデビューした場面に立ち会っていた。割れんばかりの拍手と祝福を一身に受け、肩を抱き合い涙を流していた姿に俺も貰い泣きした。これから、素晴らしく輝かしい未来が待っている。メンバーも、ファンも、リトルたちもそう確信していたのに。

「なんで……」

SNSを開く。トレンドがラスオズ関連で埋まっている。切り抜きで転載されていたファンクラブの会員用動画を見つける。ラスオズの四人が神妙な顔で一礼して、リーダーの秋葉《あきば》さんが喋り始めた。音量を上げると、葵と遥歌、加地が画面を覗き込んできた。

『……このたびは驚かれた方も多いかと思われます。応援してくださったみなさんの期待に応え抜くことができず、本当に心苦しいのですが……僕たちLAST OZは、今年の七月末をもって解散いたします。この一年、僕たちはみなさんのおかげでとても充実した日々を送ることができました。本当に幸せで、なにものにもかえがたい、宝物のような日々です。……ただ、急激な環境の変化があったことも事実です。めまぐるしい日々の中、自分たちのいたらなさにより、悔しい思いをすることもありました。大切にしたいものとのバランスが取れなくなることもありました。……ラスオズとしてデビューしたときから、決めていたことがあります。それは、この四人でなければラスオズではない、ということです。辛《つら》いときも、苦しいときも、この四人で乗り越えていく。それが叶わないのであれば、それはラスオズではありません。この数ヶ月、メンバー同士で、いろんなことを何回も話し合いました。そしてその結果、それぞれの道を歩いていくことに決めました。僕たちの決断を、そしてこれからを、あたたかく見守っていただけると嬉しいです。みなさん、今まで本当にありがとうございました。

……みなさんこんにちは、LAST OZです。いつも応援ありがとうございます。今日は僕たちの口からみなさんにお伝えしたいことがあり、この場を借りて……』

動画を止める。誰も何も言わなかった。解散の理由はハッキリとはわからない。けれど、言い回しから察することはできる。きっと、誰かが辞めると言い出し、それを引き留めきれなかかった。一人でも欠けたら、それはラスオズではない。だから解散という道を選んだ。

SNSでは早速、誰が脱退を口にしたのか予想合戦が始まっている。

「なあ、ラスオズがっ！」

叫びながら持田がトイレから戻ってきた。重苦しい空気から、すでに知っていると察したらしい。「なんで？」と立て続けに叫んだ。

「めっちゃ順調だったじゃん。なんで解散なんか……」

「順調すぎたんだろ」

ずっと黙っていた真田が、ぼそりと言った。

「おおかた、あれもこれもやらされて潰れたんだろ」

「そ、そんなんデビューしたら当たり前だろ。せっかくデビューできたんだから、そのぐらい……」

そのぐらい、という仕事量じゃなかったんだろう。持田もわかっている。だから口をつぐんだ。みんな知っている。ラスオズがどれだけ仕事をこなしていたか。ラスオズがどれだけタフなやつらの集まりか。

俺だって、だてに十年近くもいない。ラスオズの四人は入所してきたときから知っている。四人とも入所当時から目立っていた。才能も華も申し分ない。努力も怠らない。ストイックで浮ついたところもない、真面目で尊敬できる後輩だった。だから、去年のサマジでデビューしたときは悔しいなんて感情、これっぽっちもなかった。ああよかった、出るべきやつらがちゃんと出られた、と安心したぐらいだ。

これからだ。これからだったはずだ。マネージャーは、事務所は異変に気づけなかったんだろうか。期待するあまり、軋《きし》む音を聞き逃していたんだろうか。

目頭をおさえる。顔を上げ、まばたきを繰り返していたら加地と目が合った。何か言おうと口を開けては躊躇するように閉じてを繰り返している。

どうした、と話しかけようとした瞬間、「そういえばさ」と遥歌が重苦しい空気を変えるように明るい声を出した。

「おれ、先週の日曜天ぷら食べにいったんだ。昔、ラスオズの香月《かづき》くんに教えてもらったとこ。母さんと行ったんだけど、すっごく美味しかったから、今度みんなで行こうよ」

ね、と遥歌が必死に笑う。あと十分もしたら二本目の撮影が始まる。この空気のまま臨むわけにはいかない。いいな、と俺も調子を切り替えて頷く。

「考えたら俺ら六人でめし食ったことないよな」

「あるじゃない、バーベキュー」

「いやいや葵、あれは仕事だろ。プライベートで、って話。遥歌、そこって六人でもいけそうな感じ?」

「うん、大丈夫だと思う。個室もあった気がするし。お店のURL、グループメッセで送っちゃっていい?」

「おー、ありがと」

遥歌が自分の携帯を取りに席に戻る。すかさず「若さまゴチです」と持田が拝んできた。真田の家に居候させてもらっているから、多少生活費は浮いている。最年長でリーダー。俺が出すのが筋だろう。

「しゃーねえなー」と持田の頬をつまむ。持田が「よっひゃー」と叫んだ。真田がチラッとこちらを見るのがわかったから背を向けた。うるさいな。そのぐらい出させろよ。金がないから無理なんて言えるわけないだろ。グループの仲を深めるチャンスなんだ。リーダーが水差してどうするんだよ。

「あ、そうだ。おれ、ここの帰りに若さま見かけたんだった」

「へ？　そうなんだ。声かけてくれたらよかったのに」

言いながら、送られてきたＵＲＬを開き、店の場所を見て固まる。待てよ。先週の日曜でこのエリアって確か。

まずい、と思ったときには遥歌が言ってしまっていた。

「でも、お父さんぽい人と一緒だったから」

ああ、と声にならない声が出る。

頼むからもうイヤホンをつけておいてくれと祈ったが、背後から「は？」という地を這うような声が聞こえてきた。おそろしくて振り向けない。

真田がパイプ椅子から立ち上がる音がした。

「若林さん」

怒りの籠もった声で名前を呼ばれ、観念して振り向く。顔は見られない。

「会わない、って約束しましたよね」

「いや、でもさ、前も言ったけど、向こうに行かせるわけにはいかないし」

俺から金を貰えないとなると、父さんはばあちゃんのところに行く。そこには美衣と瑠偉がいる。あの二人は父さんのことを毛嫌いしている。やさしくて、まじめに働けていた頃の父さんを知らないから。

「でも、おまえのおかげでぜんぜん余裕っていうか。あの、あれの頻度はめっちゃ減ったから。ほんと感謝してる。もちろんこっちには来させないようにするし、真田には迷惑かけないから」

アパートを引き払ってからも、父さんとは会うようにしている。しょうがない。見捨てるわけにはいかない。あんなのでも俺の父親だ。あの人は俺がいないと生きていけないのだから。

「そういう話をしてるんじゃない」

吐き捨てるように言って、真田がこれみよがしにため息を吐いた。

さすがにかちんとくる。なんでこんなに偉そうなんだ。そりゃ世話にはなってるけど、ここまで一方的に責められる筋合いあるか？　俺は自分の父親に会ってるだけだ。そもそも、父さんに会わないなんて約束した覚えがない。「もう会うな」とは言われたが、あれは「約束」じゃなくて「命令」だ。

こんな年下に同情されて、面倒見てもらって、あれこれ命令される。金がないから。親が頼りないから。生まれたときからこいつとは違う。こんなみじめな気持ち、こいつには一生わからない。

「……もう、ほっといてくれよ。おもしろ半分で貧乏人飼って楽しいか？　暇つぶしでボランティアしてんじゃねえよ」

言いすぎだと、頭のどこかではわかっている。でも、真田も少しぐらい傷つけばいいと、言葉が尖っていくのを止められなかった。

視界の端で真田がゆらりと動く。本気でキレたのが気配でわかった。咄嗟に身を庇うように腕を前に出す。

「ごめんなさい！」

はっと顔を上げる。遥歌がくちびるを震わせていた。

「ごめんなさい、おれ、なんか言っちゃダメなこと言ったんだよね？　ごめんなさい。ふたりとも怒んないで」

涙目でかわいそうなほど青ざめている。一気に頭が冷えた。バカだ、俺。こんな空気にして。せっかく遥歌が話題を変えてくれたのに。

いや、遥歌のせいじゃない。そう俺が言うより早く、持田が「は？」と入ってきた。

「ふつうに喋ってただけだろ。遥歌はなんも悪くねーから」

「でも」

「つか、ずっと思ってたけど真田態度悪すぎ。おまえ若さまよりいくつ下だと思ってんの？　何揉めてんのか知らないけどさ、言い方が」

「おまえには関係ない」

見向きもせず真田がぴしゃりと言う。持田の目つきが変わった。

同じグループになってわかったが、持田もたいがい喧嘩っ早い。おい、と挑発するような声を出した。今にもつかみかかりそうだ。

「……関係ないことはないでしょ」

ずっと黙っていた葵が二人の間に割って入った。さすがの葵も顔色が悪い。

「あのさ、前から訊きたかったんだけど、蓮司と若さまってどういう関係なの？　僕がグループに誘ったとき、蓮司、〝新グループに若林さんを入れるのが条件〟って言ったよね」

「そうなのか？」

初耳だ。真田は苦い顔で葵を睨んでいる。余計なことを、とでも言いたげに。

「僕が透と蓮司を誘ったんだよ。そのとき蓮司に出された条件がふたつあったんだ。ひとつ目が、遥歌を確実にグループに入れること」

「おれ？」

「そう。それはまあ、わかるよ。こんなこと言いたくないけど、遥歌は誰よりもデビューに近いところにいるからね。実際、どこのグループも遥歌を獲ろうとしてたじゃない」

「三苫、おまえ」

「条件について他言しないって約束はしてない。きみが出したふたつ目の条件通り、若さまをどうして入れるのか、は約束したから訊かない。僕が知りたいのはきみたちの関係」

葵が腕を組んで真田と俺を交互に見る。真田が押し黙った。

遥歌も加地も初めて聞く話のようで、困惑したように俺たちを見た。俺は言葉が出なかった。ある可能性に気づいてしまったから。

あの冬の夜、真田が俺にしたふたつ目の要求は、「ユニバースを辞めないこと」だった。

「デビューをあきらめるな」と真田は言った。もう余命いくばくもない人間に何言ってんだかと思ったが、心に灯《あか》りがともってしまったのは事実だ。もう誰も、ミライズのメンバーですらも、俺にデビューの話なんて振ってこなかった。あの人はデビューできずに辞めていく人。長らくそういう扱いで、あきらめるな、なんて誰も言ってくれなかった。

もう少しだけ。あとちょっとだけやってみてもいいかもしれない。真田がこれほど言ってくれるのなら。余命ギリギリまでやって、ダメだったらそのときにまた就職先を探せばいい。高校も卒業まで通えなかった人生だ。なにかひとつぐらい、やり切ったものがあってもいい。俺は「わかった」と応えた。真田はほっとしたように笑って——そう、確か、「俺がどうにかするんで」と言っていた。俺はそれを、「生活費を浮かせてやる」という意味だと思って聞き流していたが……。

肌が粟立《あわだ》つ。

まさか。

料理代行どころじゃない。もしかして真田は、俺をデビューさせるためだけに葵の誘いに乗り、この「可能性が高い」メンバーを集めてグループを組んだんじゃ——。

「なるほどな」

持田が真田に一歩詰め寄った。

「真田、俺に当たり強いのわかったわ。俺だけがおまえの理想のグループに要らないんだな。俺は遥歌が連れてきたお荷物ってことだ」

頬を引きつらせて自嘲気味に笑う。

「おまえ、気づいてる？　俺を見るときどんな目してるか。かんっぜんに見下してんの。俺はさ、そーゆーのわかっちゃうの」

真田が目を逸らした。何も言わない。「聞いてんのか！」と持田が声を荒らげる。

「ちょっともっちー、話持っていかないで。今は僕が蓮司に説明を求めてるの」

「はあ？　つか葵、ナチュラルに態度でかいのはおまえもだからな」

「ねねね、落ち着こ？　ね？　ごめん、おれが」

「遥歌は今出てこないで！」

「おまえは謝るな！」

葵と持田がほぼ同時に叫んで、遥歌がくしゃっと顔を歪めた。

おいおいおいおいおい。どうすればいいいんだ。火種があっちこっちに飛んでいって手がつけられない。

「加地……」

今のところ唯一いさかいに加わっていない加地に助けを求める。加地は任せろとばかりに深く頷いた。

「もっと言ったほうがいいと思う」

「そうそう……えっ？」

「即席のグループなんだし、お互い不満はあるだろう。ここらへんで言いたいことは言っておいたほうがいいと思う。それができるほうがグループとして健全だし、あとあと後悔もないだろうから」

続きをどうぞ、とばかりに手のひらで促した。

なんだその他人事感。

火に油を注ぐことになってもおかしくなかったが、こうも冷静に見守られるとなんだかばからしいというか、熱くなっていたのが急に恥ずかしくなってくる。

「透って、ほんと……」

きまりがわるい空気が流れ、場がクールダウンするのがわかった。

気が抜けたように、葵がすとんと肩を落とす。次の瞬間、悲鳴を上げ、腹を押さえてうずくまった。

「三苦！」

「葵!?」

「いたい……」

苦しそうな呻き声が漏れ聞こえ、慌てて駆け寄る。そのタイミングで「そろそろ出ろよー」とマネージャーが部屋に入ってきた。

「え？　どうしたんだ葵」

「葵、大丈夫か？　医務室まで歩け」

「救急車だろ！　電話！」

真田が吼えた。マネージャーが素早く頷き携帯を取り出した。葵は「大丈夫」と蚊の鳴くような声を絞り出した。苦悶《くもん》の表情を浮かべている。顔は真っ青なのに、汗が次から次へと流れ落ちてくる。どうすればいいんだ。触っていいのかもわからず手が泳ぐ。葵はどんどん背を丸めていく。

結局、救急車が到着するまで俺は「大丈夫だから」「もう少しだから」と言い続けることしかできなかった。

救急車にはマネージャーが付き添うことになった。

葵がのせられたストレッチャーを追って全員で会議室を出たものの、エレベーターの前で見送ることしかできない。とりあえず戻ろうか、とスタッフに声をかけられ会議室に戻ったが、誰も座らなかった。

「葵のことは状況がわかり次第共有する……で、二本目の動画撮影だけど、どうする？　葵抜きでもやれる内容ではあるけど」

二本目はオリジナルのホットサンドを作ろうという企画だ。葵は仕事で不在ということにして、残りの五人で作って食べれば終わる。難しくはない。でも、こんな状況で？　わざと変な味になるようにふざけたり、お互いのホットサンドを食べてオーバーなリアクションをとったり？　「普段」の調子やかけ合いがなにより大事な企画だ。今のこの状態で満足にできるのだろうか。

自然と俺に視線が集まる。当然だ。リーダーは俺だから。なにか言わなきゃとは思うものの、なにも出てこない。どうしよう。なにが正解なんだ。

えっと、と言いよどんでいると、「やめよう」という声が聞こえた。加地だった。

「こういうのは無理してやるものじゃない。毎週更新だって、目標ではあるけれど、誰かの体調が万全じゃないときまで目指すものじゃない。と、俺は思う」

加地がそんなことを言うのは正直意外だったが、ハッキリ意見してくれたのはありがたい。

そうだな、と追従しようとした瞬間、「俺はやったほうがいいと思う」と持田が言った。

「これで中止にしたら、いちばん気に病むのは葵だと思う。俺は撮るべきだと思う」

心配なのは心配だけど、俺たちなんもできねーしと、ぽつんと言った。

「持田の言う通りだ」

真田が続いた。

「今、この中で体調不良者がいるならまだしも、俺たちはいたって元気だ。ただ単に心配で心が晴れないからって理由で突っ立ってたら、三苫は確実に怒る」

「ああ、そう、それ。気に病むっていうかバチ切れだよな。俺には未来の葵が見えるよ、〝きみたち、それでもプロ？〟って」

「言うな、確実に」

「言いそう……」

声まで聞こえてきそうだ。

俺たちの判断で、葵がどう思うか。

大事にすべきなのはそこなのかもしれない。

メンバーを見まわす。加地が頷いたのを見て、「やろう」と言った。

撮影後、それぞれが次の現場に向かい、あるいは帰宅する中、俺はどうにも動く気になれず事務所の休憩室に残った。急ぎの仕事こそないが、俺だってそろそろ次のドラマのセリフを覚えないといけない。だから早く帰って台本を読まないといけないのに、さっきからずっとビル街に沈んでいく夕陽《ゆうひ》をただぼーっと眺めている。やけに長い一日だった。頭も体もくたくたで、もうなにもしたくない。

弟妹のトークグループに『今日、そっち泊まってもいいか』と送る。すぐに美衣から『おいでまし～』と返ってきた。

『ばあちゃんはなんて？』

『まだ聞いてない。ていうか確認いらないって。いつも言ってるけど』

『じゃあ言っといて。まだ事務所にいるから、ちょっと遅くなると思う』

そのまま真田にメッセージを送る。『今日、弟たちのとこ泊まることになった』『葵のこと何かわかったらすぐ知らせるから』

すぐに『わかりました』と簡潔な返事が来た。なんとなくだが、真田も顔を合わせずにすんでほっとしているように感じられた。

携帯を卓上に置いて、ソファーに身を沈める。ばあちゃんのところまで、ここから二時間はかかる。そろそろ出たほうがいい。が、どうにも体に力が入らない。目をつむりじっとしているると、ガチャ、とドアが開く音がした。急いで体を起こす。入ってきたのは加地だった。

「あれ、帰ってなかったんだ」

「下でトレーニングしてました。若さまここにいるって聞いて」

隣いいですか、と声をかけられ端に寄る。加地がソファーに座った。

「なんかさー、帰る気になれなくて。ずっとぼーっとしてた」

「俺も似たようなものです。落ち着かなくてトレーニングしてました」

「そこでトレーニングになるのが偉いんだよな」

同じグループになってよくわかった。加地は努力する天才だ。見えないところで人一倍、練習している。多かれ少なかれ、リトルを続けられている連中にはそういうところがあるが、加地と葵は抜きん出ている。

「大丈夫かな、葵」

運ばれてもう四時間は経つ。手術にでもなっているのだろうか。葵はまだ痛みとたたかっているのだろうか。想像しかできないのがもどかしくてたまらない。

「葵、いつから調子悪かったんだろ。俺、リーダーのくせに全然気づけなかった」

「俺もですよ。気をつけようとは思ってたのに」

「そうなんだ？」

「はい。葵にかぎらず、ですけど」

他人に無関心なようで、意外と気にかけている。かといって人の事情に興味があるようでもない。加地のふしぎなところだ。

「今日、ごめんな。俺のせいでヘンな空気にしちゃって」

いいえ、と加地が小さく首を振った。それ以上は何も言わず、ただオレンジ色のビル街を見ている。なんの感慨もなさそうな、平たいまなざしと声音だった。

その横顔を見ながら、加地になら言ってしまってもいいかもしれない、と思った。父さんのこと、真田とのこと。加地なら「そうなんですか」ぐらいですませてくれそうだった。

「あのさ」

呼びかけると、加地がわずかに顔を動かした。

「俺、いま真田と住んでるんだ。住んでるっていうか、真田の家に住まわせてもらってる状態で」

なるべく、なんでもないように言う。

加地はわずかに目を見はりつつも、「そうなんですね」としずかに頷いた。

その勢いのまま理由も言ってしまおうとしたが、俺の口からはなにも出てこなかった。

父さんの情けない顔、美衣と瑠偉のたのしそうなSNSの投稿、母さんが出ていった日の朝のこと、ばあちゃんのため息、机の中から教科書を持ち帰った高校生活最後の日。いろんなものが次から次へとあぶくみたいに浮かんでは消える。

目頭をおさえて「夕陽まぶしいな」と言わなくてもいいことを言った。加地は「そうですね」と、気づいているのか気づいていないのかわからない、マイペースな口調で応えた。

「そういや、今日意外だったよ。加地が撮影に反対したの」

「そうですか?」

「うん。ああいうとき、葵抜きでも割り切ってやるタイプだと思ってた」

「まあ、割り切るのは苦じゃないですけど。でも、なんでもかんでも、どういう状況でも無理してやるのが〝美しい〟っていうの、俺は嫌で」

「加地って嫌なものあるんだな」

「ありますよ、そりゃ。でも、今回に関しては持田と蓮司が正しかったと思います。そのへんの見きわめが、俺、まだわからなくて」

むずかしいですね、とつぶやく。

加地の言う、見きわめ、というやつがどんなものなのか、俺もしっかりとは理解できず、「むずかしいな」という無難な返ししかできなかった。

「若さま、この後時間あります？　振り入れ、追いついてないところがあれば教えますよ」

まだ動き足りないのか、肘に手を当て伸ばしている。

「俺、はたから見てそんなにやばそう？」

「そういうわけでは。ただ……わかっていて放っておくのは、どうにも」

どうにも、ともう一度言った。言葉が見つからないのか、人を気遣って話すのに慣れていないのか、胸のあたりをおさえて、首を捻っている。

「加地、教えられんの？　おまえどうせ見たら覚えるタイプだろ」

ちょっと意地悪したくなって揶揄してみたが、加地は気づかず、

「見たら覚えるタイプですが、最善は尽くします」

と真顔で答えた。謙遜しないのが加地らしい。

「また今度頼むわ。ちょっと今から行くところがあって、もうそろそろ出ないと」

「わかりました。じゃあ、また」

任せろ、と目が語っている。

いいな。社交辞令ですませない男、加地透だ。加地のこういうところ、すごく好きだ。俺はすぐ社交辞令ですませてしまうから。


結局、ばあちゃんちの近くのバス停に着いたのは十時前だった。終バスから降りて、大通りから外れへと歩いていく。梅雨どきの、草の水っぽいにおいがどんどん濃くなっていく。都心じゃこんな空気は吸えない。かわりに、裏手の山の不気味な動きに怯《おび》えることもないが。

時間が時間だ。呼び鈴を鳴らさず鍵を開ける。ガラガラと音を立てていた引き戸が、中ほどで引っかかった。この前来たときより立て付けが悪くなっている。築何十年だっけ、この家。耐震とか大丈夫なんだろうか。木造一戸建てのリフォームっていくらぐらいかかるんだろう。

上《あ》がり框《かまち》に腰をかけ、靴を脱いでいると、どたどたと階段を下りてくる足音が聞こえた。

「優にい遅い！」

どんっと背中に衝撃を感じる。そこそこ痛い。もう風呂に入った後なのか、美衣の長い髪からシャンプーの匂いが漂ってくる。髪が首筋に当たってこそばゆい。ごめんごめん、と謝りながら、脱いだ靴を揃える。

「ばあちゃんは？」

「今お風呂入ってる。ご飯あっためようか？」

「や、いいよ。荷物置いたら食うぶんだけ適当にやる。美衣、重いからそろそろどいて」

首に回された腕を外す。美衣は「やった！」と小さく叫んだ。

「最近けっこう食べるようにしてんの。体重増えたし背も伸びたし、瑠偉にはぜったい負けないから」

「どこで張り合ってんだよ。あ、そういえばテストは？　高校入って初めての中間だろ」

訊ねると、美衣はおもしろくなさそうに「負けた」と口をとがらせた。

「言っとくけど、三科目の合計はあたしのほうが上だから。あいつさー、なんかすんごいソツのない点の取り方すんの。中学の時からそう。副教科までモウラして底上げするタイプ。せこくない？」

「いや、むしろ王道だろ。ほらどいたどいた」

まとわりついてくる美衣を適当にあしらいながら客間に向かう。美衣が「瑠偉呼んでくるっ！」と跳ねるようにして体をひるがえした。

高校生になって少しは落ち着くかと思ったが、まだまだ子どもだ。美衣はとくに、俺といると幼児返りしている気もする。

リュックを畳の上に置き帽子をのせる。壁にもたれて足を投げ出す。ようやく少し、人心地がついた。息を吸う。古ぼけたい草のにおいと、自分の蒸れた足のにおいが混じり合っている。ばあちゃんちのにおいってどこもこんなふうなんだろうか。

湿り気のある甘いにおい。古い家具のにおい。なつかしい気もするけれど、よその家のにおいだなとも感じる。かといって、自分の家のにおいがどうだったかはすぐに思い出せない。とくに、まだ家族五人で暮らしていたころの家のにおいは。

そういや、母さんが出ていってからもうすぐ十年だ。

夜逃げと言うべきなのか蒸発と呼ぶべきなのか。朝起きたら、母さんがいなかった。暑くもなく寒くもない、六月の真ん中ぐらいの日。ワールドカップを夜中に見ていたわりには早く目が覚めた日だった。今思えば、虫の知らせだったのかもしれない。部屋は見事にからっぽで、家の口座からはごっそり金がなくなっていた。

黙って逃げ出してしまうほど、ひどい環境だったとは正直思わない。父さんはまじめでやさしいごくふつうの父親で、暴力をふるうことも、家事や育児を任せきりにすることもなかった。ただ仕事が続かないだけ。職場で嫌なことがあると発作的に辞めてしまう癖があるのだ。それでも、あの頃は転々としながらでも働いていた。父さんはなかなか正社員にはなれなかったけれど、母さんは大手企業の正社員だったし、不自由はあっても不満はなかった。

ただ、それはあくまで俺たちから目線の話で、母さんからすれば自分の稼ぎが消えていくのが我慢ならなかったのかもしれない。

母さんが出ていってから数年後、映画だったか小説だったかで「人生を取り戻す」というキャッチコピーを目にしたとき、ああこれだったのかも、と、すとんと納得した。母さんは人生を取り戻したのだ。俺たちにくわれていた人生を。

当たり前だが、悲しかった。恨めしいと思ったこともちろんある。ひどいとも思ったし、じゃあ最初から産むなよとも。

でも、怒りも悲しみも長続きはしてくれない。それどころじゃなかったのもある。美衣と瑠偉はまだ五歳だった。父さんは母さんが出ていったショックで余計ふさぎこみ、欠勤が増え、次第に働くのも難しくなり、物に当たるようになった。俺も俺なりにがんばってはいたが、あの頃、ばあちゃんが美衣と瑠偉の面倒を見に来てくれなければ俺もどうにかなっていたかもしれない。

皮肉なことに、俺はいま母さんと同じような立場になっている。正直なところ、あのときの母さんの気持ちが、ちょっとはわかる。プレッシャーも、逃げ出したくなりそうな気持ちも。わかるが、それだけだ。残された側の気持ちを痛いほど知っているからこそ、俺は母さんと同じことはしないし、できない。

立ち上がり、電気を消す。ポケットの中で携帯が震えた。マネージャーからだ。メッセージで、葵は胃炎を起こしていた、今は落ち着いている、と書かれていた。ほっと胸をなで下ろす。

電気を消し客間を出たところで瑠偉と鉢合わせた。

「お、こんな時間まで起きてるのめずらしいな」

「最近少し起きてられるようになった。優兄はなんで来たの」

これは「なにか嫌なことがあったのか」だ。瑠偉は昔から言葉が足りない。こういうところ、ちょっと加地と似ているかもしれない。

「なんもないよ。ちょっとみんなの顔見たくなっただけ」

「それならいいけど。真田ってやつと喧嘩でもしたのかと思った」

鋭い。「ないない。仲良くやってるよ」とごまかして台所に向かう。瑠偉も無言でついてきた。

自分でやると言ったのに、美衣がすでに配膳をすませていた。ご飯に味噌汁、ひじきの煮物に、鶏とれんこんの甘酢炒め。小鉢に入った煮豆が光っている。

「うまそう」

「どこが？　ふつうのご飯だよ、今日。優にいの連絡が遅いせいで、ぜんぜんごちそうじゃない。超シッソ」

「こら。充分豪華だろ。それにわかってないな美衣。こういうめしがいちばんうまいんだよ」

「えー？　あ、わかった、普段ごちそう食べすぎてるんだ！　サナダレンジと毎晩ごちそう食べてるんでしょ！」

「いや食ってないから。これと似た感じだって」

「うそだー。だってサナダレンジだよ？　超高いマンション住んでるんでしょ？　いいなあ、あたしもサナダレンジの家いってみたい。今度遊びにいったらダメ？」

「ダメ」

「なんで？」

「サナダレンジはR18だから。美衣はまだダメ」

「なにそれ」

なんだそれ。美衣とほぼ同時に自分でも突っ込んでしまった。R18って、あいつ自身まだ十八か十九ぐらいだろ。そうは見えないんだよなあ。真田にはわるいけど、事務所の人間が遥歌から遠ざけようとしてたのちょっとわかる。真田には、魅力という単語で片付けるにはあやうい、ある種の磁力みたいなものがある。実際、遥歌だってあいつに影響されて髪の毛ピンクにしてきたし。真似すんのそこ？　って感じだったけど。あのときの泡食った大人たちの顔、今思い出してもけっさくだ。

「なんで笑ってんの」

瑠偉に見られていた。思い出し笑い、と答える。

「新しいグループ、けっこうおもしろいやつらが多くて」

美衣がよそった山盛りのご飯（ほとんどかき氷みたいな高さだ）に内心頭を抱えながら食べ進める。今日は胃腸の調子がいいのか、ばあちゃんの味付けが比較的あっさりしているおかげか、いい具合に腹に入っていく。横で立って見ていた瑠偉が「お腹すいた」と言って炊飯器に向かった。美衣が「じゃああたしも食べる」と対抗するように茶碗《ちゃわん》を取り出してくる。成長期なのはわかるが、このふたりはとにかくよく食べる。

頭にタオルを巻きつけたばあちゃんがリビングに入ってきた。チラッと俺を見て「ああ」。それだけだ。俺も軽く頭を下げる。ばあちゃんは無口な人で、小さい頃からどう接していいかわからないところがあった。子どもながらに気に入られようと行儀よくしたり、愛想笑いを浮かべてみたり。俺のそういうところが、ばあちゃんは苦手なのかもしれない。思えば母さんもそうだった。甘えてみても、戸惑うように眉を下げる。いくら笑ってみせても笑い返してくれない。父さんのほうがまだ、懐けば懐くだけわかりやすくよろこんでくれたような気がする。

皿を持って流しに向かう。洗おうとすると、ばあちゃんが俺の手から皿を取った。「いいよ、俺洗うから」と言ったが、ばあちゃんは水を出してさっさと洗っていく。困って突っ立っていると、猛烈な勢いで食べ終えた美衣が「あたしのも！」と皿を流しに置いた。その手をばあちゃんがバシンと叩いた。

「あんたは自分で洗え」

「なんで？　いいじゃんついでに洗ってよ。優にいがよくてあたしがダメな理由は？」

「優人は今日だけ。あんたは毎日。甘やかすとろくなことにならん」

ばあちゃんが素っ気なく答えた。美衣は「けち」と頰をふくらませながらも「ま、優にいは仕事帰りだしね」とませたふうに言う。

久しぶりに綺麗な線引きを食らった。そう、俺は結局「お客さん」なのだ。この家の人間、じゃない。ここに来るとそれを突きつけられる。美衣も瑠偉もばあちゃんも俺の家族のはずなのに、俺だけ輪に入り切れていない。もっと来る頻度を上げればいいのだろうか。ここに住めばいい？　それでもこの線は消えない気がする。俺はもうとっくに「おとな」で、美衣や瑠偉と同じようには扱ってもらえない。扱ってもらった記憶もあまりない。なんとなく、「こども」というものをやり損ねてしまった感覚がずっとある。

風呂に入り、客間に敷かれた布団に寝転がっていると美衣と瑠偉が入ってきた。

「優にい見て、これがさっき言ってた中間テスト」

正直もう眠たかったが、おう、と起きる。美衣が渡してきた紙には高得点がずらりと並んでいる。

「すごいじゃん」

「まあね。でも総合順位はダメ。ひとケタまであとちょっとだったんだけど」

「俺は九位だった」

「そんなに変わんないでしょ。九位とか胸張れる順位じゃないから。ひとケタの中じゃ最下位だから」

言い争いを眠い目で見守りながら、成績表をあらためて見る。美衣はひとケタに届かなかったと悔しがっているが、美輪《みわ》学園で十一位は俺からすれば充分偉業だ。美衣も瑠偉も賢いとは思っていたが、ここまで勉強ができるとは思っていなかった。地元の中学では成績がよくても、自分と同じレベルの人間が集まる高校に進めば埋もれてしまうなんてよく聞く話で、二人が美輪にいきたいと言い始めたときは少し心配していたが、この調子なら大丈夫そうだ。

「クラスの雰囲気はどう？　いじわるなやつとかいない？」

「うん、今のところは。瑠偉が〝いじわるなやつ〟になってる可能性はあるけど」

「どこが」

「言葉えらび。なんでもかんでもズバッと言いすぎ。クラスの人イシュクさせてるよ絶対」

「クラス違うだろ。わかったふうに喋るなよ」

「わかるよ、瑠偉のことだもん」

だめだ。どんどんまぶたが重くなってくる。テストの話や授業の話、クラスメイトの話……自分でも生返事が多くなっていくのがわかる。ぼんやりとしか聞けていないが、学校生活も順調そうでよかった。このまま、なににも躓《つまず》かずに楽しい高校生活を送ってくれれば――。

「……からね、それでじゃんじゃん稼いで、早く……からね」

稼ぐ、という単語がやけにクリアに聞こえてぱっと目が覚めた。

「ごめん、今なんて？　ちょっとぼーっとしてたわ」

「優にい眠い？」

「や、大丈夫。聞こえなかっただけ。もっかい言って」

「えっとね、あたしはこのまま勉強がんばって医者になるよ、って話！」

「医者？　美衣、医者になりたいのか？」

初耳だ。医学部って金どのくらいかかるんだろ、と反射で考えてしまう。

美衣が「うん」と元気に言った。

「瑠偉は弁護士だよね」

「そう」

瑠偉が短く答えた。

美衣が医者で瑠偉が弁護士？　いや待て。確か美衣は血が苦手だし、瑠偉は人と話すのを面倒がる。

「ふたりとも、本当にその仕事がしたいのか？　なんでその仕事なんだ？」

「だって、たくさんお金がもらえる仕事だし。だからあたしたちがなれば」

「優兄は好きな仕事ができる」

当然だ、というように言った。

「あたし、知ってるよ。優にいがユニバースに入ったの、ママが出てってすぐだって。生活費のためだっておばあちゃんが言ってた」

「あんなみずものの商売、いつまでもやってるのは俺たちのためだって」

「瑠偉」

それは言わなくていいって、と美衣がたしなめた。瑠偉が「ほんとのことだろ」と返す。

「高校いかずに働くのも考えたけど、生涯年収でいくなら賢い方法ではないよね」

美衣が急に大人のような冷めた表情と口調で言った。

「だから美輪でひとケタにも届かないようじゃダメ。せめて五位以内。瑠偉もだよ。あんた、期末で副教科なんてやっちゃダメだよ」

「副教科は趣味みたいなものだよ」

「趣味に時間割くな、って言ってんの」

予想外の角度から何発もぶっ叩かれたみたいな衝撃で言葉がすぐに出てこない。

いつから？　いつからそんなことを考えていたんだ、このふたりは。

ふたりの言い合いに、なんとか「美衣、瑠偉」と割り込む。

「あのさ、気持ちはありがたいけど、俺はふたりにそんなこと求めてないよ。好きで勉強やってるならいいけど、そうじゃないなら無理しなくていいし、それこそ趣味とか部活に打ち込んで、高校生活を楽しんでほしい。将来も、自分がやりたい仕事に就いてほしい。少なくとも、俺のためなんて理由で仕事を選んじゃだめだ」

「なんで？　優にいもそうしてるのに？」

「優兄と同じように、俺らもがんばりたいだけだよ」

美衣と瑠偉が心底ふしぎそうに言った。

今度こそ完全に、俺は言葉を失った。

『テレビで見たユニバースの先輩に憧れて、履歴書を送りました』

これはいつ訊かれてもすぐに言える俺の入所理由だ。口にするたび、良心が少し痛む。

加地みたいに「親が送った。理由はとくにない」と言ってしまえばよかったと後々思ったが、今さら矛盾したことも言えず、ひっそりと嘘をつき続けている。

ユニバースに履歴書を送ったのは高一の夏、母さんが出ていった後だ。ホテルの清掃バイトもしていたが稼げる額は知れている。到底出費に追いつかない。そんなとき、高校のひとつ上の先輩に「リトル」がいるらしいと友だちから聞いた。いわく、レッスン料はかからないうえに、先輩のステージについたり動画に出ればお金もかなり貰えるという。自分がアイドルになるなんて無理に決まっているが、見習いのリトルならいけるんじゃないか（当時俺は、リトルのことを先輩のちょっとしたお手伝い係だと思っていた）。ダメもとで応募したら合格した。

そしてリトルの活動は思ったより「本格的に」アイドルだった。周りはデビューを目指して入ってきたやつらばっかりだった。

かけもちのバイトとレッスンの両立でぶっ倒れそうになりながらも、なんとか活動を続け、一年経つ頃には先輩のツアーにバックでつけるぐらいにはなった。あのときの生活がとにかく辛かったことは覚えている。楽しかった思い出はあまりない。

アイドル以外の仕事も少しずつこなすようになり、高二の夏、映画に出たタイミングで父さんが仕事を完全に辞めた。もう辞めても大丈夫だと思ったのかもしれない。映画を観た後、優人は芸能人になったんだな、と嬉しそうに言っていた。その後、俺は高校を中退した。

まぶたの裏にいちばんキツかった頃の記憶が浮かんでは消える。ダメだな。集中できてない。

目をつむったままじゃ入れない。

あれをやるしかないのか。

しぶしぶ目を開け、鏡の前に座る。鏡の中の自分を見つめる。眉、目、鼻、口、頰、あご、耳、パーツごとに見ていって「若林優人」の顔を分解する。そうすると、鏡の中、自分の青白い顔だけがぼうっと浮かび上がるようになる。不気味に光る、俺の顔だけど俺じゃない顔。そこに与えられた役のイメージを上塗りして表情を作る。頭の芯がぼやけて気分が悪くなるからあんまりやりたくないが、これを初めにやっておくと、撮影終わりまでは顔が保つ。

アイドルが役者にまじって芝居をすること。いいように捉えてくれる現場もあれば、そうでない現場もある。今回は後者だ。事務所の先輩が主役で、俺はバーター出演。主役の先輩、根本《もと》さんも芝居は初挑戦という、かなりひやひやする現場だ。今日からクランクイン、俺の出番はそう多くないが、せめて足を引っ張らないようにしないと。

俺の役どころは明るくて調子のいい新入社員。甘え上手な後輩で、主役の先輩にはなにかにつけやっかいなお願いごとをする。

うん。輪郭が合ってきた。そんでやっぱ気持ち悪い。早く剝がしてしまいたい。役に乗っ取られる、なんて役者然としたことはさすがにないが、酔うことはある。

現場で撮影を眺めながら出番を待っていたら、隣のパイプ椅子が不意に軋んだ。

「〝若林さん〟」

ほどよく低い、なめらかな声に名前を呼ばれる。

撮影から意識を切って横を向くと、声の主は日下部《くさかべ》繭子だった。

ポケットから手を抜き、「おつかれさまです！」と立ち上がる。日下部さんは「おつかれ」と口の端をわずかに上げた。それだけでおそろしいほど絵になる。遠巻きに見たことはあるが、現場で一緒になるのは初めてだ。巻き髪がどえらく似合うゴージャスな美人、というのが率直な感想。真田に似たおっかない迫力がある。

「座ってよ」と促される。「失礼します」とパイプ椅子を日下部さん側に少しだけ向けて腰かけ、あれ、と気づいた。メッシュ素材の黒ニットに、くるぶし丈の黒デニム。衣装じゃない。

「日下部さんって、今日出番は……」

「ないわね。でも、時間があったからあなたを見ようと思って」

「お、俺ですか？」

「ええ。今日からクランクインなんでしょう？　蓮司が〝若林さん〟ってうるさいからね、どんなもんかしらと思って」

上から下まで、隠そうともしない品定めの目で見てきた。

「あの子、あなたが出てる舞台のチケットを融通しろって連絡しかしてこないのよ。どう思う？」

ええと、とまごついてすぐに言葉が出てこない。日下部さんがくすっと笑った。

「あらためて。日下部繭子です。蓮司がいつもお世話になってます」

頭を下げられ、慌てて「こちらこそ」と頭を下げ返す。

「あの、すみません、ご挨拶が遅くなってしまって。本来ならこちらから伺わないといけないのに。真田――蓮司くんには家のことで本当にお世話になっていて」

「家？　なんの話？」

「えっ、もしかしてお聞きになってないんですか？　俺、今、真田、じゃない、蓮司くんの家でお世話になってて」

「家で、お世話に」

日下部さんは大きな猫目をさらに大きくして繰り返した。

「それって、一緒に住んでるってこと？」

「はい。あの、ちょっといろいろあって……」

「へえー。そうなの。ふうん」

日下部さんは唇に指を当て黙り込んでしまった。

なんで言ってないんだよ真田！

冷や汗がとまらない。

「すみません、やっぱり俺からもご報告しておくべきでしたよね。マンションの名義はご両親のものだって伺ってますし」

「優人くん」

「はい！」

「今日空いてる？　撮影の後」

日下部さんが眉根を寄せた。おそるおそる「空いてます」と答える。

「ちょっとお話聞きたいから、早く終わらせてね。くれぐれもNGなんて出さないように」

有無を言わさない口調で言われ、俺は絶望的な気持ちで「はい……」と頷いた。

指定されたレストランの個室で、日下部さんはすでにワイングラスを傾けていた。

「お疲れさま。外、まだ降ってた？」

「はい。けっこう強くなってきましたよ」

「やあね。いつまでもじめじめじめじめじめ。梅雨って年々長くなっていってると思わない？　あ、これメニュー。お好きなものをどうぞ」

革張りのメニューを渡される。かろうじて値段は書いてくれているが、それでも気軽に頼めるようなものはない。

うんうん悩んでいると、日下部さんが「絞ってる時期なら無理に頼まなくていいわ。私が勝手に飲み食いしてるだけだから」と言ってくれた。

「あの……じゃあ飲み物だけいただきます」

今からのことを考えるとアルコールは入れてしまいたかった。かるめのスパークリング。久しぶりの酒だったが、緊張で正直味を愉しむ余裕はない。

いつ来るか、と思っていたが、世間話や今の現場の話ばかり振られてなかなか本題に入ってくれない。おまけに、根本さんとの話の流れで、例の質問をされてしまった。「優人くんはどうしてユニバースに？」

いつもの答えを、なるべく嘘っぽくならないように話したが、日下部さんは「ヘッタクソねえ」と髪をかき上げて笑った。

「〝素〟がヘタなのね、あなた。役があったほうが上手く立ち回れるって感じ？　ユニバースの子ではあんまりいないタイプね。あの子たちは〝素〟も上手いから」

ふふ、と笑って、ボトルを持ち、新しいワイングラスに「これも美味しいわよ」と注いできた。お礼を言って、口をつける。辛すぎない、ほどよい酸味の白ワインですするする飲めてしまう。二杯めでようやく体がほぐれ始めた。

「蓮司はどう？　元気？」

オリーブをつまんで、訊いたわりにはどうでもよさそうに言った。

「元気、だと思います。……最近は事務所でしか会わないのでハッキリとはわかりませんが」

「あの子帰ってないの？」

「あ、いや俺が帰ってないです。その、いろいろあって」

「ふーん。いろいろ、ね」

日下部さんが探るように見てきたが、気づかないふりをしてグラスに口をつける。

なんとなく真田の家には戻りづらくて、あの日からずっと、電車で二時間かけて都内まで出ている。「ばあちゃんの体調が悪くて」とか適当に理由をつけて。必要なものは、真田が留守の時間をねらって持ってきた。ばあちゃんちにずるずる居続けてもう二週間ほど経つ。美衣と瑠偉はよろこんでいるが、ばあちゃんはどう思っているかわからない。

「じゃあ、優人くんは今はどこに？」

「実家……のようなところに」

「やだ、それじゃまんま〝実家に帰らせていただきます〟じゃない。蓮司もばかねえ、せっかくつかまえたのに。で、なあに？　あの子どうやってあなたを怒らせたの？」

ずいっと身を乗り出してきた。おもしろそうに目を輝かせている。説明のしようがなくて黙っていると、「ま、いいわ」とあっさり引いてくれた。

「いつからあのマンションに？」

「三月です」

「どうして？」

今度は引いてくれそうにない。観念して「金がなくて」と白状する。一応、嘘ではない。日下部さんは「ユニバースってそんなに金払い悪いの？」と眉をひそめた。

「いや、そんなことはないです。ただ、俺が……俺が家族のめんどうを見てるような状況で。めんどうっていうか……まあ、めんどうなんですけど、俺としてはめんどうなつもりではなくて……ごめんなさい、よくわからないとは思うんですけど」

胃になにも入れていないせいか、まだ二杯めなのに酔いがまわってきた。

「あの、家賃が必要であれば今からでも」

「要らないし払えないと思うわ」

ばっさりと切られて、「そうですね」とうなだれることしかできない。

「日下部さんや真田さんの許可なく住んでしまって、ほんとに申し訳ないです。近々、出ていきます。ちょうど家を探そうと思っていたので」

「やだわー、許可なんてつまんない言葉つかわないで。私、その〝許可〟って言葉大っ嫌い」しらけたように鼻を鳴らし、「まあ、飲みなさいよ」とまたボトルを摑んだ。ありがたく注いでもらう。

「優人くんって、役が残らないタイプ？」

「残らない……ほうだと思います」

「でしょうね。今日演ってた役、あのぐらい甘え上手になれればいいのにね」

ピスタチオの殻を割りながら、「生きてるみたいだった。気持ち悪いぐらい」と日下部さんが付け足した。

「伝わってる？　褒めてるの。あなた、もっと本格的に演技の仕事しなさいな」

「……ありがとうございます」

同じようなことを真田にも言われた。真田蓮司に日下部繭子。このふたりに褒められて、もっと浮かれてもいいはずなのに。俺はどうして手放しで喜べないんだろう。

「あの」

「なあに？」

「俺って、芝居の才能あると思いますか」

言ったそばから恥ずかしさでどうにかなりそうだ。グラスのワインを一気にあおる。

「……前に真田も言ってくれたんです。俺には芝居の才能があるって。真田ってそういうお世辞言うタイプじゃないじゃないですか。だからほんとにそうなのかもなって思ったりもするんですけど、正直自分ではぜんぜんピンとこなくて。才能あるってなんですか？　芝居の才能ってなんですか？　俺わかんないんです。台本渡されて覚えてその通りやってるだけだから。俺はあれ、言われたとき、嬉しかったっていうより……いや、嬉しかったんですけど、なんていうか、じゃあアイドルの才能はないって言われたようなもんだなって思っちゃって。どっちがどうって話じゃないし、わかってるんですけど、でも、俺――」

途中から何が言いたいのかわからなくなって、自分でも話の終わりが見つけられないまま喋り続ける。日下部さんは相槌も打たずワインを飲んでいた。

そうして俺が話し終わると、「優人くん、アイドルでいるのが好きなのね」としずかに言った。

「好きなのに、才能がないのか。くやしいことね、それは」

ひどく淡々と、日下部さんがつぶやいた。

はい、と答える声が、かすれて震えた。

くやしい。

そうか、くやしいんだ、俺は。喜びより、くやしさが勝つんだ。

そんで、くやしいってことは、好きってことなんだ。自分で思っていたより、口に出してきたより、ずっとずっと、俺は、アイドルが。

心のどこかで、うっすらと気づいていた気はする。でもそれを認めるわけにはいかなかった。金が稼げるかもって理由でなったから。バイトもしなくちゃいけないから。これを本業にするつもりはないから。あくまで腰かけだからってたくさん保険をかけた。全力でやっても届かない領域があるのを認めるのがこわかった。だから、いつでも違う道にいけるように中途半端にしか活動してこなかった。

どうして今、こんな形で気づいてしまったんだろう。もう「余命」も残っていないのに。いっそ気づかないまま終わりたかった。

急に涙がぼろぼろ出てきて、うわ、と慌てて拭う。びっくりした。泣くつもりなんかなかったのに。

「あら」日下部さんはかるく目を見はり、「もったいない」と言った。

「そんなにきれいな涙なら、芝居で流さないと」

とびきり晴れやかに言って、「ねえ?」とほほ笑んだ。ここでそれが出るんだ、と可笑《おか》しくなって俺も笑う。

「日下部さんもたいがい芝居バカですよね」

「言うようになってきたわね。ほら、泣いたぶん水分とっときなさい」

そう言ってグラスになみなみとワインを注いできた。


その後のことは、覚えているようで覚えていないようで覚えている。つまり、かなり酔っぱらったとき特有の、細切れなビジョンだけが絵として記憶に残っている。

店を出て、タクシーに乗って、気づけば目の前には不機嫌そうな真田が立っていた。

「おー。さなだじゃん。元気?」

「……おい」

「大丈夫、飲んでただけ。さすがに二十歳前後の子には手出さないわよ。あ、そういえば確認してなかったけどあなたお酒飲める年よね?」

「はい！」

「いいお返事ねー」

褒められた。そうだよな。あいさつと返事って基本だもんな。

「ありがとうございます！」

「はいはい。もう寝ましょうね」

背中を強めに押された。止まろうと思ったが足元がおぼつかなくて、真田の肩に鼻をぶつけた。香水と柔軟剤が入り混じった、真田の匂いが鼻をかすめる。

「この子っていくつなの？」

「今年で二十五だと思う」

「あら。意外といってる。ユニバースの子ってほんとに年わかんないわね。でも、二十五ならありかも。どう？　優人くん遊んでみる？」

「遊んでみる？　じゃねーよ。とっとと帰れ」

「お言葉ね。潰れた優人くんを連れて帰ってきてあげたのに。ああ、でも二十五なら持ち帰っとけばよかった。優人くんかわいいし」

細い指に頭を撫でられる。やさしい手つきだ。頭なんかひさしぶりにさわられた。きもちい。頭上ではきたない言葉が飛び交っている。へんなおやこ。真田のふわふわとしたニットがくすぐったい。くすぐったくてあたたかい。そのまますとんと眠りに落ちた。

あの日、どこまでが現実でどこからが夢だったのかはわからない。ただ妙にはっきりと、日下部さんのささやきだけが耳に残っている。

「しがみつけるのも、才能のひとつよ」


七月に入ると空気が一変した。

まだ三週間以上も先なのに、全体的にそわそわと浮き足立った雰囲気になる。クリスマスみたいなものだ。十二月になった瞬間、もうすぐクリスマスだなと思ってしまう、あれ。

確か去年の夏公演もこんな感じだった。気合いと焦り。緊張と期待。日に日に膨らんで、ちょっとつつけばパンッと破裂してしまいそうな風船を、誰も気づいていないふうに膨らませ続けていく。あんな空気初めてだった。

サマジでの出来を見て、誰かがラスオズに補充される。そのままデビューできる。そんな噂がリトル内で駆け巡っていたせいだ。ぽろっとマネージャーが言ったとか、誰かが立ち話を耳にしたとか、今考えれば出どころが不明なあやふやなものだった。結局誰も補充されず、ラスオズは四人のままデビューした。あれはデマだったのだ。

そのことがある。だからみんな口には出さないけれど、なんとなく肌感で、今年こそは「ある」んじゃないかと思っている。ツアーの規模感や、いたるところで密着が入ること、全体的に金がかかっていることもそうだが、いちばんはラスオズの解散だ。新グループを急ピッチで結成させたのもそのため。そうじゃなくたまたまだったとしても、事務所としてはひとグループぐらいデビューさせておきたいんじゃないかと考えてしまうのも仕方がない。

俺だって、考えないようにしているけれど、考えてしまう。

俺はこの夏の終わりにちょうど「余命」が尽きる。そこを過ぎれば、アイドルとしてのデビューはほぼ不可能だ。このツアーがふつうに終われば、この夏がアイドルとしては最後の夏になる。ここから先、事務所に残ったとして、n.overに居続けられる保証はどこにもない。それなのに、不思議なほど実感がなかった。きっと、辞める最後のときまで、実感なんて伴わないんだろう。

「大地は」

「ん？」

訊いてみたいが、さすがにこいつに訊くのは配慮ってものがなさすぎる。大地がユニバースを去ってからまだ一年だ。

「……最近、どう？」

「なんだその質問。えらくざっくりだなあ」

大地は、あははと豪快に笑って、そうだな、とあごの肉をつまんだ。

「まあとりあえず内々定は貰えたからそれはよかった。あとはまー、卒論のために大学図書館に入り浸ってる。それ以外はとくに変わりないよ。先月沖縄に旅行したぐらいかな。あ、携帯も買い換えた。カメラのクオリティすごいぞ」

大地が携帯を空に向けた。紫がかった夕空にほっそりとした月がかかっている。一枚撮って「ほら」と見せてくれた。

「そっちこそ最近どうなんだ？　今がいちばん忙しいときだろ。おれが貸した本なんていつでもよかったのに」

「いや、むしろ遅くなってごめん。三月には見つけてたのに」

「んにゃ、おれも就活で忙しかったし。というかこれ、若んとこにあったんだなあ。懐かしー」

ビニール袋から取り出してぱらぱら読みながら歩いていく。前から自転車が来たから「大地」と声をかけると、本を閉じて脇に避けた。

「よく考えたら郵送でもよかったんだよな」

「おい、さみしいこと言うなよ。会おうぜ。こういうのは口実なんだから」

あいかわらず気持ちのいいやつだ。そうだな、と微笑《ほほえ》み返す。大地がしげしげと俺の顔をのぞきこんできた。

「なに」

「若、ちょっと見ない間に大人っぽくなったなあ」

「どういう感想？　おまえより年上だからな、俺」

「でもおれのほうが上に見られてただろ実際」

それはそうだ。見た目もそうだが、頼りがいみたいなものも含めて、大地はしばしば俺より年長者扱いされていた。

「やっぱりリーダーやってるおかげか？　あのメンバーをまとめるのはやばいだろ」

「いやもうまじで大変。ていうかまとめられてない。毎日右往左往してる」

おまえがいたらな、という言葉がうっかり出そうになる。

もし大地がユニバースに残っていたら、俺はきっとこいつを新グループに誘っていた。

「透は元気？」

「連絡とってないのか？　同じグループだっただろ」

大地と加地はシンメだった。当然今も交流があると思っていたが、大地は「さあなあ」と曖昧な返事を寄越すだけだった。

「加地は……まあいちばん安定してるよ。ほかが危なっかしいぶん、正直助かる。ああそうだ、俺、この前加地に振り入れの補習してもらった」

「まじ？　透って人に教えられんの？」

本当に驚いたように大地が目を丸くした。だよな、と苦笑する。

「あいつ天才だもんな。俺も半信半疑だったけど、でも根気強く何回も踊って見せてくれる。あいつ、振り付けに忠実だし、ヘンな癖もないから真似しやすいよ。急に背後に回って二人羽織みたいなことし始めたときはさすがに止めたけど」

大地が「やば」と噴き出した。

「二人羽織、想像つきすぎて腹痛い。大まじめにズレてんだよなあ透。まあそこがかわいいっていうか」

「あ、わかる。俺も加地けっこうかわいいと思うんだよ。わかりにくいけど、あいつなりに一所懸命っていうか。この前それ真田に言ったらゴミ見る目で見られたけど」

「あそこは相変わらず仲悪いのか」

「仲悪いっていうか、真田が一方的に毛嫌いしてる？　まあ最近はちょっとマシだと思う」

真田の態度、主に持田や加地への風当たりの強さはかなり和らいだ。葵が倒れてからだ。葵は神経性の胃炎だった。思えば、n.overが揉めたときは葵が仲裁役を買って出ることが多かった。

それを受けて真田もさすがに反省した――というより、退院するなり葵が激怒したのだ。

『ほんとに意味わかんない！　なんできみたちのために僕が胃を痛めて、こんなふうに倒れなきゃいけないわけ？　ほんっとあらためて！』

烈火のごとく怒る葵に、さすがの真田もわるかった、と謝った。もちろん俺たちも。

その様子をほかのリトルが聞いていたのか、一時期「あらためて！」がリトル内で大流行りしていた。

「まあなんかいろいろあったけど、トータル順調だよ。加地も、ほかのやつらも元気」

この数ヶ月いろいろありすぎて全部喋るには時間が足りない。もうすぐ駅だ。

よかった、と大地が目をほそめて笑った。

「おれ、最後の最後で透に意地悪言ったから、それだけがちょっと気になってて」

「おまえが加地に？　想像つかないんだけど」

「だろ？　まあ、かわいさ余って、みたいな感じだよ。おれも感傷的になってたんだよな。ちょっとぐらい凡人の気持ちを思い知れー、って」

そのときのことを思い出したのか、大地が遠い目をした。なつかしむような、少し恥じ入るような。

「思い知れもなにもないんだよなあ。結局、おれが腹割って話せてなかっただけなんだから。

できないとか辛いとか、弱いとこや恥ずかしいとこを透には見せたくなかったんだよ。で、それを最後にぶつける形になった。透からすればいい迷惑だよ。わるかったなって思う」

「思ってんなら、俺じゃなくて加地に直接言ってやれよ」

「やだね。謝ったらあいつすっきりするだろ？　そしたら速攻でおれのことなんか忘れる。おれはずっと抜けない棘《とげ》でいてやるからな」

「なんで加地にだけそんなこじらせ起こしてるんだよ」

笑うと、大地も「うっせえ」と笑った。もう俺の前でぐらいしかしなくなった、くだけた言い回し。久しぶりに聞けた。

「おれ、見にいくぞ」

「え？」

「お披露目ツアー」

「まじ？　いつ？」

「オーラスのドーム。気張れよ、若」

夏だからな、と大地が言った。

「最後の」はついていなかった。

大地がふっと視線を上げた。つられて遠くの茜空《あかねぞら》に目をやる。

梅雨が明けた。

蟬が鳴く。

夏が、本格的にやってくる。

言おうと決めたら、今まで必死に隠そうとしていた自分がなんだか情けなく思えてくる。それでもやっぱり多少は緊張するが。

「ちょっといいか」

動画撮影を終え、スタッフが部屋から出たタイミングで声をかける。ツアー前、全員が揃うのはここが最後だ。俺の緊張が伝わったのか、一瞬、部屋がしんと静まりかえる。持田がすぐに「なんすかリーダー、ありがたいお言葉ですか」と茶化してくれた。

「期待してるとこ悪いんだけど、それは円陣前にとっとく。今日は別件。三分で終わるから聞いてもらっていい？」

せっかく持田が崩してくれたのに、俺の声が硬いせいで思ったよりあらたまった雰囲気になってしまった。んんっと咳払いする。簡潔にいこう。

「えーと、まず最初。俺は今、真田と住んでます」

「は？」

「え！」

持田と遥歌がほぼ同時に声を出した。葵も少し口が開いている。加地は――そうだな、ここまではこの前言ったからそのこと自体には驚いてはいない。真田は「どういうつもりだ」と言いたげに眉をひそめている。

「葵、先月訊いてくれたよな。俺と真田がどういう関係だ、って。答えはこれ。あのときすっと言えなくてごめん」

あの話の後に葵が倒れ、結局うやむやになったままだった。葵もあれから追及してくることはなかったが、なんとなく不信感を抱かれているのは感じていた。

ツアーが始まる前に打ち明けることで、俺がすっきりしたいのもある。でもいちばんは、この夏の公演、葵になんの曇りも憂いもなく臨んでほしかった。誰よりもステージに本気のやつだから。

「うちの父親、ちょっと困ったひとで。金をね、定期的に貰いにくるわけ。だから一時避難って意味で真田んちに住まわせてもらってる。あとは俺、双子の弟妹がいて、そいつらの学費も要るから節約も兼ねてって感じ。真田は偶然事情知っちゃって、助けてくれたってとこ。真田に口止めしたのは俺。うん、たぶんこれで全部」

こんなふうにすべて一気に話すのは初めてで、上手く伝えられているか自信がない。みんなぽかんとしている。でもこれ以上、俺のほうから言うことはない。

「質問ある人！」

と手を挙げてみる。

そこでようやく、持田が「え、まてまて」と息を吹き返した。

「若さま、毎日真田んちに帰ってるってこと？　いつから？」

「三月から」

「そんな前から!?　若さま、よく四ヶ月も耐えてんな」

俺だったら無理、と舌を出した持田を「おい」と真田が睨む。まあ一種のプロレスみたいなものだ。「いや案外楽しいよ」と一応フォローしておく。

葵もこれですっきり、かと思ったのに、複雑そうに顔を曇らせている。

「葵?」

「あ、うん。ええと……」

葵にしては歯切れが悪い。眉間を指でおさえている。

「どうした? なにか不安なことあったか?」

「いや……まずは、ありがとう。教えてくれて。それで、ごめん。蓮司とのことはともかく、ご家族のことは言いたくなかったよね。思い返したら僕、かなり問い詰めるような言い方したなって。ちょっと考えなしだったと思う」

葵がもう一度「ごめん」と言って頭を下げた。俺はゆっくり首を振る。

「いや、訊いてくれてよかったよ。そうじゃなきゃ、俺一生言えなかったと思う。なんか、どうにもなんないこともあるけど、知っててもらえてるってだけでちょっとは気が楽になるし。言えてよかったよ」

父さんが昔のように働けるようになる。俺のところにも来なくなる。美衣と瑠偉の学費も父さんに払ってもらう。俺は真田の家から出ていく。それがベスト。実現は不可能に近い。

でも、ベストは無理でも、ベターはめざしてもいいのかもしれない。

グループのやつらに事情を打ち明けて、真田の家に当分やっかいになって、父さんと会う頻度を徐々に減らしていく。そうやって積み重ねたベターの先に希望を持つことぐらいは、俺にだって。

三分と言ったが、もう五分は経っている。あんまり時間を取らせてもな、と話を切り上げようとしたときだった。

いいなあ、と遥歌がつぶやいた。

「若さまと蓮司くん、今から一緒に帰るってことだよね」

「一緒かどうかはわかんないけど、まあ帰る先は同じだな」

「おれも一緒に帰ってみたい」

「えっ？」

「待って、俺も行ってみたいかも、真田んち」

今度は持田だ。好奇心丸出しで目を輝かせている。

「だって、絶対金持ち臭する家だろ。遥歌んちもたいがいだけど、なんかまた違うリッチ感ありそう。なあ若さま、実際どうなの？　やっぱミラーボールとかあんの？」

「ないない。どういうイメージ持ってんだよ、真田に」

笑いながら突っ込んで、気づけば「来る？」と言っていた。

「俺も真田も今日この後空いてるし。結局六人でめし食えてないじゃん。わざわざ外行かなくても、真田んち広いし」

勝手にこんなこと言って怒るだろうなと思ったが、真田は口をへの字にしてむすっとしているだけだ。よろこばしくはないが、不可ではないってとこか。本当に嫌なら即座に嫌だと言うやつだ。なんでも言ってみるもんだなと思う。

念のため、「どう、真田」と訊ねる。真田はデッカいため息を吐きつつも、「鍋ならいい」と言った。

持田が「鍋ぇ!?」と声を裏返した。

「七月だぞ今」

「だからだよ。俺ひとりじゃ、もう夏にやんねえから。鍋やるなら来てもいい」

理屈はわからないが、真田がやりたいならそれでいい。

葵と遥歌はこれから二人で雑誌撮影の仕事があるらしく、夜から合流することになった。

俺と真田、持田と加地の四人で先に買い出しをすませて準備する。いつ喧嘩になってもおかしくないメンツが残ってしまったが、葵の「あらためて!」が効いているのか、買い出しはスムーズにすんだ（ちゃんこ鍋にするか海鮮チゲ鍋にするかで多少揉めはしたが）。

持田はわりあいミーハーらしい。いつも突っかかっているのが嘘のように、マンションに着いてから「すげえ」を連発している。加地も物珍しげにきょろきょろとあたりを見回していて、真田はずっと苦虫をかみ潰したような顔をしている。

「そんなに驚くか？　二人とも戸建てに住んでるんだっけ？」

「そうだけど、それとこれとは別じゃね？　俺がふつーにマンション住んでてもこれはテンションョン上がるって。若さまは慣れすぎ」

持田が呆れたように言った。

普段ほぼ使わない広いキッチンで男三人横並びになる。真ん中が俺だ。持田と加地があまりにも包丁が使えないから、急遽お料理教室を開催することになった。俺がふたりに包丁の持ち方から教える（加地はほんとに大根のかつら剝きしかできなかった）。その間に、真田は車を出してホームセンターまで鍋と卓上コンロを買いに行ってくれた。

具材を切り終えた頃、遥歌と葵から『今から向かう』という連絡が入った。駅まで迎えに行こうかと思ったが、遥歌はここに来たことがあるらしく、ちょうど真田が戻ってきた頃にやってきた。

「おいおい、いちばんいいときに来てんじゃねえか。こっちがどれだけ準備に時間かけたか」

「ごめーん！　ほら、アイスケーキ買ってきたから。あれ、なんか蓮司くんち綺麗になってる？　空気変わったっていうか」

「そうなん？　真田、今までそんな汚部屋《おべや》だったの？」

「違う。……あれだ、あいつらが来なくなったから」

「ああー！　遊くんたちね。ね、聞いてよ、おれさ、ここで蓮司くんの友だちに」

「遥歌」

遥歌のきゃらきゃらした声を真田が苦々しげに遮った。遥歌がふふっと笑う。「もう入れちゃだめだよ、蓮司くん。今の部屋のほうが、おれ好きだから」

いったいここでなにがあったのか。続きが気になるが、ここのふたりにはあんまり深く立ち入らないほうが身のためのような気がする。真田がたじたじになっているのも見ていておもしろいし。

クーラーが効いた部屋で食べる夏の鍋はかなりよかった。

体はあたたまるが、かいた汗はすぐに冷えていく。食べ始めるまではなんのかんの喋っていたが、食べ始めるとみんな無言になる。俺は消化によさそうなものだけ選んで取る。鍋って食える具材と量を個々人で調節できるからありがたい。

多めに買っていた具材をすべて使い切り、ラーメンと雑炊で二回シメたあたりでようやく全員の箸が止まった。

「俺もう無理。なんも入んねえ」

持田が腹をさすりながらのけぞった。同感だ。俺は一回めのシメのあたりでそうだった。

「アイスケーキは食べないの？」

「それは別。食う。でもちょっとだけ待って」

これも同感。

「無理して食べてお腹壊すとかはやめてよね。もうすぐツアー始まるんだから」

隣から飛んできた注意に持田が「うるせー」と投げやりに言った。

「腹壊して救急車乗ったやつに言われたくねー」

「はあ？　あのね、僕のは神経性の胃炎だから。だいたいあれはきみたちが」

「ごめん！　あらためます！」

持田が叫ぶ。笑いが起こった。葵も「あれ流行ったの謎すぎない？　なんだったの？」と笑った。

「なー。身内ネタすぎて外で言えんし。まあ、あらためるのはいいことだし、いいだろ」

持田がけらけら笑う。のけぞったまま頭の後ろで手を組み、ふっと真面目なトーンで「でもさ」とつぶやいた。

「腹イタと胃炎は違うって言うけど、結局一緒じゃね？　どっちも無理して体壊して仕事に支障が出る……胃炎については、まあ葵の責任ではないんだろうけど、でも倒れるまでストレス溜め込まなきゃそうはならなかったかもだし」

「まあね。それは認める」

葵が頷いた。

「僕は多少無理してでもパフォーマンスの質は落としたくないんだけど、倒れるまで抱え込むのはそれ以前の話っていうか、問題外だなって思った。今は若いから無理できるけど、そのツケを払うのは年取ってからの自分だし」

「ツケっておまえ、いつの話？　何歳までアイドルやる気だよ」

「そりゃ死ぬまでだよ。僕は生涯現役めざしてるから。だいたいねえもっちー……」

「それだ。言っておきたいことがある」

唐突に加地が手を挙げた。人の会話に割り込むなんてめずらしい。

意を決したような言い方だった。

葵が口をつぐむ。「なに？　今日告白大会なわけ？」と言いながらも、持田も椅子に座り直した。

「ずっと考えてたことがあるんだ。アイドルの寿命について」

「寿命って……それは、若さって意味？」

「微妙に違うが、遠い話ではない。つまり、俺たち全員が、できるだけ長く、自分の意思で活動できるようにするためにはどうすればいいか、って話だ。仕事を詰め込んで、リリースの回転数を上げて、そのスピードと摩耗みたいな露出についていけないやつからふるい落とされていく。そういうのは、俺は嫌なんだ。どうにかしたい」

「それ、加地が言ってもなあ」持田がうさんくさそうに目をすがめた。

「おまえ、べつにそれでも困らなそうだし」

「そうだな、俺は確かに要領がいいらしい。だから言うんだ。最後に独りで立っていたくない」

加地にしては大きな、力強い声で言った。

沈黙が流れる。

誰もいないステージで、たった独りで立ちつくす。そんな経験はないはずなのに、今、俺たちにはその光景が見えた。

「それってもしかして、僕がグループに誘ったときに言ってた〝やりたいこと〟?」

葵が訊ねる。ああ、と加地が頷いた。

「リトルやユニバース全体に対して、俺がそういう働きかけをしたり、仕組みづくりができるようになるまでは時間がかかると思う。でも、少なくとも今、俺が関われる範囲の人間にはそういうことを促していきたい。体調がすぐれないなら思い切って休む。心がついてこなくてもそう。違うジャンルの仕事に専念したい時期がきたら、脱退するんじゃなくていっときアイドルを休む。戻ってくるのはしばらく後でもいいし、途中でコンサートに出てもいい。嫌な仕事も極力断る。なんでもかんでもやって潰れていくより、多少は稼働を落としても、俺たち自身とファンのためにはそっちのほうがいいんじゃないかと、俺は思ってる」

加地がとつとつと語る。

誰も口を挟まなかった。

誰も口にしなかったが、ラスオズのことを思い浮かべていた。

途中で休んでも、嫌な仕事を断っても。

第一に終わらないこと。終わらせないことを軸にやっていく。

そんなこと、可能なんだろうか。

俺にとって、デビューから先のイメージは階段だ。残酷なエンターテイメントの階段を、上って上って上り続ける。止まることは落ちることと同じだから。

「それって、手を抜くって意味ではないよね？」

葵の問いに、もちろん、と加地が答えた。

「ひとつひとつには全力で打ち込む。ただ、個々人の人生のペースがある。それをできるだけ尊重したいだけだ」

「ならいい。僕だって一分一秒でも長くアイドルでいたいから。せっかくなら、きみたちと」

「おい、そこは〝どうしても〟って言えよ」

持田が葵を小突いた。葵がつんとあごを尖らせる。遥歌が「おれは〝どうしても〟だよ」と入ってきたが、持田が「おめーはグループだったら誰でもいいんじゃねえの」と半目で返し、遥歌が「そんなことないもん！」と頬をふくらませた。「もん、うっぜ、やめろ」と持田がふくらんだ頬を指で弾き、遥歌が仕返しとばかりに持田の腹の肉をつまむ。だんだん収拾がつかなくなってきたとき、「加地。それいつから考えてた？」と隣から声がした。

その横顔を思わず見つめる。真田が加地を名前で呼ぶことなんてめったにない。

をした。

「なるほどな。おまえも一応人間だったってことか」

真田が意地悪く言って、低く笑う。加地は「俺は元から人間だ」とまた微妙にとぼけた返し

「どういう意味？　話見えないんだけど」

持田と遥歌の頭を押さえていた葵が二人を交互に見て、少し不機嫌そうに言った。

なるほど、俺と真田の関係性を訊いてきたときもそうだったが、葵は「かやのそと」をことさら嫌がるタイプらしい。俺なんかは自分が把握できていない事情があってもあまり気にしないが、葵はそうもいかないらしい。今後、葵にはできるかぎりこまめに情報共有をしておいたほうがよさそうだ。

持田と遥歌はふしぎそうに真田を見ている。こっちはそこまで気にしないタイプと見た。

「大地さんだろ」

さっきよりはいくぶんやわらかい声で、真田が思いがけない名前を口にした。思わずギクッとする。大地とはこの間会ったばかりだ。加地に「意地悪」を言ったとも話していた。確か、

「ちょっとぐらい凡人の気持ちを思い知れ」と――。

加地を見る。加地、おまえ、と言いかけて、その後にかけられる言葉がなにもないと気づく。

加地が「そうだな」と苦笑した。

「大地さんが辞めてようやく、気づいたんだよ。俺は俺の見たいようにしか大地さんを見てなかったって。それって〝見てない〟とほぼ同じなんだよな。大地さんには大地さんの考えがあ

ったから、俺がなにかしたところで結果は変わらなかったのかもしれないけど」

すこしさみしそうに言って、すぐに「でも」と続けた。

「ああいう形で後悔するのは二度と御免なんだ。それに、俺たちが当たり前みたいに呑んでる制約や犠牲にも疑問があった。だから、もう少し目をこらして、気づいて、苦しそうなやつには声をかけてみようと思ったんだ。それで変えていけるものがあれば、って」

「あ、もしかして、それであんとき意味不明な声かけしてきたのか」

持田がパンッと手を叩いた。

「あのとき？」

「そう。なんか前、急に、持田はダンスに主体性があるとか声かけてきて。正直どっかで頭でも打ったのかと思ってたけど、なるほどなあ、それで……」

「そんなふうに思われてたのか」

加地のあからさまにショックを受けた顔に持田が噴き出した。

「いやいや、まあ今思ったらありがたかったっすよ。まじでいちばん落ちてたときだったんで。その後もちらちら主体性、みたいなのは意識して踊るようになったし。よくわかんねえけど、これが俺の強みなんかーって」

その節はあざーす、と持田が適当な礼を言ったタイミングで、遥歌が「あ！」と叫んだ。

「そういえばおれも声かけてもらったかも。言っときたいことはないか、みたいなの。思えばおれ、それで踏ん切りがついたんだ」

遥歌が真田をちらっと見てほほ笑んだ。ほとんど同時に真田が加地の椅子の脚を蹴った。

「うるせえ。余計なことしやがって」

「なんだ、蓮司」

「余計じゃない！　あれがなかったら蓮司くん、今ここにいなかったかもしれないんだから。透くんが背中を押してくれたおかげだよ」

「焚《た》きつけたの間違いだろうが！」

　あいつらの話は気になんねえの？　とこそっと葵に訊いたが「あそこは突っ込まないほうが身のため」と小刻みに首を振った。同感だ。

「葵も声かけあった？」とついでに訊く。葵は記憶をたぐるように眉を少し寄せた。「ちょいちょいあったような気はする……。若さまは？」「俺も、まあ」言われたら、ぐらいの自然なものだったが。そういえば葵が救急車で運ばれた日、意外と人を気にかけているな、と思った覚えがある。それに、振り入れにも熱心に付き合ってくれた。

　この調子なら真田にも声をかけていそうだ。「真田は？」と訊ねたが、答えたくないのか、真田は「俺は加地の言うやり方に賛成です」と話を急に本筋に戻した。そのまま、「ああそうだ、ついでだから言っとく」と脚を組み替え、メンバーをぐるりと見回した。

「今後、俺はアイドル業より役者業に力を入れていきたいと思ってる。この先、アイドルか役者か二者択一で選べと言われたら、間違いなく役者だ。だから、枷《かせ》になるならグループを脱退する選択も当然ある。……でも、加地の言うようなスタイルにするなら、アイドルを続けてもいいと思う。おもしろさ、がない仕事でもないから」

「続けてもいいって、おまえほんっと偉そうだな」

持田が呆れたように突っ込んだ。

「だいたい、なんでそんなに仕事がくる前提で話してるんだよ。まずはデビューできるかどうかだろ。リトルごときが仕事セーブしてどうするんだよ」

「デビューはするだろ」

「え？　逆にもっちー、デビューできないと思ってやってるの？　僕らだよ？」

葵が信じられないというように自分を指さした。

「もう嫌だこいつら」

持田が白目を剝いてのけぞった。

「あの、あのさ」

遥歌が遠慮がちに手を挙げた。

「さっき透くん、嫌なことは無理にしなくても、って言ったよね」

「言ったな。遥歌は今なにかあるのか？」

「うん……。おれ、客席に下りるの、できたらしたくない。ちょっとこわいんだ。腕がにゅって伸びてくるの。引っ張られちゃいそうで」

そうだったのか。確かに俺もちょっとこわいときはあるけど、基本的にお客さんを信頼しているからそこまで気にしたことはなかった。ファンの表情も間近で見られるし、求められてる、愛されてるって実感も得られるし。ウィンウィンぐらいに思っていた。でも、遥歌ぐらい人気があるとそうもいかないのかもしれない。

おそるおそる、というように言った遥歌に対して、加地は「じゃあ、しなくていいんじゃないか」とあっさり答えた。

「い、いいの？」

「ああ。だって嫌なんだろう？　というか、それなら今度のツアーの動きも少し変えるか。遥歌には花道走ってもらえばいい。スタッフに一回相談してみて、最悪ＮＧ出ても実際ステージに出てしまえばこっちのものだし。遥歌が下りる予定のところは誰かが走っても……」

「あ、俺走る！　俺客席下りるの大好きだし」

「僕もべつにいいよ」

「じゃあ持田か葵がカバーで。俺たちは得手不得手がバラバラな分、サポートがしやすいグループかもしれないな」

加地が取りまとめ、ありがとう、と遥歌が声を詰まらせた。持田が「よかったじゃん」と言って、遥歌の背中をやさしく叩いた。加地の発案をきっかけに、ああしたらこうしたらと意見が出てどんどん盛り上がっていく。

「若さまはどう思う？」

ぼうっと見ていたら、加地に話を振られた。

みんなが一斉に俺を見る。

俺は返事ができなかった。

これからのことを、口にしていいのかわからなかった。

俺がn.overにいられるのはこの夏で最後かもしれないのに。

「抜けずにやっていく」なんて、とても言えなかった。

七月末から始まった新グループのお披露目ツアー「Hello World」、ハロワは、一ヶ月で四都市を回り十二回公演を行う。昨年までのサマジはほぼ毎日公演だったから、それに比べれば公演数は少ない。ただ、都内の劇場で連日公演だったサマジと違って地方移動がある。

移動時間の確保、これが予想外に大変だった。遥歌は連続ドラマの撮影が都内で入っているし、真田も舞台の稽古がある。持田もローカル局がやっているグルメ番組の準レギュラーになった関係で、毎週あちこちに飛ぶようになった。地方公演の場合、誰かしらが本番直前に駆け込んでくることもめずらしくない。演者もスタッフも舞台裏は常にバタバタだ。誰もやったことのない、新グループだけの四都市ツアー。毎年やっているサマジとはなにもかも勝手が違う。衣装が足りない、小道具が消えた、出番に間に合わない。裏でもメイキング用のカメラが回っているが、ドタバタしすぎていて使えないところばかりじゃないかとこちらが心配になるぐらいだ。

それでもなんとか十一公演を終え、n.overのメンバーは誰ひとり体調を崩さずここまでこられた。持田が最初飛ばしすぎていたが、それも俺と加地が気づいて止めた。手は抜かないがペース配分には気をつける。そのときはよくても、次の公演に体調不良で出られなければ意味がない。最後までやり抜くのを目標に、無理はしない。その意識があるのとないのとではかなり違ってくる。

とはいえ、今日はオーラスだ。これで最後なんだから、捌けた後ぶっ倒れても誰にも文句は言われないだろう。とくに俺は。

朝起きた瞬間から、なにもかもがやけにくっきりと見える。頭はすっきり冴《さ》えわたっているのに、体の中にはちょっと過剰なくらい力が漲《みなぎ》っていて、瞳孔がずっとかっぴらいている感じ。体がうずうずする。

顔を洗ってリビングに向かう。真田はすでに起きていた。床で脚を広げてストレッチをしている。

「早いな。まだ六時だぞ」

オーラスの公演は夜だ。昼前に入っても余裕で間に合う。

「そっちこそ」

うつむいていてよく見えないが、表情が少し強張っているような気がする。

こいつでもオーラスの日の朝は早く目が覚めるし緊張するんだな。

真田の正面に座り、俺も脚の筋を伸ばしてみる。

ついでになにか気が和らぐようなことを言ってやりたかったが、なにも出てこない。結局、「ハロワ、今日で最後だな」と無難な振りしかできなかった。真田は「そうですね」と答える。話が続かない。気の利いた声かけは諦めよう。

「なに？　真田、緊張してんの？」

「緊張、ではないですけど。いや、緊張は緊張なのか。オーラスってなるといろいろ、あるじゃないですか」

「まあ、そうだな……？　最後の最後に大ミスするとかあるあるだし。とりあえず出トチには気をつけて、あとは中盤、Ｂステに移動するときの動きも」

「いやもういいです。まったく違うんで、はい。ほんっと鈍いっすね」

　はあ、とこれみよがしにため息を吐き、俺の頭に思いきり手をついて立ち上がった。


　公演は六時から。オーラスだからか、早めに来ているやつが多い。俺と真田も一時過ぎには会場に入る。残りのメンバーも二時には揃った。おのおのゲームをしたり、ストレッチをしたり、マッサージを受けたり、仮眠をとったり。三時前、楽屋でいったん集まり、そろそろヘアメイクに取りかかるか、というときだった。

「若さまー、鳴ってる」

　葵に呼ばれて、鏡台に携帯を取りにいく。

　美衣からだ。電話なんてめずらしい。

「もしもし？」

『優にい、どうしよ』

　美衣の切羽詰まった声が耳に飛び込んできた。

　その瞬間、ある種の予感のようなものがした。振り払っても振り払っても俺の人生にまとわりついてくる、薄黒いもやのようなもの。

　目をとじて、ひと呼吸だけおいた。

「どうした？」

端のほうに寄って、なるべくやさしく訊ねる。『あいつが』と美衣が言った。携帯を持つ手に力が入るのがわかった。

「うん。父さんがどうした？」

『な、なんか急にうちに来て。ひさしぶりに顔見たくなったとかわけわかんないこと言ってんだけど、ねえどうしよ。瑠偉もおばあちゃんもいないの今。ずっと家の中うろうろしててこわいよ』

「美衣は家から出られるか？」

『やだ。あいつをひとりにするとかダメ。絶対ダメ。なにするかわかんない。ねえ、どうしよ。あたしどうしたらいい？　通報したほうがいい？　優にい帰ってこれない？』

涙声だ。パニックになりかけている。

父さんを置いて出てもいいとは思うんだけどな。さすがに父さんもそんなコソ泥みたいな真似はしないと思う。小さかった頃の、物に当たっていた父さんの印象が強いのだろう。そのせいで、映画でもドラマでも、美衣は暴力的なシーンを直視できない。

俺のせいなんだろうな。俺がアパートを引き払って真田の家に移って、父さんと会う頻度を落としたからだ。ここ最近も、俺はハロワを理由に会えないと言っていた。いつかこうなると、頭のどこかではわかりながらも。

話しているうちに足元の感覚が消えていく。底のない、暗くてねっとりと冷たい沼に沈んでいくみたいに。

「美衣、ごめんな。いったん切っていいか？　すぐにかけ直すから。いや、大丈夫。電波があんまよくないから、移動するだけ。うん、じゃあまたあとで」

電話を切って、時間を確認する。

二時五十分。ばあちゃんちまで、二時間はかかる。開演は六時。今ここを離れれば、間に合わない。

結局、そういうことなのかもしれない。俺の人生っていうのは。大事なところで、幕が音もなく下りてくるような人生。

立ちくらみのような眩暈《めまい》を覚えて、椅子の背に手をつく。「若さま、大丈夫?」と葵が声をかけてきた。

「顔、真っ青だけど」

「いや……」

まだ決断ができなかった。最後の公演だ。出たかった。

せめて地方会場なら。どうやっても行けないのに。そんなふうに考えてしまう自分もいる。

「今、妹から電話があって」

とめてくれ、と思いながら電話の内容を話した。

家族になにがあろうとステージに立てと。それがプロだと。葵がそう言ってくれたら、俺は「そうだな」と言う。そんな最低のことを願いながら。

気づけばほかのメンバーも集まって話を聞いていた。話し終わり、口々に返ってきたのは「行ってやれ」という声だった。

そうだよな。先日、あんな話し合いをしたばかりだ。そう言うだろう。

真田だけは、怒りをこめた納得いかないという目で見てきたが、それでも声にはしてくれない。

俺たち単独のコンサートってわけでもない。オーラスはオーラスだが、今回だけのステージってわけでもない。言い方は悪いが、数多いるリトルのうちのひとりが抜けてもどうにかなる。ましてや俺だ。

「ありがとう。じゃ、行ってくる」

みんなの間をすり抜けようとした瞬間、腕を摑まれた。加地だった。

「若さま、まさか戻って来ない気じゃないよな」

「え？」

「今から行って、お父さんも連れて帰ってくればいい」

「いや、でも、言ったろ？　二時間はかかるって」

「今から出れば五時までには着く。そこからとんぼ帰りで来れば七時、向こうで何かあったとして、三十分幅もたせても七時半には戻れる」

「七時半って公演ほぼ終わりだろ。俺らの出番はもう」

「セトリの変更ができないか相談する。他のグループに先に歌ってもらえば、ラストの一曲ぐらいは間に合う。若さま、俺は無理はするなとは言ったが、それは諦めろって意味じゃない」

腕を握る力が、ぎゅっと強くなった。

「若さま、ばあさんちの最寄り駅ってどこ」

持田が携帯を手に取った。

「棚原田《たなはらだ》ってとこだけど、でもそこからはバスで」

「棚原田……えーっと、おっけ。乗り換え的に音上《おとがみ》ってとこまではタクったほうが早い。そっから電車乗って、途中で一回乗り換えて、四時三十八分には棚原田に着く。で、バスだっけ？　バスバス……何線だこれ」

「そこからおばあさん家までもタクシーでよくない？」

「あ、そうだな。じゃあはい、乗り換えルート、グループメッセに貼っとくから」

あれよあれよという間に、俺が戻ってくる段取りへと舵《かじ》が切られていく。

「でも、そんな、間に合ったとしても一曲だけ出るなんて許されないだろ」

「そういう相談と許可取りは今から僕たちがするから。若さまができるのは、今ここをダッシュで出ること」

葵にバンッと背中を強めに叩かれる。弾かれるようにして走り出した。


音上でホームに入ってきた電車に汗だくで飛び乗ったところで、グループメッセージが届いた。棚原田に到着する時間に合わせて、タクシーを手配しておいたという連絡だった。あと、セトリの融通が利いた、という報告も。

マネージャーからは個別にお叱りと心配のメッセージがきていた。どうやら加地たちは、「家族の一大事でいったん帰った」とずいぶんぼかした形で伝えたらしい。『迷惑かけてすみません。詳しいことは戻ったら話します』。手短に返し、携帯をポケットに入れる。普通だったら一人のために変更なんて許されないが、今回は公演が公演だから特別に、とマネージャーの文章には書いてあった。俺が最後だから、なんだろう。n.overのマネージャーは、ミライズのときから世話になっているマネージャーだ。いつも俺の「余命」とキャリアのことを気にかけてくれていた。そんなマネージャーにも、俺はずっと家のことを隠していた。

急行から普通に乗り換えて棚原田で下車し、改札前で待っていたタクシーに乗り込む。持田たちのおかげで、五時にはばあちゃん家に着けた。

玄関には靴が数人分並んでいる。よかった。ばあちゃんも瑠偉も帰ってきている。ほっとしたのもつかのま、食器の割れる音と悲鳴が耳に飛び込んできて血の気が引く。靴を蹴るように脱いで音の聞こえたほうへと走る。居間の扉を開けると、父さんとばあちゃんがテーブルを挟んで対峙《たいじ》し、ばあちゃんの後ろに美衣と瑠偉がいた。父さんとばあちゃんの間には無残に割れたガラスコップとこぼれた麦茶――美衣の真っ青な顔を見た瞬間、頭の中でパンッと音がした。

「なにやってんだよ」

「え？　あ、あれ？　優人？　なんで？」

「なんで、じゃねえよ。あんたが来たから来たんだよ。なんでってこっちが訊きたいよそんなの。なんで来たんだよ」

出したことのない声だった。怒りが、もうこれ以上は抑え込めない怒りが、腹の底からマグマのように湧き上がって口から出ていく。

「約束しただろ！　俺と！　俺が、俺があんたに金渡してるかぎりこっちには顔出さないって！　あんた見えてるか？　自分の子どもが自分見てどんな顔しているか。恐怖と軽蔑だよ。

俺だってもういい加減見放したいよ。知ってるか？　今日最終公演なんだよ。俺の。アイドルやってて十年の、最後のツアーの最後の公演！　たぶんもうこれで終わり。早起きして気合い入れてさあ今からってときにこれだよ。あんたさ、ほんとに……俺のっ……」

叫んでいるうちに、情けなさとみじめさが勝って泣きそうになる。なんなんだろう、俺の人生、本当に。

父さんは口を開けて固まっている。そうだろう。俺が父さんにこんな口を利くのはおそらく初めてだ。

後じさった父さんの手にコップが当たった。当たって、握った。

投げろよ、と笑った。

「投げて壊せよ。いいよ、俺が片すから。自分ではその破片、拾わないんだろ？　傷つきたくないから。いっつもそうだ。あんた、いつまで……いつまでそんなふうにやってくつもりだよ。頼むよ、俺だって、俺だって母さんが出てって悲しかったよ。でも、あんたが俺以上にまいってたから、俺が多めに引き取ったんだよ。引き取り続けて……かわりにいろんなもの手放してきたんだ」

涙がこぼれた。泣いちゃいけないのに。戻って、笑顔で踊らなくちゃいけないのに。

歯を食いしばったが、喉がひくついて歯の隙間から嗚咽が漏れた。忘れようとした、諦めてきたものたちが押し寄せてくる。

本当はレッスンだってもっと出たかった。あの時期、もっとリトルの活動に専念できていたら、俺はもう少しぐらい上手くなれていたんじゃないかと考えたこともあった。高校だって卒業したかった。普通に授業を受けて、普通に遊んで、普通のことで悩みたかった。バイトで稼いだ金だって、真っ先に自分のために使ってみたかった。

視界が滲んで父さんがどんな顔をしているのかもう見えない。息が苦しい。もっと吸いたいのに、はっ、はっ、と浅い呼吸しかできない。体がへんだ。

「優人」

落ち着いた、低い声で名前を呼ばれた。

ばあちゃんだった。

「落ち着き。落ち着いて、呼吸」

骨っぽい指が背骨にふれた。とんとんと遠慮がちに叩かれる。

「あれは正司《しょうじ》さんが割ったんじゃない。手が当たって落ちただけ。誰も怪我はしてない。ええか？」

ささやかれ、わかった、と擦りかすみたいな声で答える。

息を止めろ、吐け、吸え、止めろ、吐け、という指示に従っているうちに、呼吸が落ち着いてきた。

「優人、あんた、その、こうえんにはもう間に合わんのか」

もう一度息を大きく吐いて、少しだけ吸う。

「いや、今から戻ればギリギリ。セトリ――じゃなくて、出る順番を変えてもらったから」

「なら、もう出え」

「でも」

「美衣が気にする。出え」

はっと美衣を見る。美衣は目に涙をためて「ごめん」とか細い声で謝った。

「優にい、ごめん。今日、大事な日だったんだね。あたし知らなくて……」

しまった。あんな言い方をしたら、美衣が責任を感じて当然だ。

「大丈夫、最後には絶対に間に合うから」

こうなったらなにがなんでも間に合わせるしかない。

「父さん」

とりあえずこの人も連れて出ないと。

涙を拭い、固まったままの父さんの腕を引っ張る。居間を出ようとして、あっと叫んだ。

俺、タクシーを待たせていない。

料金を払ってそのまま飛び出してきた。乗る習慣がなさすぎて、待たせておくなんて考えが頭になかった。

どうしよう。今何時だ。五時半。心臓がどっどっどっと鳴り始める。棚原田から向こうに戻る電車は一時間に数本しかない。今からタクシーを呼んで、いや時間が、やっぱりバス、いやでもタクシー……。

「優兄、どうしたの」

瑠偉に袖を引っ張られる。

「間に合わないかも」

「なんで？」

「タクシー待たせるの忘れてた……」

「なんだ。それならばあちゃんに車出してもらえばいいんだよ。ばあちゃんは速いよ」

瑠偉がさらっと言って、「ね、ばあちゃん」と振り返った。

「え？　ああ、そうか車。でも……」

高齢者の運転による事故、が頭をよぎる。

「いや、車だけ貸してもらったら俺が運転していくから」

「乗りな」

ばあちゃんが無視して歩き出した。「あんたらも」と美衣と瑠偉に声をかける。ふたりはパッと目を合わせ、「ちょっとだけ待ってて！」と走って居間から出ていった。

「正司さんも」

「あ……いや、僕は」

「あんたには見届ける義務がある。言いたいことがあるなら車の中で言い」

ミニバンの助手席に俺が、二列目に美衣と瑠偉が乗る。最後列に荷物とうなだれている父さん。ばあちゃんが発進したのと同時に、これ、と瑠偉が後部座席から手を突き出してきた。ガーゼで巻かれた保冷剤だ。

「目元冷やしたほうがいいよ。腫れてる」

「で、冷えたらこれ」

美衣がメイクポーチを渡してきた。ふたりともこれを取りに行ってくれていたのか。サンキュ、と受け取る。

「ばあちゃん、棚原田からじゃ電車の時間微妙かも。新瀬《にいせ》まで飛ばせる？　そこからなら乗り換えは多くなるけど、接続はうまくいく」

保冷剤を左目に当ててぼーっとしている間に、瑠偉が最短ルートを出してくれた。ばあちゃんが「わかった」とハンドルを握り直す。

「あの、あのさ、間に合わせようとしてくれるのはありがたいんだけど、事故るのだけは……」

「任せえ」

ばあちゃん目の色変わってないか？

安全運転で、ともう一度言いたいところだが、言っても聞いてくれなそうだ。せめて対向と、後ろの様子は見ておこうとミラーを確認したら、父さんのぼろぼろと涙を流す姿が目に入った。

ええっ、と振り返る。美衣と瑠偉もつられたように振り返った（ばあちゃんが振り返らなくて本当によかった）。

「どうしたんだよ父さん」

「も、申し訳なくて」

「は、はあ？　今さら？」

「い、今さらだよなあ」と父さんが洟を啜《すす》る。「今さらだよっ」美衣と瑠偉がキレ気味に声を揃えた。

「ごめんな、ごめん。今日はほんとに、瑠偉と美衣の顔が見たくなって来ただけなんだ。信じてもらえないかもしれないけど、本当なんだ。優人に会える回数が減ってやばいなあって思ってたときに、知り合いに働き口を紹介してもらったんだ。すごくいい老夫婦でな。弁当屋さんなんだけど、新しいおかずも作らせてもらえて。金は……まだそんなに貯まってないから正直優人には助けてほしいけど、でも、今、久しぶりに働けてて、料理もして、そうしたらなんだか昔のことを思い出して、さみしくなって、会いたくなって……ま、まさか優人の最後の日だったなんて」

いや、その言い方だったら俺死ぬみたいじゃん。

もう返す言葉が見つからない。さみしいなんて、俺たちはずっとそうだったのに。

美衣と瑠偉もそうみたいで、誰かなんか言ってよ、という空気が流れる。父さんの長ったらしい言い分も、謝っているのか開き直っているのかわからない話だ。とりあえず働き口が見つかってよかったとは思うものの、いつまで続けられるかもわからないし、手放しでは喜べない。

でも、そうか。お弁当屋さん。父さん昔から料理だけは上手かったな。俺も父さんの手料理ならたくさん食べられた。

どうか今度は上手くいきますように。

半分ヤケみたいな気持ちで祈る。もうどっと疲れた。無理。無理無理無理。俺がどうこうできる気がしない。シートの背に体を預けて、車窓に目をやる。流れても流れても夏の夕空と山。これぐらいで眺めておくのがちょうどいいのかもしれない。人のことなんて、ああ神さま仏さまと手をすり合わせるぐらいしかできない。

「降りる準備しな。もうすぐ着くよ」

ばあちゃんが物凄い勢いでハンドルを切りカーブを曲がる。うっ、おえっ、とどんどん嗚咽が大きくなっていく父さんに「うるさいっ」と一喝した。

新瀬に着く手前で軽い渋滞に引っかかり、ばあちゃんにまともにお礼を言う時間もなく車を飛び出る。駅の構内を駆け抜け、電車の扉に体を割り入れるようにして滑り込んだ。今日いちにちこんなんばっかだ。乗車中、美衣から借りたメイクポーチで顔を作り（周りの視線がむちゃくちゃ痛かった）、瑠偉が調べてくれた最速ルートで戻る。駅まで迎えに来てくれていたマネージャーの車に乗り、会場に着いたのが七時二十分。裏口から楽屋まで二人で爆走し、衣装に着替えイヤモニを付ける。ステージ袖まで走りながら説明を受ける。n.overの担当曲はあと一曲。アンコール、挨拶、そして「エバーグリーン」の歌唱は残っている。そこまで聞いて袖入りした。

「若さま！」「若林さん」「よかった！」スタッフも演者も関係なく、あたたかく迎え入れられまた泣きそうになる。間に合ったという安堵と、旅行から家に帰ってきたときのような安心感で気が抜けそうになったが、いやいや今からだろ、とジャケットの襟を整える。

前のグループが歌い終わった。暗転。捌ける。代わりに出ようとして気づく。後回しにしてもらった曲がなんなのか、聞き忘れていた。近くにいた葵に小声で助けを求めると、無言で腕を引かれ、立ち位置まで連れていかれた。このフォーメーションは。

光が突き刺さる。頭で理解するより早く、音に合わせて体が動いていた。いちばん苦手で、いちばん踊った曲だ。

今日いちにち、走って叫んで泣いて、もう体も心もへとへとなのに足はよく動いた。自分の足じゃないみたいだ。ふわふわと、雲の上で踊っているような軽さなのに、いつになく体の動かし方がよくわかる。長めのイントロ、複雑なステップもクリア。染みこませたものがここでようやく出てきてくれた感覚だ。なるほどなあ、とチラッと加地を見る。要は俺は踊り込みってやつが足りなかったんだ。このレベルになるまでおまえは踊ってたんだな。

星たちが踊る夜　迎えにいくから
裸足で待ってて　ときめきが招待状
君を泣かせた街を蹴り
踊ろう　ダンスホールの真ん中で

加地と一緒に前列に出る。ペンライトの光が視界いっぱいに広がる。アリーナも、スタンドも、俺たちを覆うように、照らすように光を振っている。

ああ、もっと。

もっととくべつな感慨をもって踊りたいのに、俺の足は、手は、体はカウントに合わせて動く。目は一瞬をとどめない。最後だなんて実感もなく、砂がこぼれていくようにさらさらと流れていく。俺の十年と一緒に。

間奏で花道に飛び出す。センターステージまで客席に手を振りながら移動していく。花道の下、俺のうちわを持って、涙を流している人が目に入った。まさか俺が最後の最後で出てくると思っていなかったんだろう。

そうだよな。俺が最後ってことは、俺を応援してくれてた人からしても最後ってことだ。

俺の「余命」のこと、もしかしたら俺以上に気にして、気を揉んでいたかもしれない人。

それが今日、最後に全力で応援しようと思って来たらいないんだもんな。びっくりしたよな。

ほんとごめん。それでもずっと俺のうちわ持っててくれて、そしたら最後に俺が出てきて、なにごと!?　って感じだよな。そりゃ涙も出るっていうか。

ちょっとだけ立ち止まって、ちゃんと指さして、「ありがとう」と言う。

笑うかな？　それとも叫ぶ？

反応を見てからいこうと思ったら、その人はまっすぐ俺を見て「ありがとう」と返してきた。

目を真っ赤にして、だらだらと涙を流したまま、にらみつけるみたいにして、「ありがとう」って。

予想外の返しに俺のほうがびっくりしてパニクる。パニクりながら叫びそうになる。

すげえな、これ。

すごいことだよ、これって。

俺、こんな仕事してたんだな。なんでもっと早く気づかなかったんだろう。

十年、なにやってたんだろ。なに見てたんだろ。

才能がないとか人気がないとかそんなのにばっか目がいって。大事なことはここにぜんぶあったのに。

このままここで止まれたらいいのに。ここでずっと踊れたらいいのに。

最後、一曲でも踊れてよかったなんて思えない。

もっと踊りたかった。

この人の前で、この人たちの前で、もっともっともっと。

あいつらと、ずっとずっとずっと。

つかまえててスターゲイザー
僕のスターゲイザー
君の瞳に映るなら僕は星

＊

アンコールの声にリトル全員でステージに戻る。三曲分歌いながら会場をすみからすみまで回り、最後、メインステージに戻って階段に並んだ。

遥歌が前に出て、代表の挨拶をした。頭をふかぶかと下げたタイミングで「エバーグリーン」が流れ始めた。

期待していなかった、と言ったら嘘になる。

去年の夏、ラスオズのデビューが発表されたのは「エバーグリーン」が流れる前だった。もしかしたらここで、新グループのデビュー発表があるんじゃないかと、心のどこかでは思っていた。それが俺たちだったらいいのに、と。

顔にこそ出していないが、みんなそうだった。そういう空気だった。全員が笑みを浮かべ、心の中で唇を噛んでいる。

悔しい。

たまらなく悔しい。

終わりたくないという感情で胸がいっぱいになって、視界がどんどん滲んでいく。目のふちからこぼれないよう、上を向いて、笑う。笑ったのに、涙が頬を伝った。バックモニターに顔を抜かれるから泣きたくないのに、止まらない。

ダメかな。

もう少しがんばったら、ダメかな。

デビューできなくても、踊ってちゃダメかな。n.overから外される、最後のステージまで。やれるところまで、やってみたい。ここに居座りつづけたい。

あいつらの足手まといでも、みっともなくても、いけるところまでしがみついてみたい。

曲終わりに合わせて、スポットライトが少しずつ落ちていく。あとは階段の上のやつから後ろに捌けていくだけ。そろそろ最後尾のリトルが動き始める頃だ。

涙を拭いて、ペンライトの熱い光を目に焼きつける。

大丈夫。今際《いまわ》のきわまで忘れない。

暗いところに沈んでいきそうになったら、いつでもこの光を思い出そう。目をとじて、見つめよう。俺にしか見えない光を。

胸にこの光があるかぎり、俺はきっと、生きていける。

ありがとう、と目を閉じた瞬間だった。

前方から強烈な光に包まれた。目の前が真っ白に染まる。

吹き飛ばされるような歓声が巻き起こった。悲鳴のような雄叫《おたけ》びのような。会場が揺れる。

落雷のような凄《すさ》まじさになにも聞き取れない。体がビリビリ震える。四方八方から手が伸ばされ、肩を抱かれ背を叩かれ揉みくちゃにされる。何が起こっているのかまったくわからないま、誰かに腕を引っ張られた。

その一瞬だけ、時の流れが止まったみたいだった。

音が消える。

ゆっくりと振り返る。

つま先がふうわりと浮く。

見上げると、まばゆい光の中、広い宙に六つの星が輝いていた。

初出　小説すばる

サマーマジック
（「エバーグリーン」より改題）
2022年8月号

夢のようには踊れない
2022年11月号

愛は不可逆
2023年2月号

楽園の魔法使い
2023年10月号

掌中の星
2024年1月号

スターゲイザー
2024年4月号・5月号

単行本化にあたり、
加筆・修正を行いました。

装画
うごんば

装丁
円と球

佐原　ひかり
（さはら・ひかり）

1992年兵庫県生まれ。
大阪大学文学部卒業。
2017年「ままならないきみに」で
第190回コバルト短編小説新人賞受賞。
2019年「きみのゆくえに愛を手を」で
第2回氷室冴子青春文学賞大賞を受賞し、
2021年、同作を改題、加筆した
『ブラザーズ・ブラジャー』で本格デビュー。
他の著書に『ペーパー・リリイ』
『人間みたいに生きている』『鳥と港』、
共著に『スカートのアンソロジー』
『嘘があふれた世界で』がある。

スターゲイザー

二〇二四年九月三〇日　第一刷発行
二〇二五年二月二六日　第二刷発行

著者　佐原《さはら》　ひかり

発行者　樋口尚也

発行所　株式会社集英社

〒101-8050

東京都千代田区一ツ橋2-5-10

電話　03-3230-6100(編集部)

03-3230-6080(読者係)

03-3230-6393(販売部)書店専用

印刷所　TOPPAN株式会社

製本所　株式会社ブックアート

ISBN978-4-08-771878-2　C0093